dtv
premium

Louisa Ermelino

Der Mantel der Schwarzen Madonna

Roman

Deutsch von Uschi Gnade

Deutscher Taschenbuch Verlag

Von Louisa Ermelino
ist im Deutschen Taschenbuch Verlag erschienen:
Was weiß Joey Dee? (12867)

Deutsche Erstausgabe
Dezember 2001
Deutscher Taschenbuch Verlag GmbH & Co. KG,
München
www.dtv.de

Titel der amerikanischen Originalausgabe:
›The Black Madonna‹
(Simon & Schuster, New York 2001)

Umschlagkonzept: Balk & Brumshagen
Umschlaggestaltung unter Verwendung einer Fotografie
von © gettyone Stone/Jules Frazier
Satz: Fotosatz Reinhard Amann, Aichstetten
Gesetzt aus der Sabon 10,5/13,25· (QuarkXPress)
Druck und Bindung: Kösel, Kempten
Gedruckt auf säurefreiem, chlorfrei gebleichtem Papier
Printed in Germany · ISBN 3-423-24279-5

Für
Binnie Kirshenbaum
und
für Carlo, immer

»... die Madonna wurde abwechselnd von zwölf Männern unter einem von zwei langen Stangen gehaltenen Baldachin getragen. Es war eine armselige Madonna aus bemaltem Pappmaché, eine bescheidene Kopie der berühmten, sehr mächtigen Madonna von Viggiano, und hatte wie diese ein schwarzes Gesicht; sie war in Festkleider gehüllt und mit Ketten und Armbändern bedeckt ... Die Bauern erwarteten die Prozession mit Körben voller Getreide, das sie mit vollen Händen der Madonna streuten ... Die Madonna mit dem schwarzen Gesicht mitten unter dem Korn, den Tieren, den Schüssen und Trompeten war nicht die barmherzige Mutter Gottes, sondern eine unterirdische Gottheit, schwarz im schattigen Schoß der Erde, eine bäuerliche Proserpina, eine Göttin der Unterwelt.«

Carlo Levi, ›Christus kam nur bis Eboli‹
(Turin 1945)

NICKY

1948

Nickys Mutter behauptete, er sei ein braver Junge, aber wie war es denn dann passiert? Sie behauptete, er mache ihr nie Schwierigkeiten, aber wie war das möglich?

Es lag alles nur an Jumbo. Jumbo hatte das Seil überdehnt.

Doch wenn Nicky so gescheit war, wie seine Mutter behauptete, wieso hatte er dann Jumbo den Vortritt gelassen?

Die Leute konnten sich nicht erinnern, daß jemals ein größeres Baby geboren worden war als Jumbo. Weder in der Spring Street noch in der Thompson Street oder irgendwo sonst. Die Waage der Hebamme hielt ihm nicht stand, und daher hielt sie ihn wie ein Huhn an den Füßen hoch und schätzte sein Gewicht. »Dreiundzwanzig Pfund«, sagte sie, und Jumbos Vater schrie es zum Fenster hinaus.

Dante stand wie immer unten, und als er das hörte, lief er ins Süßwarengeschäft und rief bei den *Daily News* an. Ein Fotograf kam und machte Aufnahmen von Jumbo, von seiner Mutter sorgfältig ausstaffiert mit den Sachen seiner Schwester, da er in keines der Stücke hineinpaßte, die sie für ihn zurechtgelegt hatte.

Am nächsten Tag brachte seine Mutter ihn nach oben, um ihn Nickys Mutter zu zeigen, die eine Etage höher wohnte. Sie setzte Jumbo neben Nicky auf das Sofa im Wohnzimmer. Nicky war fast ein Jahr alt, und seine Mutter liebte ihn abgöttisch. Sie war sehr stolz darauf, daß er aufrecht dasaß und mit dem Rücken an den Polstern lehnte. »Sehen Sie sich das nur an«, sagte Jumbos Mutter und deutete auf ihren Sohn. »Jetzt schon größer als Ihr Nicky, und dabei ist er gerade erst zur Welt gekommen.«

Nickys Mutter steckte ihrem Sohn ein geweihtes Marienbild ans Unterhemd, sowie Jumbos Mutter gegangen war. Es war vom Bischof gesegnet worden, als er im letzten Mai hergekommen war, um Geld für die Missionsstationen zu sammeln. Nickys Mutter hatte die Medaille der Unbefleckten Empfängnis persönlich hochgehoben, als der Bischof mit seiner Rechten das Kreuzzeichen über der Kirchengemeinde schlug. Es war ein silbernes Bildchen, aber das Gewand Unserer Lieben Frau war blau. Nickys Mutter befestigte es mit einer kleinen goldfarbenen Sicherheitsnadel an Nickys Unterhemd. Sie setzte sich aufs Sofa und nahm ihn auf den Schoß, um ihre Lippen auf die empfindliche Stelle zwischen seinem Kopf und seiner Schulter zu drücken.

Jumbos Mutter schnitt aus der Zeitung das Bild aus, unter dem geschrieben stand: »DAS GRÖSSTE BABY ALLER ZEITEN.« Sie klebte es an die Wand, neben dem Lichtschalter in der Küche, damit jeder, der hereinkam, es sehen konnte und begriff, daß sie ein Meisterwerk hervorgebracht hatte. Als der Vermieter ankündigte, er müßte die Wohnung streichen lassen, sagte sie: »Nein.« Und das nur, damit dem Bild nichts geschah. Statt dessen nahm sie sein Angebot an, einen Monat mietfrei zu wohnen.

Nickys Mutter schöpfte Trost aus dem Umstand, daß Jumbos Mutter ihren Haushalt schlampig führte und in der Badewanne unter der Porzellanabdeckung schmutziges Geschirr verbarg. Die Abdeckung sollte einem vergessen helfen, daß eine Badewanne in der Küche stand. Die Wanne war einen Meter achtzig lang und hatte Klauenfüße, aber wenn sie abgedeckt war, konnte man sie einfach vergessen. Man konnte sich vornehm vorkommen. Nickys Mutter erinnerte sich, daß früher, zu ihrer eigenen Jugendzeit, als es noch keine Dampfheizung gab, die Badewanne für jedermann sichtbar und mit Kohlen gefüllt gewesen war. Das fand sie wirklich anstößig.

Nickys Mutter badete ihren Sohn in einem Wäschebottich, den sie auf den Küchentisch stellte. Sie überprüfte die Wassertemperatur mit dem Ellbogen, ehe sie Nicky hineinsetzte und ihn mit einem Arm umschlungen hielt, damit er nicht ausrutschen konnte. Sie preßte ihre Fingerspitzen auf sein Herz, um die Schläge zu zählen. Sie legte ihn auf ein Handtuch, rubbelte ihn trocken und küßte seine Kniekehlen. Sie wickelte ihn von Kopf bis Fuß in das Handtuch und ließ einen Zipfel in seine Stirn fallen, wie die Kapuze einer Mönchskutte. Dann zog sie ihm das wollene Unterhemd an, schmiegte ihr Ohr an seine Brust und heftete ihm das Bild der heiligen Jungfrau Maria dort an, wo sein Herz schlug. Sie war stets voller Mißtrauen, daß Jumbos Mutter ihn verhexte, und wenn sie auf dem Weg nach unten an der offenen Tür vorbeikam, drückte sie Nicky eng an sich.

An den Spätnachmittagen, ehe sie nach oben gingen, um das Abendessen zu kochen, diskutierten die Frauen auf den Stufen vor dem Haus darüber, wie Jumbos Mutter den Haushalt führte. Nickys Mutter hätte das Gespräch immer gern auf Jumbo gebracht und darauf, wie groß er war und daß das nicht normal war, aber sie tat es nie. Sie wußte, daß die Frauen sie für neidisch halten würden, denn, ganz im Ernst, was gab es Schöneres als einen strammen, fetten kleinen Jungen?

Die Frauen auf den Stufen vor dem Haus fragten immer wieder nach Nickys Vater, und sie erzählte ihnen das, was sie auch Nicky erzählte, nämlich, daß er auf Schiffen arbeitete, die um die ganze Welt fuhren, daß er Geld von Orten wie Singapur und den Salomonen schickte. »Bis bald«, pflegte er quer über das Blatt Papier zu schreiben, das um das Geld herum gefaltet war. Nickys Mutter nahm die Umschläge, in denen das Geld ankam, mit nach unten und ließ die Frauen die Briefmarken ansehen.

Braun- und gelbgesichtige Puppen mit extravaganten Kostümen trafen ein. Nickys Mutter öffnete diese Päckchen auf den Stufen vor dem Haus und reichte die Puppen herum, damit die Frauen sie bewundern konnten, ehe sie sie nach oben brachte und sie in ein Regal über dem Sofa im Wohnzimmer setzte. Sie staubte sie täglich ab, und zu Beginn jeder Woche wusch und bügelte sie ihre Satinkleider.

Manchmal schickte Nickys Vater Seidenstoffe in leuchtenden Farben, in die Goldfäden eingewirkt waren, und einmal bekam sie von ihm Pantoffeln mit Pailletten und aufgebogenen Spitzen. Die Seidenstoffe faltete sie ordentlich zusammen und bewahrte sie in der obersten Kommodenschublade auf, gleich neben den Pantoffeln und den Umschlägen mit Briefmarken aus aller Welt.

Im Ramschladen kaufte sie einen Globus und zeigte Nicky die Orte auf der Welt, die sein Vater aufsuchte. Sie ordnete die Namen auf den Briefmarken bestimmten Punkten auf dem Globus zu. Dann nahm sie Nickys Finger und zeichnete den Weg von dem Schiff seines Vaters nach. Dabei behielt sie im Auge, wie es sich New York näherte und dichter an die Spring Street heranrückte. Aber er kam nur ein einziges Mal nach Hause, als Nicky sieben war, und damals zeigte er ihm, wie man einen Seemannsknoten macht.

Nicky und Jumbo wuchsen als Freunde auf, und so kam es, daß sie an dem Seil schwangen. Nicky hatte die Idee gehabt, als sie das Seil unter der Treppe fanden. Er sagte zu Jumbo, er wüßte, wie man einen so festen Knoten machte, daß sie alles mit dem Seil anstellen könnten. Sie könnten damit tun, was sie wollten. Diesen Knoten hätte er von seinem Vater gelernt, der

Seemann sei, sagte er zu Jumbo, ein Matrose der Handelsmarine, der um die ganze Welt reise.

»Du hast keinen Vater«, sagte Jumbo.

»Hab' ich doch.«

»Ich hab' ihn aber nie gesehen.«

»Er ist Seemann. Das habe ich dir doch schon gesagt. Er reist quer durch die ganze Welt.«

»Und wie soll er dir den Knoten gezeigt haben, wenn er nie hier ist?«

»Einmal ist er nach Hause gekommen«, sagte Nicky, »und er hat mir gezeigt, wie man den Knoten macht.«

»Na und wenn schon«, ewiderte Jumbo. »Wen interessiert es, daß du einen Knoten in ein Seil machen kannst? Was haben wir denn davon?«

»Hör mal, das wird ganz toll. Wir binden das Seil an die Feuertreppe, und dann können wir uns daran auf die nächste Feuertreppe schwingen, wie Tarzan. Du weißt doch, wie Tarzan an diesen Lianen kreuz und quer durch die Gegend schwingt? Also, wir können von einer Leiter zur anderen am ganzen Gebäude entlangschwingen. Wenn wir das Seil oben auf dem Dach festmachen, können wir uns sogar über den schmalen Gang zu Salvatores Wohnung rüberschwingen und an sein Fenster klopfen. Seine Mutter bekommt bestimmt die Krise.«

»Vielleicht erwischen wir sie sogar im Unterrock ...« Jumbos Lider wurden schwer. Er fuhr sich mit der Zunge über die Oberlippe, als koste er Schokolade.

»Ja, schon möglich ...«

»Wie kommt es bloß, daß eine Mutter so gut aussieht?«

»Sie ist jung«, sagte Nicky. »Sie ist nicht viel älter als deine Schwestern.«

»Und wie kommt das?«

»Was weiß ich.«

»Sie sieht wirklich nicht wie eine Mutter aus.«

»Vergiß sie. Was ist, willst du jetzt an dem Seil schwingen oder nicht?«

»Was könnten wir sonst noch anfangen?«

»Wir könnten Mary Ziganettis Katze anzünden.«

»Vergiß es. Laß uns an dem Seil schwingen.«

Nicky stieg hinauf und knotete das Seil oben an die Feuertreppe. »Du machst den Anfang«, rief er hinunter.

»Ich weiß nicht recht«, sagte Jumbo. »Glaubst du nicht, daß das gefährlich ist?«

»Natürlich nicht. Schau mir mal zu.« Nicky rutschte an dem Seil hinunter. »Siehst du? Das geht ganz einfach.« Seine Handflächen brannten, und er preßte sie an seine Beine. Doch er lächelte unverdrossen, damit Jumbo nichts merkte.

»Das ist was anderes«, sagte Jumbo. »Runterrutschen, das ist nicht dasselbe.«

»Du bist ein solcher Feigling«, sagte Nicky. »Hier, nimm das Seil.« Jumbo hielt das Seil mit beiden Händen, und Nicky schlang es ihm um die Handgelenke und zerrte daran, um den Knoten fester zuzuziehen.

»Tarzan hält sich einfach nur daran fest«, sagte Jumbo. »So macht er das nicht.«

»Tarzan ist ein Profi. Wie haben noch keine Übung.«

»Ich fürchte mich.«

»Wovor? Ich habe dir doch gesagt, daß dieser Knoten hält. Er kann sogar große Schiffe halten. Jetzt steig schon aufs Geländer.«

»Ich bin zu dick.«

»Mach schon, Jumbo, steig rauf. Nimm meine Hand. Ich halte dich.«

»Laß mich auf dein Knie steigen.«

»Das überleb' ich nicht, wenn du auf mein Knie steigst. Vergiß es.« Nicky stieß Jumbo zur Seite. »Gib mir das Seil. Ich mache den Anfang.« Er versuchte, das Seil von Jumbos Handgelenken zu lösen, aber Jumbo ballte die Hände zu Fäusten.

»Nein, nein, ich tue es ja. Ich will erster sein. Du mußt mich nur festhalten.«

»Bist du sicher?«

»Ja, klar. Mach schon.«

»Bist du dir auch ganz sicher?«

»Ja, mach schon, ehe uns jemand sieht und sagt, wir sollen runterkommen.« Jumbo nahm eine Hand von dem Seil und packte Nickys Schulter. Er hatte runde Schweißflecken unter den Armen. Nicky konnte sie deutlich sehen, als sich Jumbo auf das Geländer der Feuertreppe zog. Jumbo griff nach Nickys Kopf und zog ihn am Haar.

»Jumbo ...«

»Was ist? Sag schon, was ist?«

»Laß los«, sagte Nicky. Er legte seine Hände auf Jumbos Rücken, spreizte die Finger weit auseinander und gab ihm einen Schubs. Jumbo flog davon, durch sein Körpergewicht beschleunigt. »Mach die Augen auf«, brüllte Nicky, aber Jumbo verpaßte die Gelegenheit, sich an der Feuertreppe festzuhalten. Er kreischte, als er zurückschwang.

Nicky konnte das Entsetzen auf Jumbos Gesicht erkennen. Sein Mund klaffte weit auf; er konnte die Mandeln sehen, und die Augen waren in den fleischigen Wangen verschwunden. Nicky wartete und hielt sich bereit, um ihm trotzdem noch mal einen Schubs zu geben. Er beugte sich mit ausgestreckten Armen über das Geländer der Feuertreppe, und als Jumbo nahe genug war, versetzte er ihm den nächsten Stoß. Er erwischte Jumbo an der Schulter und katapultierte ihn wieder über den schmalen Durchgang zwischen den Gebäuden; Jumbo drehte sich wie ein Kreisel am Ende des Seils.

»Jetzt. Jetzt«, rief Nicky, und diesmal erwischte Jumbo die

Feuertreppe mit den Füßen. »Gut gemacht. Und jetzt kletterst du runter. Mach schon. Du schaffst es.«

Jumbo fing an zu weinen. »Das kann ich nicht. Das schaffe ich nie. O Gott, o Gott. Ma!!!!!«

»Hör auf. Halt den Mund. Sei kein Blödmann. Du bist drüben angekommen. Das schaffst du jetzt auch noch. Sieh einfach nicht nach unten.«

Jumbo hielt mit einer Hand das Seil fest und streckte die andere nach dem Geländer aus. Nicky redete mit betont sanfter Stimme auf ihn ein. »Gut. Gut so. Du hast es hingekriegt. Mach schon. Du hast es geschafft.« Jumbo packte das Geländer und zog sich hinüber. Mit rotem Kopf und schweißglänzendem Gesicht stand er auf der Feuertreppe. Er keuchte. Nicky konnte seine Zunge sehen.

»Du hast es geschafft. Toll«, rief Nicky ihm zu.

Jumbo holte tief Atem. »Ich hab' meine Sache gut gemacht, was?« schrie er. Seine Stimme überschlug sich.

»Ja, ja, du hast dich großartig gehalten, aber laß jetzt das Seil nicht los. Wirf es zurück. Ich komm' rüber.«

Das Seil hatte sich um seinen Hals gewunden und unter seinen Arm hindurch, aber Jumbo hatte es vollständig vergessen. Jetzt packte er es mit einer Hand, zog mit der anderen den Saum seines T-Shirts hoch und wischte sich das Gesicht ab. Nicky konnte sehen, wie sich Jumbos gewaltige Brust hob und senkte. Die weißen Speckrollen über dem Hosenbund bebten.

Nicky pfiff durch die Finger. »Wirf es zurück«, schrie er.

»Schon gut ... Immer mit der Ruhe.«

Nicky war schon gespannt und ganz aufgeregt. Er war stolz auf sich und stolz auf seinen Vater. Der Knoten hatte gehalten. Wenn der Knoten Jumbo halten konnte, dann konnte er alles halten, sagte er sich, genau wie sein Vater behauptet hatte.

Jumbo warf ihm das Seil zu, und Nicky fing es mühelos auf und sprang mit einer geschmeidigen Bewegung von der Feuertreppe. Er hielt das Seil zwischen den Knien und hob einen Arm in die Luft. In seiner Euphorie schrie er aus voller Kehle und schwang weit über den schmalen Fußweg hinaus.

Aber nicht weit genug.

Er erreichte nie die Feuertreppe, auf der Jumbo wartete, um ihn festzuhalten, sondern verfehlte sie um Meilen und schwang wieder zurück, fort von der Feuertreppe, fort von Jumbo, weit über den Gang zwischen den Häusern hinaus.

Und dann riß das Seil.

Nicky fiel vier Stockwerke tief. Die Feuertreppe vor Vicki Palermos Fenster im ersten Stock bremste seinen Sturz. Er zerbrach ihre Töpfe mit dem Basilikum, als er dort landete. Blut und leise Geräusche kamen aus seinem Mund.

In dem blendend hellen Sonnenschein konnte Jumbo nichts sehen. Er hob schützend eine Hand über die Augen und suchte den Fußweg unten nach Nicky ab. Er hielt es für möglich, daß er tot war, nachdem er so tief gestürzt war. Er hätte überall verspritzt sein sollen, aber er war überhaupt nicht da; keine Spur war von ihm zu sehen. Jumbo schaute zu der Feuertreppe hinüber, von der Nicky losgesprungen war, und dann warf er noch einen letzten Blick auf den Fußweg hinunter, ehe er ratlos die massigen Schultern zuckte und zum Mittagessen nach Hause ging.

Vor Vicki Palermos Fenster lag Nicky auf der Feuertreppe und gab nun kräftigere Laute von sich. Aus den Tiefen seiner Kehle stieg ein Stöhnen auf, und er rief nach seiner Mutter. Er kroch zum Fensterbrett, zog sich hoch und fiel durch das offene Fenster hinein. Er war mit Blut und Schmutz bedeckt. Und er roch nach Basilikum.

Vicki Palermo stand gerade am Spülbecken in der Küche und bleichte sich mit Wasserstoffsuperoxyd das Haar. Als sie

Nicky sah, rannte sie in den Hausflur hinaus, die Treppe hinunter und auf die Straße und schrie, etwas sei durch ihr Fenster hereingekommen und läge jetzt in ihrer Küche im Sterben. Dante stand wie immer draußen vor dem Gebäude, und sie zog ihn am Arm und sagte ihm, er solle nach oben laufen. Er versuchte sie dazu zu bewegen mitzukommen, aber sie dachte gar nicht daran.

Dante trug Nicky auf den Armen hinunter und redete ununterbrochen auf ihn ein, während JoJo Santulli den Wagen seines Onkels holte und sie zur Notaufnahme des St. Vincent Krankenhauses fuhr. Dante mochte Nicky. »Ich wünschte, ich hätte zehn von seiner Sorte«, sagte er immer zu Nickys Mutter, wobei sie allerdings die einzige war, die ihm das glaubte.

Im Krankenhaus hielt eine hübsche rothaarige Schwester Nickys Hand, während der Arzt die Knochen wieder einrichtete und die Wunden nähte. Sie hielten Dante für den Vater und ließen ihn ein Formular unterschreiben. Sie sagten ihm, sie wüßten nicht, wie es weiterginge, und ob Nicky jemals wieder laufen könnte, sei ungewiß. Kommen Sie in einer Woche wieder mit ihm vorbei, sagte der Arzt, dann würde man weitersehen. Nicky hielt immer noch die Hand der rothaarigen Krankenschwester, die sie zum Wagen begleitete, und er ließ sie erst los, als Dante die Tür schließen mußte, damit sie zur Spring Street zurückfahren konnten.

Nickys Mutter stand unten und wartete auf sie, als JoJo Santulli den Wagen so dicht wie möglich an den Randstein fuhr. Sie führte Dante die fünf Stockwerke zur Wohnung hinauf und versuchte, ihm Geld zuzustecken, ehe er ging. Sie legte Nicky in ihr Bett mit der gesteppten Tagesdecke aus Satin, und in den Ecken des Zimmers stellte sie flache, mit Olivenöl gefüllte Schalen auf, um ihn zu schützen und einen Ort für ihn zu schaffen, an dem er vor bösen Geistern sicher war.

Am Morgen brachte sie eine Schüssel Wasser ins Schlafzimmer und wusch Nicky im Bett. Sie wischte das getrocknete Blut um die Wunden auf seinen Beinen ab und behielt den Lappen. Sie faltete ihn zusammen und legte ihn in ihre oberste Kommodenschublade, unter die Seidenstoffe, die ihr Mann ihr aus Singapur und von den Salomonen geschickt hatte. Sie fragte Nicky nie, was passiert war. Sie schmiedete lediglich Pläne, wie sie ihn wieder hinbekommen und ihn ganz für sich allein behalten würde.

Dante stand unten vor dem Gebäude, wo er immer stand, und erzählte jedem, der vorbeikam, was geschehen war, soweit er es selbst wußte; er berichtete von Vicki Palermos Küche und daß JoJo Santulli sie zum Krankenhaus St. Vincent gefahren hatte und wie er das Formblatt unterschrieben hatte, damit sie Nickys Beine wieder einrichten konnten. Er erwähnte die rothaarige Krankenschwester und sagte, falls er jemals heiraten sollte, würde er sich nach einem Mädchen von genau der Sorte umsehen. Jeder, dem er das erzählte, nickte, obwohl sie alle wußten, daß Dante niemals heiraten würde.

Was Dante tun würde, war allen klar: Er würde weiterhin vor dem Gebäude in der Spring Street stehen. Er war immer da, wenn man ihn brauchte, es sei denn, es regnete. Dann fand man ihn im Süßwarengeschäft auf einem der hölzernen Klappstühle im Hinterzimmer, neben dem roten Eisschrank voller Sodaflaschen.

Um zwölf brachte Dantes Mutter ihm das Mittagessen und eine kleine Karaffe Rotwein, und dann ging er hinüber zur Parkbank an der Kreuzung und aß dort. Nach dem Essen trank er in dem Café neben Skinny's Bar einen Kaffee. So ging es jetzt schon seit langer Zeit, soweit die Leute zurückdenken konnten.

Dantes Mutter sprach auf den Stufen vor dem Haus mit den anderen Frauen über Dantes »Leiden«. »Wenn er weit fortgeht«, berichtete sie ihnen, »wird ihm schwindlig, und er sieht kleine schwarze Pünktchen. Bis zur Kreuzung geht vielleicht noch alles gut, aber er kann nicht mehr allzu viele Straßen überqueren. Mein armer Dante«, sagte sie immer, »so ein kräftiger und gesunder Junge.«

Die Frauen schnalzten mitfühlend mit der Zunge. Stumm dankten sie Gott für die Männer in ihrem Leben, aber zu Dantes Mutter sagten sie, bei einem Sohn sei das gar nicht mal so schlecht. Wenigstens würde ihr keine Schwiegertochter das Alter vergällen.

Nickys Beine schwollen an, und seine Knie füllten sich mit Wasser. Der Arzt hatte seine Beine mit schwarzen Fäden genäht, und Nickys Mutter säuberte die Wunden um die Stiche herum mit feuchter Watte. Als alles verheilt war, zerbiß sie die Fäden und bewahrte sie gemeinsam mit dem blutigen Lappen unter den Seidenstoffen auf, die ihr Mann vom anderen Ende der Welt geschickt hatte.

Dante erzählte Nickys Mutter nicht, was der Arzt über Nickys Beine gesagt hatte. »Weshalb sollte ich das tun?« fragte er alle anderen, nachdem er seine Geschichte beendet hatte. »Was wissen die denn schon?« Falls Nickys Mutter etwas davon zu Ohren kam, so ließ sie es sich zumindest nie anmerken.

Jumbo erzählte ihr nichts von dem Seil und dem Knoten, der alles halten konnte. »Wir haben auf der Feuertreppe gespielt. Nicky ist runtergefallen«, berichtete er ihr, obwohl sie keine Fragen stellte. Jumbos Mutter hatte ihn hingeschickt. Sie fürchtete sich nämlich und wollte daher, daß er mit Nickys Mutter redete.

»Vorsicht ist die Mutter der Porzellankiste«, sagte sie zu den Frauen auf den Stufen vor dem Haus. »Man kann ja nie wissen.« Sie bekreuzigte sich und spuckte dreimal aus.

Die Frauen auf den Stufen sagten Nickys Mutter, sie solle Gott dafür danken, daß Vicki Palermo in ihrer Küche gewesen sei, daß Dante draußen gestanden habe und daß JoJo Santulli gerade den Wagen von seinem Onkel ausgeliehen hätte. Sie legten ihr die Hand auf die Schulter und fragten, ob Nickys Vater nach Hause käme. Sie sah die Frauen an und wischte sich mit einem Zipfel des Taschentuchs, um das sie eine Faust geballt hatte, die Augen. »Er ist auf seinem Schiff. Er ist am anderen Ende der Welt. Wie sollte er da herkommen?«

Sie behielt Nicky zu Hause. Die Frauen sahen ihn am Fenster sitzen, denn dort trug sie ihn hin, damit er auf die Straße hinausschauen konnte. Manchmal saß er aber auch am Fenster zum Hinterhof und blickte zu Salvatores Gebäude hinüber. Dann winkte Salvatore und rief ihm über den Fußweg hinweg etwas zu.

Nickys Mutter ließ ihn fortan nicht mehr in die Schule gehen. Als der zuständige Sozialarbeiter kam, um Nickys unentschuldigtem Fernbleiben vom Unterricht auf den Grund zu gehen, bandagierte sie seinen Kopf ein, so daß nur noch ein Auge herausschaute. Einen kleinen Spalt ließ sie zum Atmen frei. Sie führte den Beamten ins Schlafzimmer und zeigte ihm ihren Sohn. »Er ist vier Stockwerke tief gefallen«, flüsterte sie ihm ins Ohr.

Nicky kam auf die Liste derer, die in der Spring Street mysteriösen Heimsuchungen zum Opfer gefallen waren. Seine Mutter sagte, von jetzt an würde er zu Hause bleiben. Dafür würde sie schon sorgen. »Ich denke gar nicht daran, ein Risiko einzugehen«, sagte sie zu den Frauen auf den Stufen vor dem Haus. »Das nächste Mal könnte es ihn das Leben kosten.«

Nickys Beine heilten zwar wieder nach dem Sturz, aber sie versagten ihm ihren Dienst. Seine Mutter massierte sie. Sie rieb sie mit Olivenöl ein, das sie in einem Topf auf dem Ofen erhitzte.

Woche für Woche tat sie das, zweimal täglich, doch wenn Nicky versuchte zu laufen, fiel er hin. Seine Mutter brachte ihn davon ab. »Du wirst dir noch den Kopf aufschlagen«, sagte sie zu ihm und trug ihn überall hin.

»Bring mich nach unten«, bat er sie. »Ich setze mich auf die Stufen.«

»Das geht nicht«, sagte sie. »Auf den Stufen stehen die Frauen. Wie könnten sie miteinander reden, wenn du da bist? Streng doch mal deinen Grips an.«

»Dann bring mich an die Kreuzung. Ich setze mich in den Park.«

»Ich kann nicht den ganzen Tag dort bleiben und auf dich aufpassen.«

»Du kannst mich allein lassen.«

»Nein, das kommt gar nicht in Frage.«

»Dann kann Dante auf mich aufpassen. Er steht immer draußen.«

»Du darfst Dante nicht zur Last fallen. Streng doch mal deinen Grips an.«

»Nun stell dich nicht so an, Ma. Ich will raus.«

Sie setzte sich neben ihn, streckte die Hand aus und zog das Rollo vor dem Küchenfenster herunter. Sie legte Nicky die Hände auf die Schultern und rieb seinen Nacken. »Gewiß, *caro*, wenn du wieder laufen kannst. Wenn du dich wieder wehren kannst. So dürfen sie dich nicht sehen. Du mußt stark sein. Wer weiß, was jetzt passieren könnte? Was sie dir antun könnten?«

»Wer, Ma? Wer sind ›sie‹? Du bringst mich noch um den Verstand. Ich will doch nur unten auf der Straße sitzen.«

»Psst ...«, sagte sie. Sie schloß mit den Fingern seine Augen und bedeckte seinen Mund mit den Händen. »Wenn du wieder laufen willst, mußt du auf mich hören.«

Jumbo hielt sich fern, und Nickys Mutter war froh darüber. Sie brachte ein Weihwasserbecken in Form einer Muschel gleich neben ihrer Tür an, und wenn sie hörte, daß Jumbo oder seine Mutter das Haus verließen, besprengte sie den Treppenabsatz und die Stufen mit Weihwasser.

Salvatore kam oft vorbei und saß mit Nicky auf dem Sofa im Wohnzimmer unter dem Regal mit den extravagant gekleideten Puppen. Nickys Mutter stellte Schälchen mit Nüssen und Drops hin, aber Salvatore brachte Nicky riesige Bonbons und Zitroneneis aus dem Süßwarengeschäft mit, in dem Dante saß, wenn es regnete. Salvatore ließ sich von Nicky immer wieder die Geschichte von dem Seil und dem Knoten und dem Sturz auf Vicki Palermos Feuertreppe vier Stockwerke tiefer erzählen.

»Ich könnte dir zeigen, wie man den Knoten in das Seil macht«, sagte Nicky zu Salvatore. »Dann könntest du dich über den Fußweg schwingen, wenn du mich sehen willst, direkt von deinem Fenster zu meinem. Du bräuchtest nicht die vielen Stufen runterzulaufen, rüberzukommen und wieder raufzusteigen. Du könntest jederzeit herkommen, um drei Uhr morgens, wenn du Lust hast, und niemand würde etwas davon erfahren. Wir könnten uns zum Fenster rauslehnen und Kippen rauchen. Wenn meine Beine zu gebrauchen wären und ich das Seil hätte, käme ich heute abend zu dir rüber.«

Salvatore schüttelte den Kopf. »Wie kannst du dir das jetzt noch wünschen?«

»Der Knoten war perfekt«, sagte Nicky. »Jumbo war schuld. Er hat das Seil kaputtgemacht. Wenn Jumbo nicht gewesen wäre, würden wir uns an diesem Seil kreuz und quer durch die Gegend schwingen.«

Salvatore preßte den geriffelten Becher zusammen, um an den letzten Rest Zitroneneis zu kommen. »Wann wirst du wieder laufen, Nicky? Wann kommst du endlich hier raus?«

»Wer weiß? ›Bald‹, sagt meine Mutter immer wieder. ›Es kann jetzt jeden Tag soweit sein‹, sagt sie.«

»Warst du beim Arzt?«

»Ja, aber er hat nicht viel gesagt. Meine Mutter glaubt, der Arzt ist schuld, er hat mich falsch zusammengenäht oder so. Sie ist wütend auf Dante und JoJo Santulli, weil sie mich ins Krankenhaus gebracht haben, aber alle halten sie für Helden, und deshalb sagt sie nichts.« Nicky zuckte die Achseln. »Wenigstens muß ich nicht zur Schule.«

»Du wirst wieder hingehen«, sagte Salvatore, »aber du wirst sitzenbleiben, und dann stecken sie dich zwei Jahre lang in die Klasse von der fetten Augustina. So kann sie dich zwei Jahre krumm und lahm schlagen anstatt nur eines.«

»Nein«, sagte Nicky. »Ich bin ein Krüppel. Sie wird mich gut behandeln, und überhaupt bin ich dann mit dir und Jumbo in einer Klasse, und niemand kann sagen, ich sei mit Absicht sitzengeblieben.«

Nach drei Monaten, als der Mann vom Jugendamt seine Besuche einstellte und Nicky immer noch nicht wieder laufen konnte, suchte seine Mutter die Frau in der Bedford Street auf, die über heilerische Fähigkeiten verfügte. Sie brachte ihr Orangen und Grapefruits mit und das Geld, das an jenem Morgen in einem Umschlag aus Suez eingetroffen war.

»Mein Sohn kann nicht laufen«, berichtete Nickys Mutter der Frau. »Was können Sie tun?«

»Alles«, sagte Donna Rosina Fiore. Sie zündete Kerzen an und steckte das Geld in die Tasche vorne an ihrem Kleid. Sie ließ ihre Hand auf der Tasche liegen, in der das Geld steckte. »Zuerst einmal«, sagte sie zu Nickys Mutter, »rufen wir die guten Geister an. Es genügt nicht, nur das Böse fernzuhalten. Es ist bereits da. Deshalb kann Ihr Sohn nicht laufen.« Nickys Mutter nickte und berührte Donna Rosinas Hand, um ihren

Respekt zum Ausdruck zu bringen. »Füllen Sie ein Glas mit Wasser, decken Sie es mit einer Schale zu, und zünden Sie eine Kerze an«, sagte Donna Rosina. »Wenn die Kerze heruntergebrannt ist, schreiben Sie den Namen Ihres Sohnes ...«

»Nicola. Er heißt Nicola ...«

»Dann schreiben Sie also ›Nicola‹ auf einen Streifen Papier, falten ihn viermal ...« Donna Rosina beugte sich über den Tisch, »für die vier Elemente des Universums und legen ihn in die Schale. Das Glas Wasser wird daraufgestellt. Lassen Sie es am Fußende seines Bettes stehen, und suchen Sie mich wieder auf, wenn das Glas leer ist.«

Nickys Mutter sagte die Anweisungen auf dem Heimweg vor sich hin. Sie tat alles, was Donna Rosina angeordnet hatte, und als das Glas leer war, begab sie sich wieder in die Bedford Street.

Donna Rosina saß in ihrem verdunkelten Wohnzimmer. Sie legte Tarotkarten. »Das Wasser ist fort«, sagte Nickys Mutter.

»Gut. Die Geister haben es getrunken. Ich werde demnächst kommen und den Jungen besuchen.«

In der darauffolgenden Woche kam Donna Rosina in die Spring Street und stieg die fünf Stockwerke zu Nickys Wohnung hinauf. Als sie zur Tür hereinkam, bekreuzigte sie sich vor dem Weihwasserbecken. Sie beugte sich über Nicky, der im Bett saß. Er konnte ihren Goldzahn sehen. Sie roch nach Moder und Kampfer. Nicky war erst zwölf, aber er war nicht dumm. »Ma ...«, sagte er.

Seine Mutter stand neben ihm. »Psst«, sagte sie zu ihm. Sie zog ihn am Ohr. »Sei still, und hör zu.«

Donna Rosina hatte eine schwarze Tasche mitgebracht, die so groß war, daß ein Baby hineingepaßt hätte. Sie stellte sie auf den Tisch, öffnete die goldene Schnalle und holte ein Stück weißes Leinen und ein Glasgefäß mit einer dünnen Schmutzschicht auf dem Boden heraus. Sie zeigte Nickys Mutter das Glas. »Vom Friedhof«, sagte sie zu ihr, »an Allerseelen.« Donna Rosina schüttete die Erde mitten auf das Tuch, drehte die Enden um den Erdklumpen zusammen und hängte ihn Nicky mit einer Schnur um den Hals. Der Geruch war ihm zutiefst zuwider, doch er sah, daß seine Mutter lächelte.

»Leg dich hin«, sagte Donna Rosina zu Nicky und schloß seine Augen mit den Fingern. Sie legte ihre Hände auf seine Stirn und rieb ihm die Schläfen. Sie fuhr seine Augenbrauen nach, seine Nase, seinen Mund. Ihre Hände waren rauh und rochen nach toten Gegenständen, wie das Stoffsäckchen, das sie ihm um den Hals geschnürt hatte. Sie sprach leise in einem alten Dialekt, den er nicht verstand, und dann bohrte sie zwei Finger fest in seine Augen. Nicky setzte sich auf und schrie seine Mutter an. Donna Rosina ohrfeigte ihn. »Kein Wunder«, sagte sie. »Ein undankbarer Sohn.«

Nickys Mutter trat näher zu Donna Rosina. »Es tut ihm leid«, sagte sie. »Verzeihen Sie ihm.« Sie drückte Donna Rosina vier eng zusammengerollte Geldscheine in die Hand. Donna Rosina nahm sie, ohne einen Blick darauf zu werfen, und ließ sie in ihre vordere Tasche gleiten. Sie hatte Nickys Mutter erklärt, das Geld müßte eng zusammengerollt werden, zu Röllchen, die so dünn wie Zigaretten waren, damit die Geister es nicht als solches erkannten und sich hinters Licht führen ließen.

Nickys Mutter beugte sich hinunter, um der alten Frau die Hand zu küssen. »*Grazie*, Donna Rosina«, sagte sie. Dann richtete sie sich wieder auf und legte Nicky die Hand auf die Schulter. Nicky spürte, wie sich die Nägel seiner Mutter in seinen Arm gruben.

»Danke«, sagte Nicky. Er ließ seine Wut in Form eines Seufzers entweichen. Seine Mutter brachte Donna Rosina zur Tür, und er hörte die beiden miteinander flüstern.

Als Donna Rosina fort war und die Haustür unten hinter ihr ins Schloß gefallen war, kam Nickys Mutter zurück und setzte sich zu ihm aufs Bett. Sie strich ihm das Haar aus dem Gesicht und fuhr ihm mit der Hand über den Arm und dann hinab über die Beine. Er wandte den Blick von ihr ab. »Wenn du wieder laufen kannst, wirst du es mir danken«, bemerkte sie.

»Klar«, sagte er, »nur, daß ich dann blind sein werde.«

Nickys Mutter wartete auf ihr Wunder. Sie zündete Kerzen an, zog Nicky von dem Stuhl in der Küche hoch und stellte ihn hin. Das tat sie nur nachts, und sie sorgte dafür, daß die Rollos heruntergezogen waren und die Kette an der Tür vorgelegt. Sie machte ihre Tür erst zu, nachdem alle anderen Türen auf der Etage geschlossen worden waren. Sie lauschte, bis sie sicher war, daß die Türen im übrigen Gebäude ebenfalls zu waren. Wenn sie schließlich durch den schmalen Korridor ihrer Wohnung lief, um die Schnur zu lösen, die um den Türknopf gewickelt war, um die Tür aufzuhalten, war sie die letzte im Haus.

Wenn dann die Luft im Haus rein war, half sie Nicky von seinem Stuhl hoch und blieb vor ihm stehen. Sie redete ihm gut zu, um ihn anzuspornen. »*Camina, camina*«, sagte sie in sanftem Ton. Sie schloß die Augen halb und murmelte ein Gebet, und Nicky streckte ihr seine Arme entgegen und versuchte, seine Beine zu bewegen. Sie trat zurück, rief ihn zu sich und flüsterte seinen Namen, und dann stürzte er.

Einmal riß er sie mit sich zu Boden und fiel auf sie drauf. Sie lagen beide da, Nicky in ihren Röcken verheddert. Da verpaßte sie ihm eine Ohrfeige und warf ihm vor, er würde sich nicht bemühen, aber dann umschloß sie seinen Kopf mit ihren Armen, hielt sein Kinn in der Armbeuge gefangen und preßte ihn an sich. So hielt sie ihn und tätschelte ihn, bis er sich beklagte, er bekäme keine Luft.

Nicky langweilten die Rituale und die Amulette und der Geruch des Olivenöls, mit dem sie seine Beine massierte. Nachdem ihm Donna Rosina die Finger in die Augen gebohrt hatte, ließ er nicht mehr zu, daß seine Mutter sie ins Haus holte. Donna Rosina sagte ihr, aus der Ferne könne sie nicht viel tun und die Dämonen seien schlau, denn sie überredeten Nicky dazu, ihre Hilfe abzulehnen. Donna Rosina witterte einen Fehlschlag und war sorgsam auf ihren Ruf bedacht. Sie versprach Nickys Mutter, ihn in ihre Gebete einzubeziehen. »Er ist noch sehr jung«, sagte sie zu ihr. »Wunder brauchen ihre Zeit.«

»Besorg mir Krücken«, sagte Nicky zu seiner Mutter, »damit ich runtergehen kann. Dann kann ich auf der Straße herumlaufen. Ich kann zur Schule gehen.«

»Wie könntest du das tun? Du kannst nicht laufen.«

»Wenn du mir Krücken besorgst, kann ich laufen.«

»Du glaubst, ich lasse dich kriechen, Nicky? Vergiß es. Wenn du wieder laufen kannst, darfst du nach unten gehen. Solange du kriechst, bleibst du zu Hause.«

»Aber ich kann nicht laufen. Du hast selbst gerade gesagt, daß ich es nicht kann.«

»Du wirst wieder laufen. Das verspreche ich dir«, sagte sie zu ihm, und dann stieß sie einen Laut aus, ein langes, leises Wehklagen, ein Weinen, bis er sagte, er würde sie so schnell nicht wieder darum bitten, er würde ihr noch etwas mehr Zeit lassen, ehe er draußen herumhumpelte wie ein Krüppel, wie der Junge in dem Film, den sie sich jedes Jahr an Weihnachten gemeinsam im Loew's Sheridan ansahen. »Es gibt immer noch Unsere Liebe Frau vom Berge Karmel«, sagte sie. »Die Madonna, die Antworten gibt. Ich werde die Novene beten. Ich werde barfuß und mit einer brennenden Kerze an der Prozession zur 115the Street teilnehmen. Ich werde auf den Knien rutschen. Dann werden wir unser Wunder bekommen. Warte es nur ab. Hab Geduld. Ich verspreche es dir.«

Sie schnitt ihm eine Scheibe Brot ab und bestrich es mit Butter. Sie goß ihm ein Glas Milch ein und hielt es, während er trank. Als er es ausgetrunken hatte, ließ sie ihn auf einen Zipfel des Taschentuchs spucken, das sie aus ihrem Ärmel herauszog, und wischte ihm damit die Mundwinkel ab.

All das erzählte Nicky Salvatore, der ihn jetzt fast jeden Tag nach der Schule besuchte, es sei denn, er mußte seinem Vater bei der Arbeit helfen. Salvatores Vater war Geschäftsmann, ein *patrone*. Er hatte eine Wand voller Bücher in seinem Haus und konnte Zahlenspalten im Kopf addieren. Im Viertel wurde laufend darüber getratscht, wie reich er nun wirklich war.

Wenn Salvatore Nicky am Fenster zur Straße sah, ging er nach oben und klopfte an die Tür. Aber am Nachmittag, kurz vor Schulschluß, setzte Nickys Mutter ihn normalerweise ans Fenster zum Hinterhof. »Du willst doch nicht, daß sie dich andauernd lechzend am Fenster sitzen sehen«, sagte sie, und Nicky beklagte sich nicht, weil er wußte, daß Salvatore ihn am Fenster zum Hinterhof sehen, die hintere Feuertreppe hinaufklettern und sich draußen vor das Fenster setzen würde, so daß sie ungezwungen miteinander reden konnten. Nicky fragte ihn immer wieder nach dem Seil, aber Salvatore behauptete jedesmal, er könnte keines finden, jedenfalls keines, das wirklich geeignet war, nicht so ein Seil wie das, das Nicky haben wollte; aber er sagte, er würde sich bemühen, Krücken für Nicky aufzutreiben.

Eines Abends, als gerade die ersten warmen Tage kamen, ging Nickys Mutter nach dem Abendessen nach unten. Die Frauen machten ihr Platz auf den Stufen und erkundigten sich nach Nickys Beinen. Sie hatten Donna Rosina kommen und gehen sehen. Nickys Mutter schüttelte den Kopf. »Unglück bleibt an einem kleben«, sagte sie zu den Frauen. »Man wird es nicht so leicht wieder los.«

Die Frauen schlugen die Augen nieder. Sie wiegten sich vor und zurück, mit betrübten Gesichtern, die Röcke unter die Knie geklemmt, aber eine junge Frau stand auf und behauptete, sie redeten viel zuviel über Glück und Unglück, über Schicksal und Dämonen. Es war Salvatores Mutter. Sie wären hier in Amerika, erklärte sie ihnen. Man konnte selbst über sein Schicksal bestimmen. Die Frauen sahen sie an. Sie saß selten auf den Stufen vor dem Haus, sie beteiligte sich nicht am Klatsch, hielt sich heraus, wenn die anderen die Köpfe zusammensteckten; aber obgleich sie auf der Hut vor ihr waren, hörten sie auf sie, denn bei allem Argwohn zollten sie ihr doch, wenn auch widerwillig, Respekt.

Wenn keine Magie wirkte, sagte sie, dann bräuchte Nicky vielleicht einen Arzt, einen ganz speziellen Arzt. »Fragen Sie meinen Mann«, sagte sie zu Nickys Mutter. »Er kennt alle möglichen Leute. Er hat Geschäftsbeziehungen außerhalb, nicht nur hier im Viertel.«

»Ja, doch«, sagten die Frauen zu Nickys Mutter. »Hören Sie auf sie. Ihr Mann ist sehr klug.«

»Kommen Sie gleich mit«, meinte Salvatores Mutter. Sie zog Nickys Mutter am Arm und zerrte sie die Stufen hinunter. Sie ging mit ihr um die Ecke, zu dem Haus, in dem sie wohnte. Es war keine Mietwohnung, sondern ein kleines Häuschen, und sie bewohnten es ganz allein.

»Die hat Glück gehabt«, sagten die Frauen, »sich einen solchen Mann zu angeln. Er hat mit nichts angefangen, wie wir anderen auch alle, aber in seinem Haus gibt es Kronleuchter und ein Badezimmer.«

»Mit farbigen Kacheln an der Wand«, sagte eine der Frauen mit gesenkter Stimme zu einer anderen, »rosa und grün gemustert, wie ein Schachbrett.«

»Woher wollen Sie das denn wissen?« fragte jemand.
»Was soll das heißen? Glauben Sie etwa, ich lüge?«
»Und woher wissen Sie es bitte schön?«
»Tony der Klempner hat es meinem Mann erzählt.«
Die Frauen stritten sich darüber, wer was wußte und wer wem was erzählt hatte, aber sie waren sich alle darüber einig, daß sie es gut getroffen hatte, ganz gleich, welche Farbe die Kacheln im Bad nun hatten.

Amadeo Pavese versprach Nickys Mutter, einen Arzt für sie zu finden, und am nächsten Tag lag unten im Süßwarengeschäft ein Zettel für sie hinter der Theke. Darauf standen der Name eines Arztes, eine Adresse in der Fifth Avenue und eine Telefonnummer. Nickys Mutter rief den Arzt vom Telefon im Süßwarengeschäft aus an, um sich einen Termin geben zu lassen. »Heute in drei Wochen«, berichtete sie den Frauen, die draußen warteten.
»So lange Wartezeiten«, sagten sie beeindruckt.
»Er ist ein sehr bedeutender Arzt«, erklärte Nickys Mutter ihnen.
»Er muß gut sein«, erwiderten sie.
Nickys Mutter wedelte mit der Hand in der Luft über ihren Köpfen herum. »Der beste«, sagte sie.

Nicky und seine Mutter zogen sich fein an und nahmen den Bus durch die Fifth Avenue, um zur Praxis des Arztes zu fahren. Auf dem Fußboden lagen Perserteppiche. Die Möbel waren antik. »Norditaliener«, flüsterte Nickys Mutter ihm ins Ohr, als der Arzt eintrat. »Aus der Toskana. Vielleicht auch aus Genua.« Sie rümpfte mißbilligend die Nase.
»Sieh dir seine Schuhe an«, sagte Nicky zu seiner Mutter. »Wenn du mir so ein Paar besorgst, laufe ich sogar durch die Hölle.« Nickys Mutter hätte ihn am liebsten geohrfeigt, aber

nicht in Anwesenheit des Arztes. Statt dessen packte sie mit ihren behandschuhten Fingern sein Ohr und verdrehte es, und als er vor Schmerz das Gesicht verzog, sah sie ihn drohend an.

Der Arzt untersuchte Nicky und nahm sich ausgiebig Zeit fürs Gespräch. Nickys Mutter glaubte sich der Ohnmacht nahe. Kerzengerade saß sie da, ohne die Stuhllehne mit dem Rücken zu berühren. Die Fischgräten ihres Korsetts bohrten sich in ihre Seiten. Ihr Lächeln war verkrampft. Der Arzt sprach über Nickys Rückgrat, seine Nerven und seine Muskeln und sagte Dinge, die sie nicht wirklich verstand.

»Bekommen Sie es hin, daß er wieder läuft?« fragte sie den Arzt, als sie der Meinung war, er hätte ausgeredet.

»Er muß operiert werden«, sagte der Arzt.

»Und Sie schwören mir, daß er dann wieder laufen kann?«

»Signora, ich bin nicht Gott.«

Nickys Mutter stand auf. Sie berührte die bemalten Holzkirschen auf der Krempe ihres schwarzen Strohhuts. Er stammte noch von einer Osterparade Jahre zuvor, noch ehe sie geheiratet hatte, und sie war besorgt, nach all den Jahren in der Schachtel unter dem Bett, in der sie ihn aufbewahrt hatte, könnte er die Form verloren haben. »Um Gott brauchen Sie sich keine Sorgen zu machen«, sagte sie. »Um Gott kümmere ich mich schon. Aber was können *Sie* tun?«

Der Arzt legte Nicky eine Hand aufs Knie. »Ich werde mein Bestes tun.«

Wie ein *amerigane* redet er, dieser Arzt, sagte sich Nickys Mutter, und genau das flößte ihr Vertrauen ein. War Amerika nicht das phantastischste Land auf Erden?

Der Arzt lehnte sich zurück. »Sie müssen in die Operation einwilligen, Signora, und der Junge muß es selbst auch wollen.«

»Ich will, ich will«, sagte Nicky. »Alles ist besser als das hier. Ich kann nichts tun. Ich kann nicht auf die Straße gehen. Ich kann nicht zur Schule gehen ...«

Der Arzt wandte sich an Nickys Mutter. »Warum geht er nicht zur Schule?«

»Wieviel kostet die Operation?« fragte sie.

»Er muß die Schule besuchen«, sagte der Arzt.

»Er muß wieder laufen«, wandte Nickys Mutter ein.

»Was ist mit seinem Vater?«

»Sein Vater ist auf See, am anderen Ende der Welt ... in Singapur, auf den Salomonen ...« Sie versuchte, sich an andere Namen auf Briefmarken zu erinnern, Namen, die sie den Frauen auf den Stufen vor dem Haus vorgelesen hatte. »Suez«, sagte sie nach einer Weile.

»Die Entscheidung liegt bei Ihnen, Signora. Sie geben mir einfach Bescheid, und ich werde alles Weitere regeln.«

Sowie sie draußen waren, zog Nickys Mutter ihn an den Haaren. Sie zerrte so fest daran, daß Nicky glaubte, sie hätte ihm das Genick gebrochen. »Du hältst den Mund«, sagte sie zu ihm. »Du erzählst nichts weiter. Das Leben ist schon schwer genug, wenn man den Leuten nichts in die Hand gibt, was sie gegen einen verwenden können, kein Messer, das sie einem ins Herz stechen können.« Sie drehte Nickys Ohr, und als sie losließ, war es so rot wie eine sonnengereifte Tomate. »Wer weiß, warum das überhaupt passiert ist?« Sie blickte auf und hob die Faust drohend zum Himmel. »Nur Gott weiß, warum Er das getan hat.«

Nicky fing an zu weinen. »Es war nicht Gott. Es war Jumbo«, sagte er. »Jumbo hat das Seil überdehnt, und als ich an der Reihe war, ist es gerissen, und ich bin runtergefallen.« Inzwischen plärrte Nicky mit fest zugekniffenen Augen und Tränen zwischen den Wimpern.

Eine Frau im Pelzmantel blieb vor ihm stehen. Eingefärbte Federn standen von ihrem Hut ab. »Was ist hier los?« fragte sie Nickys Mutter. »Was fehlt ihm?«

»Kümmern *Sie* sich gefälligst um Ihren eigenen Kram.« Nickys Mutter wollte sie verscheuchen. »Er ist mein Sohn. Ich sorge selbst für ihn.« Sie zog Nicky hoch und streckte die Hand aus, um ein Taxi anzuhalten.

»Hören Sie mal«, sagte die Frau zu ihr. »Sie können doch nicht einfach ...«

»Das geht Sie nichts an«, sagte Nickys Mutter und stieß Nicky in das Taxi, das an der Kreuzung Fifth Avenue 64th Street am Randstein angehalten hatte. Dann stieg sie selbst ein. »Stekken Sie Ihre Nase nicht in fremde Angelegenheiten«, sagte sie durch die Scheibe zu der Frau im Pelzmantel. »*Ameriganes*«, murmelte sie vor sich hin, als das Taxi losfuhr. Sie preßte ihr Taschentuch auf Nickys Gesicht. »Hier«, sagte sie. »Schneuz dich.«

Nickys Mutter hielt auf der ganzen Heimfahrt den Atem an. Sie hielt ihn an, bis sie den Glockenturm der Kirche sah und wußte, daß die Spring Street nur noch eine Kreuzung entfernt war.

Dante half Nickys Mutter, ihn nach oben zu bringen, und als Nicky auf seinem Stuhl am Küchentisch saß, nahm sie ihren Hut ab und setzte Kaffee auf. Sie forderte Dante auf, sich zu setzen, doch er erklärte, es sei ein viel zu schöner Tag, um drinnen zu bleiben, woraufhin Nicky wieder zu weinen anfing.

»Ihm fehlt nichts«, sagte Nickys Mutter zu Dante. »Er ist nur aufgeregt, weiter nichts.« Sie legte Nicky eine Hand auf die Stirn, um zu sehen, ob er Fieber hatte, und Dante gab ihm einen Streifen Kaugummi. Als Dante ging, schloß Nickys Mutter die Tür und legte die Kette vor. Sie kochte die Milch für den Kaffee auf. Nicky verzog das Gesicht, als die Haut in seine Tasse glitt.

»Was ist?« fragte sie.

»Ich kann die *scuma* nicht ausstehen.«

»Du weißt nicht, was gut für dich ist«, sagte sie zu ihm und nahm sich selbst die Tasse.

»Die *scuma* soll gut für mich sein?«

»Natürlich. Da sind die ganzen Vitamine drin.«

»Das behauptest du immer. Du behauptest, alles was schlecht schmeckt, ist gut. Du sagst, das Beste am Apfel ist das Kerngehäuse.«

»Richtig. So ist es auch. Aber was weißt du denn schon?«

»Wieso soll er das Beste daran sein? Warum denn? Hm?«

»Du bist ein verzogener Bengel«, sagte sie. »Als ich in deinem Alter war, habe ich alles gegessen und danke gesagt. Ich habe nie Widerworte gegeben.« Sie goß Kaffee in seine Milch und rührte drei Löffel Zucker hinein. Dann reichte sie ihm ein Anisplätzchen und fuhr ihm mit der Hand durchs Haar. Sie küßte die Schmutzspuren, die die Tränen auf seinem Gesicht hinterlassen hatten, und setzte sich danach mit einem Bleistift und Papier hin, um Spalten mit Zahlen niederzuschreiben.

»Was tust du da?« wollte Nicky wissen.

»Nichts. Tunk dein *biscotto* ein.«

»Darf ich runter?« fragte er. »Der Arzt hat gesagt, ich darf auf die Straße raus. Er hat gesagt, ich soll zur Schule gehen.«

»Der sitzt da oben in der Fifth Avenue. Was weiß der schon, wie es hier zugeht? Du bleibst im Haus. Wenn du wieder läufst, kannst du dich überall rumtreiben. Dann ist mir ganz egal, wohin du gehst. Und jetzt sei still. Ich muß mir über einiges klar werden.«

»Kriege ich die Operation?«

»Hat der Arzt gesagt, du müßtest operiert werden?«

»Ja, aber ...«

»Iß du dein *biscotto*. Den Rest überlaß einfach mir.«

Am nächsten Morgen ging Nickys Mutter früh aus dem Haus. Sie trug den schwarzen Strohhut mit den bemalten Holzkirschen und ihr Korsett. Ehe sie das Haus verließ, blieb sie neben dem Bett stehen, in dem Nicky schlief. Sie strich ihm das Haar aus dem Gesicht und machte mit ihrem Daumen das Kreuzzeichen auf seine Stirn. Er stellte sich schlafend und blieb still liegen, bis er die Tür ins Schloß fallen hörte und ihre Schritte auf der Treppe vernahm. Er betete drei Ave-Marias, um sicherzugehen, daß genug Zeit verstrichen war, ehe er sich an das Fenster zur Spring Street begab und beobachtete, wie seine Mutter in die Sullivan Street einbog. Dann wechselte er an das Fenster zum Hinterhof, um Salvatore zu rufen.

Salvatores Schlafzimmerfenster stand offen. Nicky konnte sehen, wie er vor dem Spiegel über seiner Kommode die blaue Krawatte band, die er in der Schule immer trug. Sein nasses Haar war glatt zurückgekämmt. Seine Mutter rief, er solle sich beeilen. Ihre Stimme hallte über den schmalen Durchgang herüber.

Nicky hielt die Hände wie einen Trichter vor den Mund und brüllte Salvatores Namen über das laute Gewirr von Stimmen und Geräuschen, die aus den offenen Fenstern drangen. Als er ihn hörte, drehte Salvatore sich um und winkte.

»Komm rüber«, sagte Nicky.

Salvatore beugte sich aus dem Fenster. »Was ist?« fragte er und spitzte die Ohren. »Ich bin spät dran, Nicky. Was ist los?«

»Ich habe gesagt, du sollst rüberkommen. Geh nicht in die Schule. Meine Mutter ist fort. Sieh zu, ob du Jumbo finden kannst.«

»Jumbo? Nichts leichter als das. Er ist bei Freddy und stiehlt Süßigkeiten. Das tut er jeden Morgen. Er bezahlt drei Schokoriegel, aber er nimmt immer sechs Stück mit.«

»Dann hol ihn, und komm rüber.«

»Ich weiß nicht, Nicky. Ich bin letzte Woche beim Schwänzen erwischt worden.«

»Stell dich nicht so an, du Waschlappen. Ich halt's hier drinnen nicht mehr lang aus. Und außerdem bleibt meine Alte den ganzen Tag weg.«

»Woher weißt du das?«

»Sie hat mir gesagt, sie sucht den Arzt wegen meiner Beine auf.«

Salvatores Mutter rief jetzt lauter nach ihm. »Ich muß los«, sagte Salvatore. »Ehe sie Ernst macht.«

»Du kommst doch rüber?«

»Okay, okay.«

Nicky schleppte sich ans vordere Fenster, um dort zu warten. Er zog das Rollo bis zum Anschlag hoch, legte ein Kissen unter seine Ellbogen, beugte sich weit über das Fensterbrett und schaute auf die Straße hinaus. Ihm war ganz egal, wer ihn lechzend dasitzen sah.

An der Kreuzung Prince Street/Sullivan Street holte Salvatore Jumbo und dessen vier Schwestern ein. Ehe sie in die Straße zur U-Bahn abbogen, tätschelten und küßten Jumbos Schwestern ihn zum Abschied, bis er weinte. Als sie fort waren, mußte Salvatore ihm ein Taschentuch geben, damit er sich die Unmengen Lippenstift aus dem Gesicht wischen konnte.

»Himmel, Jumbo, wenn ich du wäre, würde ich ihnen allesamt eine knallen.« Jumbo gab keine Antwort. Er wickelte einen Kokosriegel aus. »Ich dachte, du ißt Schokoriegel morgens.«

Jumbo zuckte die Achseln. »Ich brauche ab und an mal etwas Abwechslung.«

»Wir schwänzen heute die Schule«, sagte Salvatore. »Wir gehen zu Nicky rüber.«

Jumbo nickte, den Mund voll Kokosraspel. Er sah über Salvatores Schulter. »Mist«, sagte er. »Die fette Augustina ...«

Salvatore drehte sich um und sah die Nonne, die in der siebten Klasse unterrichtete, durch die Sullivan Street laufen. Die Arme hielt sie vor der Brust verschränkt, die Hände in den Ärmeln ihrer Tracht verborgen. Ein silbernes Kruzifix baumelte am Ende des überdimensionalen schwarzen Rosenkranzes, den sie um ihre Taille geschlungen hatte.

Schwester Augustina war gebaut wie das Kohlenauto, und hinter ihrem Rücken nannten sie sie »Il Duce«. Jumbo behauptete, unter der Haube ihrer Nonnentracht sei sie kahlköpfig, und Nicky hatte an die Wand der Knabentoilette Karikaturen gezeichnet, die sie nackt darstellten.

Sie war schon immer eine »Knabennonne« gewesen, und seit Pater Tom gemischte Klassen eingeführt hatte, fühlte sie sich nicht mehr wirklich wohl. In ihrem Bestreben, an der Vergangenheit festzuhalten, sorgte sie für eine getrennte Sitzordnung, die Jungen auf der einen Seite und die Mädchen auf der anderen. In manchen Jahren ließ sie auch die Jungen vorn sitzen und die Mädchen hinten. Die Mädchen waren ihr ein Dorn im Auge. Bei ihrem Anblick zuckte sie zusammen. Sie scharwenzelten um einen herum und quengelten und liefen dann nach Hause, um sich bei ihren Müttern auszuheulen.

Salvatore zog Jumbo in das Gebäude von LaCapria. Sie schleuderten ihre Schulbücher unter die Treppe und schlugen einen Haken, machten sich durch die schmalen Gassen auf den Rückweg und kletterten die Feuertreppe von Nickys Haus hinauf. Jumbo blieb vor Vicki Palermos Fenster stehen, um Luft zu holen. Nach Nickys Sturz hatte sie es zugenagelt. Sie sagte, sie wolle keine weiteren Überraschungen erleben.

Jumbo atmete schwer. Er packte Salvatore am Arm und hielt ihn zurück. »Hat sie uns gesehen?« fragte er. Ein Schweißtropfen hing an seiner Nasenspitze und einer an seinem Kinn.

»Es bringt nichts, sich den Kopf darüber zu zerbrechen«, sagte Salvatore zu ihm und stieg höher hinauf. Er war im dritten Stock angelangt, als Jumbo schrie, er solle auf ihn warten. Auf beiden Seiten des schmalen Durchgangs öffneten sich Fenster. Gracie Petrussi hängte Bettlaken an die Leine. Jumbo preßte sich an Vicki Palermos Fenster. Er zwängte die Finger in seine Tasche und tastete nach dem letzten Schokoriegel. An der knubbeligen Oberfläche konnte er erkennen, daß es einer mit Mandeln war.

»Mach schon«, rief Salvatore ihm zu. »Worauf wartest du noch?«

»Psst, Gracie Petrussi ... Sie wird uns sehen. Sie wird es meiner Mutter sagen.« Jumbo ließ sich an der Scheibe hinabgleiten und blieb auf dem Fenstersims sitzen. Er wickelte den Schokoriegel aus und biß hinein, lutschte die Schokolade von den Mandeln, bis sie sich trocken und wie Kreide in seinem Mund anfühlten. Er beschloß zu bleiben, wo er war. Er hatte Höhenangst. Die hatte er seit Nickys Sturz. »Nur gut, daß du es nicht warst«, sagte seine Mutter später zu ihm. »So schwer, wie du bist, wärst du durch die Erde geschossen, und wir hätten dich in China wiedergefunden.«

Salvatore mußte noch mal ganz runterklettern, um Jumbo zu holen. Er hielt sich direkt hinter ihm, so dicht, daß Jumbo sich zurücklehnen und Salvatores Körper an seinem spüren konnte, wie eine Mauer.

Salvatore stieß Jumbo durch Nickys Fenster hinein. Jumbo schürfte sich das Knie auf und hinterließ dort, wo er sie mit beiden Händen gepackt hatte, Schokoladenabdrücke auf den Gardinen. »Bist du sicher, daß deine Mutter den ganzen Tag wegbleibt?« fragte er Nicky und spuckte sich in die Hände, um das Blut von seinem Knie zu reiben. Jumbo fürchtete sich vor Nickys Mutter.

»Sie verhext dich im Nu. Sie hat es auf dich abgesehen«, sagte seine Mutter immer wieder zu ihm. Und seine vier Schwestern nickten zustimmend. Gerade erst heute morgen, während sie ihm einen weißen Seidenschal um den Hals gebunden hatte, um ihn vor Zugluft zu schützen, hatte Jumbos Mutter warnend den Finger gehoben. »Diese *piertacuse* aus dem fünften Stock, die ist neidisch, weil du groß und kräftig bist und so kräftige Beine hast. Sie gibt dir die Schuld an dem, was ihrem vaterlosen Sohn zugestoßen ist.«

»Er hat einen Vater«, erwiderte Jumbo.

»Wo? Wer sagt das? Wer hat ihn je gesehen?« fragte Jumbos Mutter.

»Er hat es mir erzählt.«

»Wie dem auch sei, du hältst dich jedenfalls von denen fern. Wenn die nach rechts gehen, biegst du nach links ab.«

Jumbos vier Schwestern neigten die Köpfe. Sie waren besorgt um ihren kleinen Bruder. Für sie war er wie ein eigenes Kind. Er bekam Fünf-Cent-Stücke und Lakritzschnüre von ihnen zugesteckt. In ihren Kleidern versteckten sie Bonbons mit Füllung und Kirschkonfekt in roter Folie. Auf der Suche nach den Süßigkeiten preßte sich Jumbo an sie, an eine Schwester nach der anderen. Er bohrte seinen Finger zwischen ihre Rippen und unter ihre Brüste. Er kitzelte sie, bis sie kreischten. »O Baby«, sagten sie dann und drückten ihm Küsse aufs Haar.

Jumbo stand am Fenster, weil er Angst hatte, sich zu setzen. »Nun laß doch mal locker«, sagte Nicky. »Sie ist weg.«

»Wo ist sie?«

»Weit weg, bei diesem Arzt.«

»Welchem Arzt?«

»Bei dem feinen in der Fifth Avenue, der dafür sorgen wird, daß ich wieder laufen kann. Der, den Salvatores Vater kennt.«

»Bist du sicher, daß sie den ganzen Tag dafür braucht?«

»Ja, du Witzbold, was glaubst du denn? Zu dem geht es so weit rauf in den Norden, daß man Nasenbluten bekommt.«

Nicky runzelte die Stirn. »Warum bist du eigentlich so nervös?«

»Ich weiß es selbst nicht. Deine Mutter, die kann mich nicht leiden. Sie konnte mich noch nie leiden.«

»Vergiß den Blödsinn«, sagte Salvatore. Er zog eine Sammlung Zigarettenstummel heraus und reihte sie auf dem Couchtisch auf. Einige Kippen waren fünf Zentimeter lang. Er schickte Jumbo in die Küche, um Streichhölzer zu holen, und Jumbo kam mit einem Auberginenauflauf zurück.

»Was hast du da?«

»Das stand auf dem Tisch, Nicky.«

»Meine Mutter muß es mir zum Mittagessen hingestellt haben.«

»Darf ich es essen?«

»Jetzt, Jumbo? Das ist das Mittagessen«, sagte Salvatore. Er nahm einen Zigarettenstummel vom Tisch und lehnte sich auf dem Sofa zurück. Dann legte er die Füße hoch.

»Na und? Ich habe aber jetzt schon Hunger. Ist das etwa ein Verbrechen? Himmel, stell dich nicht so an.«

»Iß ruhig etwas, Jumbo«, sagte Nicky. »Nimm dir, soviel du willst. Wenn alles weg ist, freut sich meine Mutter.« Er beugte sich über den Couchtisch, nahm sich einen der längeren Zigarettenstummel und steckte ihn in den Mund.

»Wo sind die Streichhölzer?«

Salvatore sah Jumbo an. »Die Streichhölzer. Du bist in die Küche gegangen, um Streichhölzer zu holen, aber zurückgekommen bist du mit Auberginen. Und wir sitzen hier blöd herum.«

»Wo ist denn da das Problem?« fragte Jumbo mit vollem Mund. »Was hast du bloß? Siehst du nicht, daß ich gerade esse?«

Salvatore stand auf. »Ich hol' sie schon«, sagte er.

»In der Küche ist Wein«, rief Nicky ihm nach, »unter dem Spülbecken. Den kannst du auch gleich mitbringen.«

Salvatore kam mit einer Flasche und drei Gläsern aus der Küche zurück. »Der Wein interessiert mich nicht die Bohne«, sagte er. »Sieh mal, was ich gefunden habe.« Er hielt eine Flasche Grappa hoch, auf der ein Klebestreifen mit dem Herstellungsdatum prangte. Dann zog er die Streichhölzer aus der

Tasche und zündete seine und Nickys Zigarette an, inhalierte, stieß eine Rauchfahne aus und blies drei vollendete Rauchkringel in die Luft. Er füllte ihre Gläser und schlug vor, auf Schwester Augustina anzustoßen. Sie hoben den Arm zum Faschistengruß und ließen sich ins Sofa zurückfallen.

Sie waren sehr froh darüber, daß Nickys Mutter sich am anderen Ende der Stadt aufhielt, daß Nicky keine Geschwister besaß und sie einen Nachmittag lang die Wohnung für sich allein hatten. »Du bist ein echter Glückspilz, Nicky«, sagte Salvatore. »Wer hat hier sonst schon eine leere Wohnung, selbst wenn es nur für einen Nachmittag ist? Wenn deine Mutter aus dem Haus geht, hast du die Wohnung ganz für dich allein. Falls sie irgendwann einmal einen Job findet, ist alles geritzt.«

»Wieso denn das?«

»Dann könnten wir Mädchen mit nach oben nehmen.«

»O ja«, sagte Jumbo und zog seinen Hosenbund ein Stück in die Höhe. »Rosanna Montenegro ...« Er leckte sich die Lippen. Seine Zunge war mit Schokolade überzogen.

Rosanna Montenegro war aus Italien gekommen und drei Klassen zurückgestuft worden, weil sie kein Englisch sprach. Sie war ein stämmiges Mädchen, sie hatte Brüste, und Salvatore schwor, er hätte eines Morgens, als sie den Fahneneid leisteten, einen Flecken auf dem Rock ihrer Schuluniform gesehen. Schwester Augustina hatte sie gleich nach der Andacht nach Hause geschickt.

»Rosanna Montenegro?« fragte Salvatore. »Was willst du denn mit Rosanna Montenegro? Ihr Mittagessen aufessen?«

»Du hast recht«, sagte Jumbo. »Was soll ich schon mit Rosanna Montenegro anfangen? Deine Schwester ist leichter zu haben.«

»Ich habe doch gar keine Schwester.«

»Aber wenn du eine hättest, würden alle auf ihr rumspringen.«

»Also, von deinen fetten Schwestern würde ich selbst dann nichts wollen, wenn sie alle nackt hier herumlägen. Nicht mal geschenkt würde ich die haben wollen.«

»Was ist mit Marilena?« fragte Nicky.

»Marilena? Die ist so flach wie ein Bügelbrett.«

»Sie stinkt.«

»Ihre Socken sind schmutzig.«

»Dann würde ich eben Maureen nehmen«, sagte Nicky.

»Die Irin?«

»Alle Maureens sind Irinnen, du Dummkopf.«

»Was ist so toll an Maureen?«

Nicky lehnte sich zurück und schloß die Augen. Er beschwor das Bild von Maureen herauf. »Sie hat blaue Augen und ...«

Salvatore faßte sich mit der Hand an die Kehle und tat so, als würde er ersticken. »Hör bloß auf«, sagte er. »Sie ist übersät mit diesen widerlichen Sommersprossen.«

»Ja«, sagte Jumbo. »Die sehen aus wie Schmutz.«

Nicky setzte sich auf. »Jedenfalls könnt ihr das ohnehin vergessen. Meine Mutter sucht sich keinen Job. Weshalb sollte sie das auch tun? Mein Vater sorgt für alles. Er schickt uns ständig Geld. Er schickt andauernd Geschenke.« Nicky deutete auf die Puppen in dem Regal über ihren Köpfen. »Seht euch das an«, sagte er. »Alles ist voll von dem Zeug, das er schickt.«

»Klar, dein Alter ist prima, Nicky«, sagte Salvatore, »aber hör mir mal zu ...« Er füllte die Gläser nach. »Ich bin dahintergekommen, wie ich dir eine Krücke besorgen kann.«

»Woher denn? Und wie? Nicht von einem Penner. Bloß keine von einem der Penner aus der Bowery.«

»Nee, mein Großvater hat eine. Ich wollte zwei für dich auftreiben, aber er hat nur eine.«

»Hat er denn nicht zwei bekommen?«

»Doch, aber eine hat er verloren. Darum geht es ja gerade.

Wenn die zweite jetzt verschwindet, wird er glauben, er hätte sie auch verloren.«

»Nur eine Krücke?«

»Er kommt gut damit zurecht. Wenn er das schafft, schaffst du es auch.«

»Ich habe deinen Großvater noch nie gesehen.«

»Den bekommt niemand zu sehen. Er geht nicht aus dem Haus.«

»Wie kommt das?«

»Er will von niemandem ein Krüppel genannt werden.«

»Das ist einleuchtend. Das kann ich gut verstehen«, sagte Jumbo.

»Wie meine Mutter«, sagte Nicky. »Und wie willst du da rankommen?«

»Wenn er vor dem Fernseher sitzt. Er ist in Dinah Shore vernarrt. Jeden Nachmittag sieht er sie sich an. Am liebsten mag er den Schluß, wenn sie mit Kußhänden um sich wirft. Ihr kennt doch die Stelle? ›Auf Wiedersehen‹, sagt sie, ›alles Gute‹, und dann küßt sie ihre Fingerspitzen und breitet die Arme aus.«

»Ach ja?«

»Nun, und dann wirft mein Großvater ihr ebenfalls Kußhände zu, einen Schmatz nach dem anderen, so laut, daß man es bis in die Küche hören kann. In seinen Augen stehen die Tränen. Er wirft immer noch Kußhände, wenn Kate Smith übernimmt. Er haßt Kate Smith. Er glaubt, Kate Smith ist schuld daran, daß Dinah gehen muß.«

»Und was ist mit der Krücke?«

»Er legt sie neben seinem Sessel auf den Fußboden. Ich ziehe sie ihm einfach heimlich weg, während er mit Dinah knutscht.«

»Weiß dein Großvater, daß Dinah Shore eine Farbige ist?« fragte Jumbo. Er hatte in der Küche *biscotti* gefunden und tunkte sie in seine Grappa. »Das solltest du ihm sagen. Er sollte es wenigstens wissen.«

»Jumbo, wir reden gerade über wichtige Dinge. Halt den Mund.« Salvatore schnippte seinen Zigarettenstummel zum hinteren Fenster hinaus und zündete sich den nächsten an.

»Was ist mit deinem Vater?« fragte Nicky. »Er merkt bestimmt gleich, was gespielt wird.«

»Nee, der wird das nicht weiter beachten. Er wird glauben, der Alte hätte sie verschlampt. Er wird ihm eine neue besorgen. Mein Großvater ist ohnehin schon ziemlich hinüber. Er kämmt den Mop. Er verpaßt ihm Haarschnitte.«

»War er früher Friseur?«

Salvatore schüttelte den Kopf. »Er ist einfach nur ordnungsliebend.«

»Wann kannst du sie besorgen?«

»Heute nachmittag. Oder morgen. Bei der erstbesten Gelegenheit.«

»Und wo bewahre ich sie auf?«

»Bei Jumbo.«

»Warum ausgerechnet bei mir?«

»Bei dir ist es so unordentlich, daß sie niemandem auffällt.«

»He ...«

»Reg dich bloß nicht auf, Jumbo. Das ist nichts gegen dich persönlich. Ihr zwängt euch alle miteinander in diese drei Zimmer. Schon deine Mutter allein könnte die ganze Wohnung ausfüllen. Ihr seid einfach eine große Familie.«

»Groß und kräftig, alle miteinander ...« Nicky fing an zu kichern. »Tut mir leid ...«, sagte er.

Salvatore muße lachen. »Er hat es nicht so gemeint ...«

»Schon gut, ich weiß schon ...«, sagte Jumbo.

Die Grappaflasche war fast leer. Sie konnten nicht aufhören zu lachen. Salvatore schenkte sich den letzten Rest ein und kippte die Flasche auf dem Boden um. »Die Pulle hätten wir vernichtet«, sagte er. Alle drei brüllten vor Lachen. Jumbo fiel vom Sofa und rollte unter den Tisch. Und dann hörten sie Matty Jay.

Matty Jay hatte im Schlafzimmer seiner Mutter das Fenster geöffnet. Seine Mutter hatte das Zimmer nach vorn, das zur Spring Street hinaus, zu ihrem Schlafzimmer gemacht. Matty Jay hatte das Fenster, an dem keine Feuertreppe vorbeiführte, so weit es ging, geöffnet und saß jetzt mit gespreizten Beinen auf dem Fenstersims. Ein Bein baumelte über dem Kopf des Wasserspeiers, der die Fensterreihe im dritten Stockwerk zierte.

»Ich springe«, schrie er, bis sich auf beiden Straßenseiten sämtliche Fenster öffneten. Leute drängten einander zur Seite, um besser sehen zu können, und beugten sich weit aus ihren Fenstern, damit ihnen bloß nichts entging. Matty Jay schrie, bis die Leute, die Wohnungen nach hinten hatten, auf die Straße liefen oder in die Wohnungen nach vorn gerannt kamen, ohne anzuklopfen, weil sie sehen wollten, was hier vorging. Eine Menschenmenge versammelte sich auf der Straße. Die Leute standen da und blickten hinauf.

In der Spring Street war noch nie jemand aus dem Fenster gesprungen. Caesare Garibaldis Frau war beim Ausschütteln ihres Staubwedels aus dem Fenster gefallen, und ein Hausmeister war hinabgestürzt, als er eine neue Wäscheleine aufgehängt hatte. Charlie Esposito hatte angedroht, er würde springen, als seine Frau gestorben war, aber das waren nur leere Worte gewesen.

Salvatore und Jumbo rannten ans vordere Fenster und schleiften Nicky zwischen sich mit. Sie hatten die besten Plätze im ganzen Haus. Matty Jay war in dem Gebäude direkt gegenüber von ihnen im fünften Stock aus dem Fenster gestiegen. Matty Jays Mutter kreischte genauso laut wie Matty Jay.

Matty Jays Vater zerrte an seinem Arm. Matty Jay zog in die entgegengesetzte Richtung und neigte sich weiter aus dem Fenster hinaus, und sein Schuh fiel ihm vom Fuß und traf Margie aus dem zweiten Stock auf die Stirn, da sie nach oben blickte. Es war ein bequemer Treter, so weich wie Butter. Erst am Morgen hatte seine Mutter ihn mit einem weichen Tuch poliert. Matty Jay hob die Faust drohend zum Himmel und verfluchte Gott.

»Er hat auf der Rennbahn verloren«, sagte Luisa Carelli zu Annamaria Petrino. Die beiden standen unten und blickten zu ihm hinauf. »Letzte Woche war es ein Kartenspiel.« Sie putzte sich die Nase und steckte das Taschentuch in die Tasche vorne in ihrer Schürze.

Annamaria Petrino schnitt eine Grimasse. »Seine Frau ist zu gut zu ihm«, sagte sie. »Es wird immer schlimmer mit ihm. Bisher hat er noch nie versucht zu springen. Manchmal schlägt er seinen Kopf gegen die Haustür, aber er hat noch nie versucht zu springen.«

»Wenn er verliert, geht er immer aufs Dach rauf.«

»Ja, schon, aber nur, um Gott näher zu sein, wenn er ihn verflucht.«

Drinnen drängten die Jungen einander mit den Ellbogen vom Fenster weg. »Matty Jay ist verrückt«, sagte Salvatore.

»Ein echter Spinner«, antwortete Jumbo. »Er ist fünfundvierzig Jahre alt, und er hat noch nie einen Job gehabt. Das nenne ich verrückt.«

»Da kommen die Bullen«, sagte Nicky. »Was die wohl tun werden?«

»Ihm gut zureden, damit er wieder reinkommt«, erwiderte Salvatore.

»Ich wußte gar nicht, daß Bullen so was tun.«

»O ja, die sind regelrechte barmherzige Samariter, wenn sie nicht gerade irgend jemandem den Schädel einschlagen.«

»Psst«, sagte Nicky. »Ich will hören, was geschieht.«

Nicky hörte genau hin, als der Polizist Matty Jay gut zuredete. Sie waren zu zweit gekommen. Sie waren groß und blond. Nicky malte sich aus, auf ihren Namensschildern stünde »Donovan« und »Murphy«. Sie redeten auf Matty Jay ein, bis er aufhörte zu schreien, und dann packten sie seinen Arm und zogen ihn wieder rein.

Matty Jays Mutter küßte dem Polizisten die Hand, demjenigen, der Matty Jays Arm festhielt. »Sie haben meinen Sohn gerettet«, sagte sie. »Sie haben ihn vom Rande der Hölle zurückgeholt, aus dem Rachen des Todes.« Sie umfaßte die Hände des Polizisten. Ihr Mann wischte ihr mit seinem Taschentuch die Tränen aus den Augen.

»Wir müssen ihn nach Bellevue bringen«, sagte der Bulle, »zur Beobachtung.«

Matty Jays Mutter war eine kleine Frau. Sie sah zu dem großen, blonden Polizisten auf. »Sind Sie verrückt?« schrie sie, und dann biß sie ihn. Sie grub ihre Zähne in die Hand, die sie gerade noch liebkost hatte. Ihr Mann hielt sie an den Schultern fest. Der Polizist schrie, aber sie übertönte ihn. Sein Kollege zog ihn zur Tür hinaus. Matty Jays Mutter folgte den beiden über die Treppe, die fünf Stockwerke hinunter und hinaus auf die Straße. »Sie lassen meinen Sohn, wo er ist. Sie werden meinen Sohn nicht anrühren. Mörder. Totschläger.« Die Polizisten bahnten sich einen Weg durch die Menschenmenge und stiegen in ihren Wagen. Alle beobachteten, wie sie fortfuhren. »So eine Frechheit . . .«, sagte Matty Jays Mutter, als der Polizeiwagen an der Kreuzung abbog. Alle drängten sich mitfühlend um sie.

Margie aus dem zweiten Stock reichte ihr Matty Jays Schuh. Eine Stunde später stand Matty Jay mit der Wettbroschüre vor dem Haus. Er war frisch rasiert, und seine butterweichen Treter waren poliert und hatten einen matten Schimmer.

Die drei Jungen hingen am Fenster, bis auf der Straße wieder alles seinen normalen Gang ging. Salvatore sah Nicky und Jumbo an. »Wißt ihr, was diese Bullen jetzt sagen?«

»Blöde Itaker«, sagte Jumbo.

»Verrückte Spaghettifresser«, antwortete Nicky.

»Geisteskranke Italos.«

»Bekloppte Südländer.«

Sie schubsten und knufften einander, und als Nicky hinfiel, lachten sie. »Ich werde später mal Bulle«, sagte Nicky zu ihnen. Jumbo bekam fast einen Erstickungsanfall, und auch Salvatore kugelte sich vor Lachen. Die Türkette rasselte.

»Scheiße, Scheiße, Scheiße«, sagte Jumbo. »Das ist deine Mutter.« Er bekreuzigte sich. Salvatore war schon durchs Fenster verschwunden. Jumbo blieb mit dem Fuß zwischen der Heizung und der Wand stecken. »Hilf mir, hilf mir.«

Salvatore kam zurück und zog an Jumbos Bein. »Wir können Nicky nicht sitzen lassen«, sagte er zu ihm. »Steig wieder ein.«

»Nein. Nein, das geht nicht. *Il mal'occhio*. Sie wird mich erwischen. Sie haßt mich. Das weißt du doch, Nicky.« Er sah über seine Schulter nach hinten und versuchte, seinen Fuß mit einem Ruck zu befreien. »Deine Mutter haßt mich, das ist die Wahrheit. Sie wünscht mir den Tod.« Er bekam seinen Fuß frei.

»Nickys Mutter hat mit dem *mal'occhio* nichts im Sinn. Was ist bloß los mit dir?« fragte Salvatore.

»Sie wird die Frau aus der Bedford Street holen. Die beiden stecken unter einer Decke. Andauernd kommt sie hierher. Meine Mutter sieht sie. Du hast keine Ahnung. Du wohnst nicht in diesem Gebäude. Du siehst nicht, was hier vorgeht.«

»Zum Teufel noch mal, Jumbo.«

»Nein, geht ruhig«, sagte Nicky. »Ich kriege das schon alleine hin.«

»Bist du ganz sicher?« fragte Salvatore.

»Ja, geht ruhig. Ich meine das ernst.« Das letzte, was Nicky sah, war der Spalt zwischen Jumbos Pobacken, weil ihm das Hemd aus der Hose gerutscht war.

Nickys Mutter schlug mit den Fäusten an die Tür. »Nicola ... bist du da drin?«

Nicky schleppte sich zur Tür und nahm die Kette ab. »Warum antwortest du nicht?« fragte seine Mutter. »Warum hast du die Türkette vorgelegt?«

Er sagte kein Wort, und sie schloß die Tür hinter sich. Sie schloß das vordere Fenster und zog das Rollo hinunter. »Mama«, sagte Nicky. »Du hast alles verpaßt. Matty Jay hat versucht, aus dem Fenster zu springen. Die Bullen haben ihn gerettet.«

Nickys Mutter nahm ihren Hut ab und setzte sich aufs Sofa. Sie schnitt eine Grimasse, als sie die Zigaretten und die Gläser sah. Sie trat gegen die leere Grappaflasche, die vor ihrem Fuß herumrollte. Sie ging auf Nicky zu und zog ihn am Ohr hoch. »Ihr seid alle gleich«, sagte sie, »alle miteinander.« Sie stieß ihn wieder auf den Sessel, und er fing an zu weinen.

Die Puppen saßen über ihrem Kopf, und die letzten Sonnenstrahlen des Tages fielen auf ihre grellbunten Kleider. Nickys Mutter saß trübsinnig und finster unter ihnen. Sie folgte Nickys Blicken und schaute zu den Puppen auf, als sähe sie sie zum ersten Mal.

»Der Arzt, Mama. Was hat der Arzt gesagt?«

»In einem Monat.«

»Ich werde wieder laufen. Das hat er doch gesagt?«

»Er wird dich operieren. Er wird sein Bestes tun. Genau das hat er gesagt.« Sie zog ihre guten Schuhe aus und rollte ihre Strümpfe bis unter die Knie. Sie ging ins Schlafzimmer, um sich umzuziehen, und als sie herauskam, hielt sie in den Armen die Seidenstoffe, die paillettenbesetzten Pantoffeln und die

Umschläge mit Briefmarken aus aller Welt. Sie nahm die Puppen vom Regal und packte sie in eine Papiertüte.

»Was tust du da?« fragte Nicky.

»Ich gehe aus dem Haus«, sagte sie. »Schließ die Tür ab. Geh ins Bett.« Sie trug alles die Treppe hinunter und lief durch die Spring Street nach Osten, über den West Broadway hinaus, durch die düster werdenden Straßen mit den Hallen, in denen schäbige Fetzen genäht und Altpapier gestapelt wurde, und auf dem Weg warf sie ihre Schätze Stück für Stück in die riesigen Mülltonnen neben den Laderampen, wo die Penner in Pappkartons schliefen. Es war schon sehr spät, als Nicky spürte, wie die Matratze neben ihm unter ihrem Gewicht einsank.

Als Nickys Mutter an jenem Morgen in ihrem Korsett und dem schwarzen Strohhut mit den Holzkirschen das Haus verließ, suchte sie nicht etwa den Arzt in der Fifth Avenue auf, sondern das Gewerkschaftshaus der Handelsmarine, um Nickys Vater zu finden und in Erfahrung zu bringen, warum kein Geld mehr eintraf; sie wollte ihm von seinem Sohn berichten, von der Operation und dem feinen Arzt, und ihn bitten, nach Hause zu kommen und etwas zu unternehmen, damit Nicky wieder laufen konnte.

Bisher hatte sie nie versucht, ihn zu erreichen. Es hatte nie einen Grund gegeben, aber jetzt brauchte Nicky ihn. Außer dem Arzt, dem sie nicht traute, blieb ihr nur noch Unsere Liebe Frau vom Berge Karmel. Sie konnte nicht all ihre Hoffnungen auf den Himmel setzen. Selbst auf die Muttergottes war kein hundertprozentiger Verlaß. Manchmal brauchte ein Junge seinen Vater.

Es gab keine Garantie dafür, daß ihre Gebete erhört würden. Soviel wußte sie. Gott antwortet immer, sagte der Pfarrer, wenn die Frauen jammerten, aber manchmal lautete die Antwort nein.

Im Gewerkschaftshaus nannte sie einem Mann am Schalter den Namen und wartete, während er in den Aktenschränken an der Wand hinter sich nachsah. »Sabatini ... Sabatini ... Angelo ... Angelo Sabatini ...« Er zog die Karte heraus und kam an den Schalter zurück. »Sein letztes Schiff ist vor zwei Monaten im Hafen eingelaufen.«

»Das ist ganz ausgeschlossen«, sagte Nickys Mutter. Sie nahm eine aufrechtere und steifere Haltung ein und schüttelte den Kopf, bis die Kirschen aus Holz klappernd an die Krempe des schwarzen Strohhuts schlugen und sie sich blöd vorkam.

»Was soll ich sagen, Gnädigste? So steht es hier geschrieben.«

»Aber ich habe gerade diesen Brief hier bekommen«, erwiderte sie und reichte ihm den letzten Umschlag, den sie erhalten hatte. Er trug einen Poststempel von den Malediven.

Der Mann drehte den Umschlag ein paarmal herum und gab ihn dann zurück. »Das ist ja alles schön und gut, aber ich sage Ihnen, Angelo Sabatini ist nicht auf See. Er ist in der Bronx. Zumindest schickt die Gewerkschaft dort seine Invaliditätsrente hin.«

Nickys Mutter sah auf den Umschlag hinunter. Die Briefmarken waren ganz besonders groß und schön. Darauf waren leuchtend blaue Fische abgebildet, die aus der Gischt auf dem Kamm einer Woge heraussprangen. »Welches Datum trägt der Poststempel?« fragte der Mann hinter dem Schalter und beugte sich vor. »Wann haben Sie diesen Brief bekommen? Manchmal ...«

»Das spielt keine Rolle«, sagte sie. Sie legte den Umschlag mit der Anschrift nach unten auf den Schalter. »Wenn er nicht auf See ist, dann ist er nicht auf See. Und wenn er in der Bronx ist, dann ist er eben in der Bronx.«

»Das habe ich nicht gesagt.«

»O doch, das haben Sie gesagt.«

»Ich habe nur gesagt, daß die Schecks für ihn in die Bronx geschickt werden.«

Nickys Mutter rührte sich nicht von der Stelle. Sie stand da, starrte vor sich hin und hatte die Hände auf dem Schalter gefaltet wie eine Lehrerin, die darauf wartet, daß ihre Schulklasse verstummt.

»Was kann ich sonst noch für Sie tun?«

»Was?« sagte sie.

»Hören Sie. Was halten Sie davon, wenn ich Ihnen die Adresse gebe?«

»Die Adresse, wo er wohnt?«

»Wo er wohnt, weiß ich nicht. Ich weiß nur, wohin die Schecks gehen. Auf dieser Karte hier heißt es, daß die Schecks in die Bronx geschickt werden. Sehen Sie, da steht es schwarz auf weiß.« Er reichte ihr die Karte, doch sie blickte starr vor sich hin. »Ich notiere es Ihnen«, sagte er und schrieb die Adresse auf die Rückseite des Umschlags von den Malediven, den er ihr dann über den Schalter zuschob. »Sie können sich selbst davon überzeugen. Was weiß ich schon? Ich suche nur die Akten raus.«

»Vielen Dank«, sagte sie.

»Wer sind Sie?« fragte er.

»Seine Ehefrau.«

Der Mann sah auf die Karte in seiner Hand hinunter. »Cynthia, richtig?« Er lächelte sie an. Einer seiner Schneidezähne hob sich golden von den anderen ab. »Die Gewerkschaft weiß alles«, sagte er.

Nickys Mutter erwiderte sein Lächeln. Hinter dem Lächeln biß sie sich fest auf die Unterlippe. Cynthia ..., dachte Nickys Mutter. Was war denn das für ein Name? Angelo war bei einer anderen Frau, einer Ehefrau, stand auf der Karte. Nickys Mutter schloß ihre Hand um den Briefumschlag, bis die Ränder ihre Haut einschnitten. Sie fühlte sich restlos verraten. Plötzlich hatte sie einen schalen Geschmack im Mund. »Danke«, sagte sie noch einmal, und dann wandte sie sich ab und verließ das Gebäude.

Sie lief in die nächste U-Bahnstation hinunter und studierte den Stadtplan. Sie fragte den Mann am Wechselschalter, wie man in die Bronx käme, und er antwortete ihr, die Bronx sei groß.

Sie zeigte ihm die Adresse, und er sagte, sie solle den Third Avenue Bronx Express nehmen, dort drüben führe er ab. Sie bedankte sich und hatte das Gefühl, sie könnte froh sein, daß sie an ihn geraten war.

Es war eine lange Fahrt. »Lügner, Betrüger, Dieb«, murmelte sie vor sich hin, während sie in dem U-Bahn-Wagen saß, aber als der Zug ans Tageslicht kam und oberirdisch weiterfuhr und die Sonne durch die verrußten Scheiben drang, vergaß sie den Vater ihres Sohnes. Sie sah zum Fenster hinaus und malte sich aus, sie führe fort, an einen fernen Ort, an dem es ihr gefiel. Sie erwartete, der Zug würde aus dieser Stadt hinausfahren, aufs Land, und sie dachte, vielleicht könnte sie das Fenster öffnen und die frische Luft einatmen.

Neben ihr saß eine alte Frau, die fragte, wohin sie wollte, und Nickys Mutter zeigte ihr den Umschlag, auf dem die Adresse stand. »Steigen Sie am Morris Park aus«, sagte die Frau und bat Nickys Mutter um die Briefmarken. Ohne zu zögern, riß Nickys Mutter die Ecke von dem Umschlag ab und reichte sie ihr. Ohne die Briefmarken wirkte der Umschlag häßlich und nichtssagend.

Der Zug fuhr in die Haltestelle Morris Park ein, und Nickys Mutter stieg aus und wartete auf dem hölzernen Bahnsteig, bis er wieder losfuhr. Die alte Frau winkte ihr mit den Briefmarken in der Hand durch das Fenster zu, und Nickys Mutter winkte zurück. Sie sah auf den Überrest des Umschlags in ihrer Hand hinunter. Nichts weiter, dachte sie, nur schmutziges Papier, und nachdem sie sich die Adresse auf der Rückseite eingeprägt hatte, bis sie die Augen schließen konnte und sie immer noch vor sich sah, zerriß sie den Umschlag in kleine Schnipsel und warf sie in den Abfallbehälter unter einem Kaugummiautomaten.

Auf den vielen Stufen zur Straße hinunter dachte sie darüber nach, wie sie Nickys Vater wohl finden würde. Sie verlangsamte ihren Schritt. Spielte mit dem Gedanken, die Stufen auf der anderen Seite wieder hinaufzusteigen, die Bahn zur Spring Street zu nehmen und ihn vollständig zu vergessen, aber dann stand sie auf der Straße und sah wieder klarer. Sie hatte lange Zeit für sich selbst und für Nicky gesorgt. Wenn sie diesen miesen, elenden Schweinehund fand ... Sie schloß die Augen und hob dann den Blick zum Himmel, um Unsere Liebe Frau darum zu bitten, er möge im Tode Blut spucken. Sie malte ihn sich aus, und in ihrer Vorstellung war sein Gesicht nicht länger schön, auf seinen Lippen trocknete rötlicher Speichel, und es ging ihr gleich viel besser. Wenn sie ihn fand, würde sie wissen, was sie zu tun hatte. Darauf vertraute sie.

Ihr fiel auf, daß diese Gegend dem Viertel ähnelte, in dem sie lebte. Sie sah Gesichter wie ihr eigenes; die Sprache und die Geräusche auf der Straße waren ihr vertraut. Das hier war nicht die Park Avenue. Sie lief langsam und hielt Ausschau nach den Hausnummern.

Vor einem Hauseingang saß eine Gruppe von Männern auf Küchenstühlen, und dort blieb sie stehen. Sie redeten, rauchten und sahen auf die Straße hinaus. Einer der Männer drückte seine Zigarre aus. Es war ein italienischer Stumpen, ein Itakerstinker. Dort, wo sie stand, roch sie es. Sie beobachtete, wie der Mann das verbrannte Ende mit den Fingern abriß und auf dem Stummel herumkaute.

»Signori«, sagte sie und wahrte einen respektvollen Abstand. Der Mann, der den Zigarrenstummel kaute, zog den Hut vor ihr.

»Ich suche«, sagte sie, »Angelo Sabatini.«

»Sabatini? Angelo?« Der Mann kratzte sich am Kopf, ehe er den Hut wieder aufsetzte. »Sie meinen Angie Kiwi? ... den Matrosen?« Nickys Mutter ballte die Hände zu Fäusten, und ihre Nägel gruben sich in ihre Handflächen.

»Kann sein«, sagte sie. »Ist er bei der Handelsmarine?«

»Ja, Angie Kiwi ... Ich weiß selbst nicht, warum er so genannt wird. Wer erinnert sich schon an solche Dinge?«

»Da gibt es eine Bar, in der er sich oft rumgetrieben hat«, sagte ein anderer Mann. Er lehnte an dem Gebäude und hatte die Beine an den Knöcheln übereinandergeschlagen. »Eine Seemannskneipe, die Kiwi heißt. Vielleicht hat er daher seinen Namen. Von dieser Spelunke hat er dauernd geschwärmt.«

»Ein komischer Name.«

»Ja, muß wohl von irgendwo stammen, wo es diese Matrosen hinverschlägt. Die verrücktesten Orte suchen die auf ...«

Nickys Mutter verlagerte ihr Gewicht von einem Bein aufs andere. Ihr taten die Füße weh. »Lebt er schon lange hier?« fragte sie. Ihre Stimme war leise und freundlich.

»Schon ziemlich lange, das kann man wohl sagen. Hat ein Mädchen hier aus der Gegend geheiratet. Das stimmt doch, Vinny?«

»Ja, Cynthia, Damianos Tochter, die hat er geheiratet.«

»Von Damiano, dem Bestattungsunternehmer?«

»Genau.«

»Wo hat sie bloß diesen Namen her? Den Namen hab' ich ja noch nie gehört.«

»Richtig heißt sie Celestina, aber du weißt ja selbst, wie es zugeht. Sie wollen alle ganz modern sein, und deshalb nennt sie sich Cynthia.«

»Was für ein Name ... Cynthia.« Der Alte mit dem Zigarrenstummel seufzte, spuckte schwarzen Saft aus und hustete. Er wandte sich an den Mann, der neben ihm saß und in der

Sonne döste. »Stimmt doch, oder?« sagte er und stieß ihm den Ellbogen in die Rippen. »Angie Kiwi ist doch mit Celestina Damiano verheiratet? Mit der mit den großen Ohrringen?«

Sein Freund schlug die Augen auf und verscheuchte eine Fliege, die ganz oben auf seinem auffallend großen Ohrläppchen gelandet war. »Genau«, sagte er. »Sie wohnen dort drüben.« Er deutete auf die andere Straßenseite. »Im obersten Stockwerk. Celestina klagt immer über die vielen Stufen.«

»Cynthia heißt sie«, sagte der Mann, der an dem Gebäude lehnte.

»Also, ich für meinen Teil nenne sie Celestina. Ich bin nicht so modern wie so manche anderen.«

»Du kannst sie nennen, wie du willst, aber Angie Kiwi ist nicht da.« Dieser Einwurf kam von einem vierten Mann, einem gutaussehenden jungen Kerl. Er musterte Nickys Mutter aufmerksam. Das tat er mit allen Frauen.

»Das ist doch wohl klar. Matrosen sind nie zu Hause. Meine Mutter hat immer behauptet, sie gäben gute Ehemänner ab. ›Und wenn man Glück hat‹, hat sie gesagt, ›sterben sie jung und hinterlassen dir eine Rente.‹«

»Was weiß deine Mutter schon? Dein Vater war Fahrstuhlführer.«

»Das heißt noch lange nicht, daß sie keine Träume hatte.«

»Angie Kiwi ist im Krankenhaus«, sagte der junge Mann. Er zog eine Zigarette aus einem silbernen Etui und zündete sie an.

»Nein ... was höre ich denn da?« sagte der alte Mann, der die Zigarre kaute.

»Es ist die Pumpe. Vor ein paar Tagen haben sie ihn eingeliefert.«

»Was sagt ihr jetzt dazu? Da überlebt der Kerl all diese Jahre, in denen er Gott weiß wo ist, er übersteht den Krieg, kommt endlich nach Hause, und peng, die Pumpe spielt nicht mehr mit.«

»Ist das nicht immer so?«

»Aber jetzt braucht er wenigstens nicht mehr auf dem Schiff zu arbeiten.«

»Ach was, davor hat er sich davor schon gedrückt. Celestinas Bruder hat Beziehungen zur Gewerkschaft geknüpft und etwas gedeichselt. Angie Kiwi hat eine Invaliditätsrente beantragt, hat behauptet, er hätte sich den Rücken verletzt, und der Bruder hat es durchgeboxt. Wenn es um deinen Rücken geht, können sie dir nichts beweisen. Geschickter kann man es gar nicht anstellen. Im schlimmsten Fall schleppt man ein paar Jahre lang einen Stock mit sich rum, bis das Verfahren abgeschlossen ist, und sie blechen. Mein Schwager hat fünfzig Riesen gekriegt und ist nach Florida gezogen.«

»Richtig, jetzt fällt es mir wieder ein. Angie Kiwi hat meinem Bruder Charlie erzählt, er hätte den ganzen weiten Weg zurück von Singapur flach auf dem Rücken liegen müssen, damit sie ihm die Geschichte abkaufen. Er hat ihm erzählt, das sei es beinah nicht wert gewesen – all die schlitzäugigen Mädchen, die er sich auf der Heimfahrt entgehen lassen mußte. Er hat behauptet, als die Mädchen gehört hätten, daß Angie Kiwi nicht zurückkommt, hätten sie tagelang geweint.«

»Der erzählt einen Haufen Blödsinn«, sagte der junge Mann.

Der Mann, der an dem Gebäude lehnte, lachte. Und der Alte, der den Zigarrenstummel kaute, spuckte Tabaksud aus. Der Junge sah prüfend auf seine Schuhe hinunter.

Der alte Mann, der Fliegen verscheuchte, hob die Hand. »Sei still«, sagte er. »Die Dame, die will so was nicht hören.« Er kippte seinen Stuhl zurück und tippte an seinen Hut. »*Scusata*, Signora ...«, sagte er und streckte ihr die Hand hin.

»*Niente*«, sagte Nickys Mutter. Sie rang sich ein Lächeln ab. Sie hatte es selbst so gewollt, daß die Männer ihre Anwesenheit vergaßen. Die Blicke des jungen Mannes ruhten auf ihr, das konnte sie deutlich spüren. Sie wankte ein wenig auf ihren Absätzen. Sie war es nicht gewohnt, in Schuhen mit so hohen Absätzen und so dünnen Sohlen lange Wege zurückzulegen, aber ihre Füße taten inzwischen nicht mehr weh. Außer ihrem Triumph und ihren Rachegelüsten nahm sie nichts mehr wahr.

Angelo Sabatini, ihr Ehemann, der auch noch eine andere Ehefrau und einen anderen Namen hatte – Angie Kiwi nannten sie ihn hier –, der Mädchen am anderen Ende der Welt zum Weinen brachte, lag mit einem Herzleiden im Krankenhaus. Sie richtete ein schnelles Gebet an die Jungfrau, so leicht sollte er nicht davonkommen. Kein Herzinfarkt, flehte sie. Er soll einen qualvollen Tod sterben, mit Komplikationen, Lähmungen, die Hände verkrüppelt, wie Krallen gebogen, sein Körper mit offenen Wunden übersät, aber, fügte sie hinzu, nicht ehe sie ihn fand, nicht ehe sie ihm sagte, was Sache war.

Die Männer hatten sie inzwischen wieder vergessen. Sie wartete und lauschte aufmerksam, aber jetzt diskutierten sie über eine Boccia-Partie und den Unfall von jemandem namens Gianni Michalini. Sie trat ein paar Schritte vor. »Der arme Angelo«, sagte sie leise. »Wissen Sie, wo er ist? In welchem Krankenhaus?«

Sie blickten alle auf, als seien sie überrascht, sie immer noch dort stehen zu sehen, und der gutaussehende junge Mann zuckte die Achseln und zog an den Ärmeln seines Jacketts, damit sie die Manschetten seines Hemds vollständig verdeckten. »Wo könnte er schon sein?« sagte er. »In dem Krankenhaus, in das wir alle gehen.«

Der Zigarrenkauer deutete die Straße hinauf. »Es ist nicht weit«, sagte er. »Immer geradeaus. Sie können es nicht verfehlen.«

»Richtig«, sagte ein Mann, der bis dahin geschwiegen hatte. Er saß auf einer roh gezimmerten Bank und schälte einen Apfel. Die Schale hing in einer langen Spirale herunter. »Sie können es nicht verfehlen, wenn Sie immer geradeaus laufen.«

Der alte Mann, der den Zigarrenstummel kaute, lachte schallend. Nickys Mutter konnte sehen, daß ihm etliche Zähne fehlten. »Er ist ein guter Kerl, dieser Kiwi. Falls Sie ihn sehen, sagen Sie ihm, Frankie Moe läßt ihn grüßen.«

»Das Leben ist schon komisch«, sagte einer der Männer. »Man weiß nie, was als nächstes passiert.«

»Es scheint, jedesmal, wenn er heimkommt, setzt Celestina Angie ganz schön zu. Diesmal hat seine Pumpe nicht mehr mitgespielt.« Der Mann auf der Bank biß in seinen Apfel.

»Ja, vielleicht hat Celestina was an sich, was diesen schlitzäugigen Mädchen abgeht.«

»Ich weiß nicht recht. Ich kann mich noch erinnern, damals in Frankreich, dreiundvierzig.«

»Himmel, bloß nicht wieder diese alte Kamelle.«

»He, vergeßt ihr schon wieder die Dame?« Der Mann, der die Fliegen verscheuchte, wandte den Kopf um.

Aber Nickys Mutter war fort. Sie war gegangen, und niemand hatte ihr Verschwinden bemerkt, noch nicht einmal der gutaussehende junge Mann, der sie von Anfang an so aufmerksam gemustert hatte.

»Wer war das überhaupt?« fragte der alte Mann, der den Zigarrenstummel kaute.

Der Fliegenverscheucher knöpfte seine Strickweste zu, um sich gegen die spätnachmittägliche Kühle zu wappnen. »Wer weiß? Sie wollte zu Angie Kiwi.«

Nickys Mutter fand das Krankenhaus mühelos. Es war ein großes, verschachteltes Gebäude, das einen ganzen Häuserblock einnahm. Sowie sie eintrat, fühlte sie sich benommen und atemlos. Sie konnte ihren eigenen Herzschlag hören. Daher setzte sie sich auf eine Bank an der Wand und wartete darauf, daß das Schwindelgefühl vorüberging.

Sie sprach mit niemandem, sondern saß mit starrem Blick da. Sie dachte an Nicky, der ganz allein in der Wohnung war, aber es war noch früh am Tag, rief sie sich ins Gedächtnis zurück und wurde gleich darauf ruhiger; sie löste ihre Finger, die sie auf ihrem Schoß fest ineinandergekrallt hatte. Sie hatte Nicky ein Mittagessen hingestellt. Dante war unten und schob vor dem Gebäude Wache. Es war ein wunderschöner Tag.

An der Pforte am Haupteingang bekam sie ohne weitere Umstände die Zimmernummer von Angelo Sabatini heraus. Er lag auf der Männerstation, sagten sie ihr, im zweiten Stockwerk. In den Gängen des zweiten Stockwerks drängten sich Männer auf Stühlen und auf Bahren, zerstückelt, zusammengeflickt oder auch im Streckverband. Der Geruch nach Krankheit, der Geruch der Männer, raubte ihr fast den Atem, aber dann stand sie vor seinem Zimmer. Sie blieb vor der Tür stehen und machte sich klein. Im ersten Moment sah sie ihn nicht. Zwei Reihen von Metallbetten standen in dem Saal, und sie ließ ihre Blicke aufmerksam von einem Bett zum anderen gleiten und schaute den Männern ins Gesicht. Sie mußte sich anstrengen, um sie deutlich zu sehen und selbst dennoch verborgen zu bleiben.

Dann sah sie ihn im letzten Bett, am Fenster. Selbst hier noch, dachte sie, gelingt es ihm, den besten Platz zu ergattern. Dreißig Männer, und Angelo Sabatini bekommt den Fensterplatz, das Licht, die Luft, die Aussicht. Sie betrat den Saal. Einen Moment lang war ein gedämpftes Murmeln zu vernehmen, während sie von den Männern gemustert wurde, die der Tür am nächsten waren. Nicht weit von der Mitte des Raumes war ein Kartenspiel im Gange; Rollstühle standen um ein Bett herum dicht zusammengeschoben.

Sie ging leise auf Angelos Bett am Ende der Reihe zu, das

letzte Bett, das Bett am Fenster. Sie lächelte die Männer an, die alles stehen und liegen ließen, um sie anzusehen, ihre Schritte zu zählen und zu begreifen, daß ihr Besuch nicht ihnen galt.

Angelo schlief. Sie blieb neben seinem Bett stehen. Sein Haar war so schwarz, wie sie es in Erinnerung hatte. Sein Bart warf einen Schatten auf seine eingefallenen Wangen. Er wirkte unverändert auf sie, nur dünner. Das konnte sie jetzt erkennen, als sie über ihn gebeugt stand. Er sah immer noch gut aus, attraktiver als jeder Mann, den man ihr jemals zugetraut hätte. Das war ihr klar. Sie hatte gehört, was die Leute redeten.

Für einen Moment vergaß sie, was er ihr angetan hatte. Sie vergaß ihre Verwünschungen, ihren Sohn, der ohne einen Vater und mit Beinen, die ihm ihren Dienst versagten, zu Hause saß. Sie beschwor die Farbe seiner Augen hinter den geschlossenen Lidern herauf. Nicky hatte dieselben blauen Augen. Alle hatten behauptet, sie würden ihre Farbe verändern. »Bei der Geburt haben alle Babys blaue Augen«, hatte Jumbos Mutter unten auf den Stufen vor dem Haus beharrlich wiederholt und ihren Bauch getätschelt, der sie alle mit seiner enormen Größe in einem sehr frühen Stadium der Schwangerschaft erstaunt hatte. Aber Nickys Augen hatten die Farbe nicht geändert, sie waren allenfalls noch blauer geworden. Jumbos Mutter hielt sich immer zurück, wenn die anderen Frauen von Nickys Augen schwärmten. Nickys Mutter nahm die Komplimente mit einem Nicken entgegen und drückte hinter ihrem Rücken die Daumen. Man konnte gar nicht vorsichtig genug sein.

Nickys Mutter streckte die Hand aus und schüttelte Angelo. Er wandte im Schlaf das Gesicht von ihr ab. Das versetzte sie in Wut, und sie grub ihre Finger in seine Schulter. Das Baumwollgewebe seines Schlafanzugs war weich und edel. Es mußte sein eigener sein. Bestimmt hatte Cynthia ihn hergebracht, dachte Nickys Mutter, ihn in ihrer Wohnung in der Bronx gewaschen und gebügelt, dicht am offenen Fenster, damit die Brise ihr Kühlung verschaffte.

»Angelo«, zischte Nickys Mutter, und seine Augen öffneten sich. Er starrte sie an, blinzelte und runzelte die Stirn. Seine Reaktion verblüffte sie. War sie etwa so alt geworden, so häßlich? »Du Mistkerl«, sagte sie zu ihm. »Du weißt wohl nicht mehr, wer ich bin?«

Er sah sie an. Er setzte sich im Bett auf. Seine Augen waren weit aufgerissen. Sein Mund öffnete sich, aber kein Wort kam heraus. Dann legte sich sein Erstaunen, und er lächelte sie an. »Teresa ...«, sagte er. »O mein Gott. Ich muß wohl träumen. Bin ich im Himmel?« Er breitete die Arme aus. »Komm her, laß dich von mir küssen. Du bist so schön. Ich kann nicht glauben, daß du wirklich da bist.« Als sie reglos stehenblieb, ließ er die Arme sinken. »Wie geht es dir?« fragte er. »Also ich, ich bin krank. Ich bin nicht mehr der alte. Ich bin zu nichts mehr zu gebrauchen. Sieh mich nur an. Erinnerst du dich noch, wie stark ich früher war? Komm her ... Laß dich ansehen. Du siehst prachtvoll aus ... Teresa ...«

Sie schlug ihm fest ins Gesicht. Er war verblüfft und fassungslos. Er wollte etwas sagen, doch schon schlug sie ihn mit der anderen Hand. Ihre Handtasche flog von ihrem Arm, und der gesamte Inhalt verteilte sich im Gang zwischen den Betten. Zwei kleine Jungen tauchten aus dem Nichts auf und krochen herum, um die Münzen und Scheine aufzusammeln, sogar den Taschenspiegel. Sie rannten damit in den Korridor hinaus.

Niemand rührte sich, doch Köpfe wandten sich diskret ab. Sie versetzte ihm eine weitere Ohrfeige und dann gleich noch eine. Sie zerkratzte sein Gesicht mit den Fingernägeln. »Du mieser Köter«, sagte sie. »Du elendiger Dreckskerl. Deine Mutter hat dich auf einer Toilette rausgeschissen. Du hättest gleich bei deiner Geburt sterben sollen. Du Kackefresser. Diese Hure, mit der du zusammen bist, soll Krebs bekommen. Sie soll ohne Zunge sterben.«

»Teresa ...«, sagte er. Sie hob erneut die Hand, doch diesmal fing er sie in der Luft ab. Er weinte. Er nahm ihre Hand und küßte ihre Finger. Sein Blut klebte unter ihren Nägeln. Er streckte den anderen Arm nach ihr aus, um sie enger an sich zu ziehen. Er sah ihr ins Gesicht und suchte dort nach einem Zeichen.

»Ich wünschte, du wärest tot, Angelo, verkrüppelt auf der Straße, mit Klauen als Händen, unter einen Zug gekommen.«

»Ach, Teresa ...«, sagte er wieder und rang mühsam nach Luft. »Wovon redest du? Es gibt keine Frau. Es gibt keine andere. Hör mir einen Moment zu.«

»Es ist nicht wahr? Du willst mir erzählen, es gäbe keine andere? Für wie dumm hältst du mich eigentlich, Angelo? Bloß weil du mich all die Jahre zum Narren gehalten hast, brauchst du dir nicht einzubilden, daß ich dumm bin.«

»Schon gut, schon gut.« Ein Schluchzen blieb in seiner Kehle stecken. »Aber ist es nicht wahr, Teresa, daß ich mich um dich gekümmert habe? Das Geld ... Hast du nicht jeden Monat Geld bekommen? Ganz gleich, wo ich war? Ganz gleich, was sonst war? Ich habe dir Dinge geschickt. Ich habe dir laufend Geschenke geschickt.«

»Du hast Nicky und mich in der Spring Street allein gelassen. Nur uns beide allein, und du bist nie gekommen.«

»Ich war da.«

»Einmal ... ein einziges Mal warst du in all den Jahren da. Wer kann sich schon an dieses eine Mal erinnern? ›Sie hat gar keinen Ehemann‹, behaupten sie. ›Nicky hat gar keinen Vater.‹ Wenn du in all diesen Jahren nur ein einziges Mal kommst, vergessen sie, daß du jemals existiert hast. Sie vergessen es vollständig, und es wird gemunkelt, daß Nicky ein uneheliches Kind ist. Hinter meinem Rücken wird über mich geredet. ›Wo steckt er denn‹, sagen sie, ›dieser Angelo Sabatini?‹« Sie zog ihre Hand zurück. Sie war feucht von seinen Lippen und von seinen Tränen, und sie wischte sie an ihrem Rock ab.

»Manche Dinge passieren ganz einfach«, sagte er zu ihr. »Ich weiß selbst nicht, warum. Sieh mich doch an. Gott hat es mir heimgezahlt. Ich bin am Ende. Meine Pumpe ist kaputt ...« Er fing wieder an zu weinen.

»Wen interessiert schon, wie es dir geht, Angelo? Nicky und ich kommen einigermaßen zurecht, aber du hast aufgehört, Geld zu schicken. Diese Hure, mit der du zusammenlebst, bekommt es, nicht wahr? Vom Mund meines Sohnes abgespart, damit es in ihre Tasche fließt.«

»Bitte, Teresa, sie ist eine brave Frau. Ihr beide würdet euch gut verstehen, glaube mir. Du würdest sie mögen.«

Nickys Mutter spuckte ihm ins Gesicht. Er schloß die Augen. »Und du hast sie geheiratet, stimmt's, Angelo? Du Dummkopf. Dir ist doch wohl klar, daß man in diesem Land hier dafür ins Gefängnis kommt?«

»Wenn du mir zuhören würdest, Teresa ...«

»Ich denke gar nicht daran zuzuhören. Jetzt hörst du mir mal zu. Ich gehe in die Bronx und läute an deiner Tür. Ich gehe zu deiner Frau in der Bronx. Nicky nehme ich mit. Ich habe ihr einiges zu erzählen. Und dann reiße ich ihr jedes Haar auf dem Kopf einzeln aus.«

»Ich verstehe das nicht, Teresa. Du warst doch früher so süß, ein ganz reizendes Mädchen. Was ist nur aus dir geworden? Erinnerst du dich noch daran, wie du für mich gesungen hast und wie ich ...«

»Halt den Mund«, sagte sie, »ehe ich dich umbringe. Wenn ich einen Vater hätte ... Brüder ... irgend jemanden ...«

»Schon gut, schon gut. Was willst du? Was erwartest du von mir? Du willst mich umbringen? Von mir aus. Ich bin ohnehin schon halb tot. Sag es mir ... Ich tue alles, was du willst. Ich werde es wiedergutmachen, dich für alles entschädigen. Aber es ist doch wahr, Teresa. Du und Nicky, ihr habt doch alles, was ihr braucht? Wer in der Spring Street ist besser dran als ihr?«

»Nicky kann nicht laufen«, erklärte sie ihm.

»Was? Was ist passiert?«

»Er hatte einen Unfall.«

»O Gott, wie denn das? Was ist geschehen?«

»Ich brauche Geld ... für eine Operation, damit er wieder laufen kann.«

»Sieh mich an, Teresa. Ich habe kein Geld. Ich kann nicht mehr arbeiten. Ich bin am Ende.«

»Nicky muß dringend operiert werden.«

»Ich habe kein Geld«, sagte er. »Ich würde es dir augenblicklich geben. Du weißt doch, daß ich für Nicky alles täte. Er ist das Einzige, was ich habe.«

»Die Erwerbsunfähigkeits ...«

»Was glaubst du wohl, wieviel das ist? Was glaubst du wohl, wieviel ich kriege? So gut wie nichts.«

»Deine Frau«, sagte sie. »Deine andere Ehefrau. Besorg dir das Geld von ihr.«

»Von meiner Frau?«

»Ja, Angelo. Von Cynthia. Oder Celestina, wie auch immer du sie nennst. Die Tochter von Damiano, dem Bestattungsunternehmer. Sie muß doch Geld haben. Bitte sie um das Geld für deinen Sohn.«

»Woher weißt du das alles?«

»Das geht dich nichts an.«

Er stützte den Kopf auf die Hände. »Mach schon, Teresa«, sagte er. »Schnür mir die Luft ab. Ruiniere mich. Deshalb bist du doch hergekommen, stimmt's? Ich bin noch nicht krank genug. Ich bin nicht ohnehin schon halb tot. Du willst mein Blut sehen. Du willst mir den Rest geben.«

»Ich will das Geld für Nickys Operation«, sagte sie.

»Du mußt mir wenigstens etwas Zeit lassen. Laß mich erst mal hier rauskommen ...«

»... und dann wirst du ins Viertel runterkommen. Du wirst ein paar Tage in der Spring Street bleiben. Du putzt dich heraus und bringst Geschenke für mich und für Nicky mit. Du wirst durch das Viertel laufen, dich überall zeigen und mit uns in die Bleecker Street gehen, uns zu Kuchen und Eis einladen. Du wirst allen demonstrieren, daß Nicky einen Vater hat, daß Teresa Sabatini einen Ehemann hat, und dann kannst du wieder gehen. Du kannst behaupten, dein Schiff liefe aus, und dann kannst du für immer verschwinden.«

Angelos Tränen waren getrocknet. Er streckte die Arme nach ihr aus. »Du willst, daß ich in die Spring Street runterkomme und bei dir bleibe, Teresa? Wie in alten Zeiten? Es wird wieder so wie früher zwischen uns sein? Als sei nichts geschehen? In meinen Augen bist du immer noch schön, Teresa.«

Nickys Mutter trat dicht neben das Bett. Sie beugte sich über ihren Mann, und er streckte ihr sein Gesicht entgegen. Sie packte den Kragen seines weichen Baumwollpyjamas mit beiden Händen. »So wirst du nie mehr mit mir reden«, sagte sie. »Du wirst tun, was ich sage, und dann wirst du verschwinden. Nichts ist mehr so wie früher. Alles, was ich heute tue, tue ich für Nicky.«

Angelo sank auf sein Kissen zurück. Sie zog an ihm, zerrte an seinem Kragen, und als sie ihn losließ, strich er mit den Fingern über den zerrissenen Stoff. Seine Augen waren wieder feucht. Sie wandte sich ab, um zu gehen. Die Männer im Saal schlugen plötzlich die Augen nieder und taten so, als sähen sie tatsächlich auf die Spielkarten, die Bücher oder die Zeitschriften, die sie in den Händen hielten.

»Teresa«, rief Angelo. Seine Stimme war heiser.

»Vergiß nicht«, sagte sie, »daß ich weiß, wo ich dich finden kann.«

Nickys Mutter fuhr mit der U-Bahn nach Hause. Im Nu war sie wieder in der Spring Street. Erst als sie die fünf Stockwerke zur Wohnung hinaufstieg, merkte sie, wie weh ihre Füße taten.

An dem Tag, nachdem sie ihre Schätze weggeworfen hatte, blieb Nickys Mutter bis um die Mittagszeit im Bett. Nicky war schon seit Stunden wach, aber er lag da und wartete darauf, daß sie sich rührte, daß sie etwas sagte. Er fürchtete, sie sei tot, und er fürchtete sich davor, sie anzusehen, sie zu berühren. Er weinte stumm vor sich hin und hielt sich die Hand vor den Mund. Er hatte Hunger. Er mußte pinkeln. Und war ganz sicher, daß sie tot war. Als sie sich im Bett zu ihm umdrehte und sein Gesicht berührte, war er einem hysterischen Anfall nahe.

»Nicola«, sagte sie. »Was ist los?« Er antwortete ihr nicht, und sie zog ihn an sich. Sie küßte sein Gesicht, seine Ohren und seine Finger. Sie hob die Bettdecke hoch und küßte seine Füße.

Er kicherte, als sie das tat, aber dann wurde er wütend. »Warum hast du das getan?« fragte er.

»Was?«

»Dich tot gestellt. So lange geschlafen. Ich dachte, du wärst tot. Ich muß pinkeln. Warum hast du mir einen solchen Schrecken eingejagt?«

»Ach was«, erwiderte sie. »Ich habe eben lange geschlafen, und du hast geglaubt, ich sei tot. Was spielt das schon für eine Rolle? Jetzt bin ich lebendig, oder etwa nicht? Ein Wunder ist geschehen. Warum weinst du? Du bist vielleicht ein Baby. Ich habe gar keinen Sohn. Ich habe eine kleine Tochter.« Sie lachte ihn aus und griff ihm zwischen die Beine. »Sehen wir doch mal!«, neckte sie ihn. »Haben wir uns die ganze Zeit in dir geirrt? Bist du etwa ein kleines Mädchen?«

Er lag in ihren Armen, und sie strich ihm über das Haar. Sie sang ihm ein Lied vor, ein Lied, das Liebespaare füreinander singen. »Du bist wie eine Tasse Kaffee«, sang sie, »bitter, bis ich dich rühre und der Zucker nach oben steigt.«

»Es wird alles gut werden, Nicola«, sagte sie zu ihm.

»Aber du hast alles mitgenommen, die Sachen, die mein Vater geschickt hat. Was hast du damit gemacht?«

»Das brauchen wir jetzt alles nicht mehr«, sagte sie. »Dein Vater kommt zurück. Er kommt vom anderen Ende der Welt in die Spring Street, um dich zu besuchen.«

Nicky setzte sich auf und starrte sie an. Sie stopfte Kissen hinter seinen Kopf und ließ ihre Finger über seinen Arm gleiten. »Er wird das Geld für deine Operation mitbringen. Er wird dir Spielsachen und Eis kaufen und all deine Freunde begrüßen. Er wird dich zu einem Baseballspiel mitnehmen.«

»Du hast ihn gesehen? Er kommt hierher?«

»Er kommt, ganz bestimmt.«

»Wann?«

»Bald.«

»Wann? Wann? Sag es mir.«

Sie nahm seine Hände, küßte die offenen Handflächen und preßte sie an ihr Gesicht. »Ich mache dir jetzt Frühstück«, sagte sie und stand auf, »Kaffee und Milch mit einem Ei darin.«

»Und Zucker.«

»Löffelweise Zucker ... und du darfst dich ans Fenster zur Spring Street setzen und deinen Freund Salvatore rufen, damit er rüberkommt.«

»Und Jumbo ...«

»Nein«, sagte sie. »Der bringt Unglück, das sage ich dir, dieser ...«

»Mama ...«

»Nein«, sagte sie und half ihm aus dem Bett. »Geh mir nicht auf die Nerven. Ich habe nein gesagt.«

Am Abend ging Nickys Mutter nach unten, um sich auf die Stufen vor dem Haus zu setzen. Jumbos Mutter saß auf der untersten Stufe, und als Nickys Mutter sie dort sah, blieb sie auf der obersten Stufe stehen und ließ sich dann dort nieder. Sie erzählte Salvatores Mutter, die neben ihr saß, daß Nickys Vater nach Hause kommen würde. Nichts hielt ihn mehr auf See, sagte sie, nachdem er gehört hatte, was seinem Sohn zugestoßen war.

Sie sprach so laut, daß sämtliche Frauen es hören konnten. Sie verstummten und blickten zu ihr auf. Das waren echte Neuigkeiten. Über Loretta Paglianis Gebärmutterleiden konnten sie auch ein anderes Mal reden.

Die Frauen rückten näher zu ihr, mit Ausnahme von Jumbos Mutter, die blieb, wo sie war, und sogar noch etwas weiter abrückte und auf die Straße hinausschaute.

»Als er von dem Unfall erfahren hat«, sagte Nickys Mutter, »hat er beschlossen, auf der Stelle nach Hause zu kommen.«

Jumbos Mutter schneuzte sich die Nase in ein schmutziges Taschentuch und steckte es in ihre Schürzentasche. »Warum jetzt erst?« fragte sie. »Weshalb hat es so lange gedauert?«

»Was spielt das schon für eine Rolle?« erwiderte Vicki Palermo. »Hauptsache, er kommt.«

»Also, ich glaube das erst, wenn ich es mit eigenen Augen sehe.«

»Es dauert lange, einen Mann auf See zu finden«, sagte Nickys Mutter. Sie achtete sorgsam darauf, ihre Augen nicht niederzuschlagen, damit bloß niemand glaubte, unter ihr säße jemand von Bedeutung. »Er ist am anderen Ende der Welt. Das braucht seine Zeit.«

Salvatores Mutter legte Nickys Mutter eine Hand auf die Schulter. »Sie haben einen braven Mann«, sagte sie zu ihr. »Er hat immer für Sie und für Nicky gesorgt.«

Jumbos Mutter putzte sich wieder die Nase und stand auf. »Ich gehe rauf«, sagte sie. »Hier unten wird es mir zu windig.« Sie drängte sich an den Frauen vorbei. »Entschuldigen Sie, bitte«, sagte sie, als sie über sie drübersteig. Sie trat auf den Saum des Kleides von Nickys Mutter.

»Sie wollen wohl Ihre schmutzige Wohnung putzen?« rief Nickys Mutter ihr nach, aber Jumbos Mutter lief unbeirrt weiter.

»Zu windig hier unten«, wiederholte sie, ehe sie die Tür zum Treppenhaus schloß.

Nickys Mutter redete weiter. Sie sprach davon, daß Nickys Vater zurückkommen würde und wohin er mit ihnen gehen würde und was er alles an Geschenken mitbringen würde. Ehe jemand etwas darauf erwidern konnte, stand sie auf und sagte Gute Nacht.

Als die Tür hinter ihr ins Schloß gefallen war, schüttelte Mary Ziganetti den Kopf. »Das will ich sehen«, sagte sie.

Salvatores Mutter drehte sich zu ihr um. »Wenn sie sagt, er kommt, warum sollte er dann nicht kommen? Weshalb sollte sie lügen?«

»Ach, Magdalena«, sagte Annamaria Petrino. »Sie sind immer noch eine waschechte Italienerin. Sie haben keine Ahnung von dem Leben hier in diesem Land.«

»Aber Sie wissen ganz genau Bescheid?« Mit diesen Worten stand Salvatores Mutter auf. Vicki Palermo lachte und zupfte am Saum ihres Kleides, damit sie sich wieder setzte, doch sie zog ihr Kleid zurück und preßte es an ihre Beine. Sie stieg die Stufen hinunter und achtete sorgsam darauf, nicht auf Finger oder Zehen zu treten.

»Was kann man da schon machen?« sagte Mary Ziganetti, als sie gegangen war. »Sie ist so naiv.«

»Da habe ich aber etwas ganz anderes gehört«, flüsterte Annamaria Petrino.

»Sie sind abscheulich«, sagte Mary Ziganetti. »Sie haben nur schweinische Sachen im Kopf. Und jetzt erzählen Sie mir, was Sie über sie gehört haben.«

Am nächsten Morgen begab sich Nickys Mutter zur Telefonzelle der Imbißstube in der Varick Street und rief das Krankenhaus in der Bronx an.

»Verstorben«, sagte der Mann am anderen Ende der Leitung.

»Er ist tot?«

»Ja, tot.«

»Nein«, sagte Nickys Mutter. »Das kann nicht sein. Ich habe ihn gerade erst gesehen. Gestern habe ich noch mit ihm gesprochen.«

»Tja, heute werden Sie nicht mit ihm reden.«

»Überprüfen Sie das noch einmal. Angelo ... Angelo Sabatini ... S-A-B-A-T-I-N-I.«

»Er ist tot ... heute morgen gestorben ... ein Herzinfarkt.«

»Wie kommen Sie dazu, mir so etwas zu sagen?«

»Hören Sie, Sie haben bei mir angerufen. Und nicht ich bei Ihnen.«

Nickys Mutter lehnte sich an die Wand der Telefonzelle. Sie biß die Zähne zusammen. »Dieser Schweinehund«, sagte sie. »Jetzt bringt er es also fertig und stirbt? Hätte er nicht noch ein paar Wochen warten können?« Sie knallte den Hörer auf die Gabel und ließ sich auf den Klappsitz in der Telefonzelle sinken. Draußen klopfte eine Frau an die Glastür und deutete auf ihre Armbanduhr. Nickys Mutter kehrte ihr den Rücken zu, warf noch eine Münze ein und rief erneut im Krankenhaus an.

»Wo ist er?« fragte sie.

»Wer?«

»Angelo Sabatini? Wohin hat man ihn gebracht?«

»Sind Sie das wieder; Sie haben gerade schon einmal angerufen, oder?«

»Wo ist er? Beeilen Sie sich. Ich stehe in einer Telefonzelle. Ich habe nicht den ganzen Tag Zeit.«

»Sie sind übergeschnappt, ist Ihnen das eigentlich klar? Wer sind Sie überhaupt?«

»Was sagten Sie doch schnell noch mal? Haben Sie nicht gerade gesagt, wo er ist?«

Der Mann am anderen Ende seufzte. »Einen Moment«, sagte er und legte den Hörer hin. Die Frau draußen vor der Telefonzelle hämmerte an die Glastür und schnitt Grimassen. Nickys Mutter machte mit der freien Hand eine obszöne Geste. »Der Leichnam ist freigegeben und ins Bestattungsinstitut Damiano überführt worden«, sagte der Mann am anderen Ende der Leitung.

»Wo ist das?«

»Damiano, Burke Avenue. In der Bronx. Alles klar? Sind Sie jetzt zufrieden?«

»Vielen Dank«, sagte Nickys Mutter. »Ich weiß Ihre Mühe zu schätzen.« Sie legte auf, warf noch einmal Geld ein, rief im Süßwarengeschäft unter ihrer Wohnung an und verlangte Dante. Die Frau draußen vor der Telefonzelle trat jetzt gegen die Glastür und versuchte sie gewaltsam aufzudrücken. Nickys Mutter hatte ihren Fuß dagegen gestemmt.

Sie hob das Gesicht zu der schwachen Brise, die der kleine Deckenventilator in einer Ecke der Telefonzelle erzeugte, schloß die Augen und wartete darauf, daß Dante ans Telefon kam. Als sie ihn endlich am Apparat hatte, mußte sie ein Fünf-Cent-Stück nachwerfen, damit die Verbindung nicht abriß. Dann bat sie ihn, sich um Nicky zu kümmern. Sie sagte ihm, er solle bei Virginia's in der Sullivan Street ein Sandwich mit Schinken und Käse für ihn kaufen und sich selbst auch gleich eines mitnehmen und Virginia sagen, daß sie es auf ihre Rechnung setzte, und Nicky solle er sagen, daß er sich keine Sorgen zu machen brauchte und daß sie früh nach Hause käme, noch vor dem Abendessen. Sie müßte den Arzt noch einmal aufsuchen, erzählte sie Dante. »Richten Sie Nicky das aus.«

Sie öffnete die Tür der Telefonzelle und trat der Frau, die an das Glas gehämmert hatte, auf den Fuß. Dann drängte sie sich an der Warteschlange vorbei und kümmerte sich nicht darum, was die Leute zu ihr sagten. Sie lief nach Osten zur U-Bahn und nahm den Bronx Express bis hinauf zur Haltestelle Morris Park. Inzwischen war ihr die Gegend vertraut, und sie hielt den erstbesten Fußgänger an, der ihr auf der Straße begegnete, und fragte nach dem Weg zum Bestattungsinstitut Damiano.

»Ein paar Straßen weiter in diese Richtung«, sagte er zu ihr, und als sie es gefunden hatte, blieb sie auf der gegenüberliegenden Straßenseite stehen und blickte bewundernd den Eingang an. Der Name stand in Buntglas über den Flügeltüren: Bestattungsinstitut Damiano, gegründet 1895.

Im Foyer saß rechts ein Mann hinter einem Empfangsschalter, und ihm gegenüber saß eine junge Frau mit roten Augen und einem Taschentuch in der Hand. Sie wischte sich immer wieder die Nase ab und drehte das Taschentuch in ihren Fingern.

Nickys Mutter ging zum Empfangsschalter. »Entschuldigen Sie«, sagte sie.

»Einen Moment, Signora«, gab der Mann zurück.

Nickys Mutter wandte sich an die Frau. »Tut mir leid«, sagte sie zu ihr. »Ich will nur schnell eine Frage stellen.« Die Frau blickte auf. Sie wirkt verwirrt, dachte Nickys Mutter, nahezu bestürzt.

»Bitte«, sagte der Mann, »ich bin gleich für Sie zu sprechen. Meine Tochter hat gerade ihren Mann verloren. Wir sind ...«

Nickys Mutter konnte ihr Glück kaum fassen. Plötzlich verspürte sie eine enorme Zuneigung zur Bronx. »Sie sind Damiano, der Bestattungsunternehmer«, sagte sie. »Habe ich recht?

Und Sie ...«, sagte sie zu der Frau, »Sie sind Celestina, Angelo Sabatinis Frau.«

Der Bestattungsunternehmer stand auf und kam um den Tisch herum. »Was wollen Sie?« fragte er. »Wer sind Sie?«

»Ich? Ich bin Angelo Sabatinis Ehefrau, seine richtige Frau.«

»Das ist ja wohl lächerlich«, erwiderte Damiano. »Verschwinden Sie.«

Nickys Mutter rührte sich nicht vom Fleck. Sie hatte einen guten Stand, und daran konnte niemand rütteln. Hier hatte sie zu bestimmen. Der Teufel persönlich hätte nicht selbstsicherer sein können. Später würde sie sich dazu beglückwünschen. Sie zog das x-fach gefaltete Blatt Papier heraus, das sie bei sich trug, ihren Trauschein, auf dem stand, daß sie mit Angelo Sabatini verheiratet war. Sie reichte ihn Damiano, gemeinsam mit einem Hochzeitsfoto. Auf der Fotografie stand sie neben Angelo und trug das weiße Brautkleid, das sie für fünfzehn Dollar in einem Secondhandladen in der Lower East Side gekauft hatten. Der schwarze Anzug, den Angelo auf dem Foto trug, hing heute noch in der Spring Street im Kleiderschrank.

Celestina Sabatini stand auf. Sie riß ihrem Vater das Bild aus der Hand. Der Trauschein schwebte auf den Fußboden. Ihre Tränen waren getrocknet. »Was ist das? Wer sind Sie?« schrie sie Nickys Mutter an.

»Das habe ich Ihnen doch schon gesagt. Ich bin Angelos Ehefrau.« Ihr Tonfall war ruhig, beinah liebenswürdig. »Und es tut mir nur leid, daß er einen so leichten Tod hatte.«

Celestina Sabatini raufte sich mit beiden Händen das Haar. Sie öffnete den Mund und wimmerte. Sie schaukelte auf ihrem Stuhl, bis er umkippte und sie auf den Boden fiel. Der Bestattungsunternehmer Damiano, ihr Vater, kniete sich neben sie und tastete nach dem Riechsalz, das er stets in der Tasche hatte für den Fall, daß eine trauernde Witwe ohnmächtig wurde. »Madonna«, rief er zum Himmel hinauf, und dann: »Celestina ... Celestina ... Ich habe dir doch gesagt, daß dieser Mistkerl nichts taugt. Was hat er dir je gegeben? Er soll in der Hölle schmoren.«

Damiano hob den Kopf seiner Tochter vom Boden und streichelte ihr Gesicht. Sie schluchzte in seinen Armen. Der Ärmel seines Jacketts war feucht und klebrig von ihren Tränen. Er blickte zu Nickys Mutter auf. »Weshalb sind Sie hergekommen?« fragte er. »Wollen Sie Schwierigkeiten machen? Was wollen Sie? Sie glauben doch nicht etwa, er hätte etwas besessen? Er war ein Pleitegeier, ein Nichtsnutz.«

»Ich will die Leiche«, sagte Nickys Mutter.

Beide starrten sie an.

»Nein«, schrie Celestina. »Niemals ... diese Schande ... was würden die Leute sagen?«

»Genau deshalb will ich die Leiche haben«, sagte Nickys Mutter.

Damiano sah sie genauer an. »Weshalb sollten wir das tun? Ihnen die Leiche überlassen?«

»Weil er mein Ehemann war, mein rechtmäßiger Ehemann, und daher ist es meine Sache, ihn zu begraben. Und noch etwas.« Sie unterbrach sich. »Dann wären da noch die sozialen Leistungen und die Rente. Sie stehen mir zu, wenn ich darauf Anspruch erhebe. Ihre Tochter bekommt gar nichts.«

»Schaff sie raus. Hexe ... Teufel ... Hure«, schrie Celestina, während ihr Vater sie stützte.

Nickys Mutter musterte sie eingehend. Nichts Besonderes, dachte sie, und Kinder hat sie auch nicht. Sie wandte sich an Damiano. »Überlassen Sie mir die Leiche«, sagte sie, »und ich sage nichts. Von mir aus kann sie die sozialen Leistungen kassieren. Ein großartiges Land, dieses Amerika, nicht wahr? Die Rente kann sie auch haben. Wir vergessen die ganze Geschichte, und alle sind glücklich und zufrieden.«

Nickys Mutter taten die Füße weh. Sie setzte sich auf einen

der Stühle an der Wand, die für die Trauergäste dastanden. Sie schlug die Beine an den Knöcheln übereinander, streckte die Hand aus und nahm sich ein Pfefferminzbonbon aus einem Glasgefäß auf Damianos Tisch. Die Zellophanhülle ließ sie in den Aschenbecher neben ihrem Stuhl fallen.

»Niemals ... niemals«, rief Celestina immer wieder.

»Celestina«, sagte ihr Vater. »Laß uns darüber nachdenken.«

»Aber was werden die Leute sagen? Keine Totenwache ... kein Begräbnis ... kein Grab? Nein, das kann ich nicht tun. Mir ist egal, was sie sagt. Angie ist mein Mann.«

»Natürlich ist er das, *cara*.«

Nickys Mutter stand auf. »Angelo ist tot. Er ist jetzt niemandes Ehemann mehr.« Sie ging zur Tür. Damiano folgte ihr.

Er holte sie draußen ein. »Warten Sie, Signora«, sagte er. »Ich werde mit ihr reden.«

»Meiner Meinung nach verhalte ich mich fair«, sagte Nickys Mutter. »Was verlange ich denn schon? Will ich vielleicht etwas für mich haben?«

»Sie haben recht«, bemerkte Damiano. Er warf einen Blick durch die Tür auf seine Tochter. Der schwarze Lidstrich und die Wimperntusche waren auf ihren Wangen verschmiert. Ihr Haar stand dort, wo sie daran gezerrt hatte, in fettigen Klümpchen vom Kopf ab. Nickys Mutter betrachtete sie ebenfalls. Die ideale Witwe, dachte sie und strich sich eine Haarsträhne, die sich gelöst hatte, hinter das Ohr.

»Wohin soll die Leiche gebracht werden?« flüsterte Damiano.

Nickys Mutter machte einen Spaziergang, um sich in dem Viertel umzusehen, ehe sie mit der U-Bahn nach Hause fuhr. Sie glaubte, hier hätte es ihr gefallen können, wenn die Dinge anders gelegen hätten. Sie dachte an all die anderen Orte, an denen sie nie gewesen war, obwohl sie mit der U-Bahn mühelos zu erreichen waren. Wenn Nicky wieder laufen konnte, sagte sie sich, würde sie Ausflüge machen, die U-Bahn nehmen und sich anderswo umsehen.

In der Sullivan Street ging sie ins Bestattungsinstitut und gab Bescheid, damit man sich dort auf die Leiche ihres Mannes einstellte. Sie sagte dem Bestattungsunternehmer, für Angelo sei ihr nur das Beste gut genug, und sie überschrieb die Versicherung auf ihn, in die sie jede Woche einen Vierteldollar einbezahlt hatte. Mr. Fleischman von der Sterbekasse kam immer dienstags ins Haus, und es wurde gemunkelt, er sei der Vater etlicher Kinder aus dem Viertel, ausschließlich Jungen. Der Bestattungsunternehmer sagte ihr, wie leid es ihm täte und daß der Tod doch immer wieder furchtbar wäre und einen unerwartet träfe, und als er sie im Lastenaufzug ins Untergeschoß mitnahm, wählte sie den Bronzesarg aus, der mit weißem Samt ausgeschlagen war. Er beglückwünschte sie zu ihrer Wahl. Er lächelte sie an und hielt ihre Hand. Bis morgen nachmittag könnten sie den Leichnam herrichten, sagte er, und dann ließ er sie stehen, um bei den Zeitungen anzurufen.

Am Nachmittag des nächsten Tages warteten die Leute draußen vor dem Bestattungsinstitut. Auf dem Bürgersteig war kein Platz mehr, und sie standen auf der Straße. Die Männer lachten und drückten unter ihren blitzblanken schwarzen Schuhen Zigaretten aus. Die Frauen tuschelten unter ihren Hüten. Sie warteten auf das Eintreffen der Witwe und ihres Sohnes, um ihnen den Vortritt zu lassen. Die Kinder hielten ihre Mütter an der Hand und waren unruhig. Sie wollten reingehen, es hinter sich bringen, im Park spielen, Eis essen und all die Dinge tun, die man ihnen versprochen hatte, nachdem sie den Toten besucht hatten.

JoJo Santulli fuhr Nicky und seine Mutter im Wagen seines Onkels zum Bestattungsinstitut. Dante fuhr ebenfalls mit und saß vorn neben JoJo. Er hielt Nickys Mutter die Tür auf und half ihr, Nicky ins Bestattungsinstitut zu tragen. Nicky wurde auf beiden Seiten von seiner Mutter und Dante gestützt. Seine Füße schleiften auf dem Boden. Alle folgten ihnen mit angehaltenem Atem.

»*Poverino*«, sagte jemand.

»Und jetzt auch noch das«, erklang eine andere Stimme.

Die Totenwache wurde im Hinterzimmer abgehalten, dem größten Raum, und die Prozession bewegte sich langsam durch den schmalen Korridor, angeführt von Nicky, seiner Mutter und Dante, denen der Bestattungsunternehmer in seinem langen schwarzen Frack, einer gestreiften Hose und einem Zylinder folgte.

Über den Sarg fiel eine amerikanische Flagge aus weißen, roten und blauen Nelken. »Er war ein Kriegsheld«, hatte Nickys Mutter dem Floristen erzählt, als sie dieses Gebinde bestellt hatte. Ein blutendes Herz aus roten Rosen und flatternden roten Satinbändern trug die Inschrift: »Von seiner geliebten Frau«, und Nicky verabschiedete sich mit einem Schiff aus weißen Rosen von seinem Vater. Unter dem Schiff bildeten blau eingefärbte Nelken ein Meer. Angelo Sabatini lag in einem zweireihigen Nadelstreifenanzug und einer Krawattennadel mit einem kleinen Diamanten im Sarg. Das weiße Samtfutter war zurückgeschlagen, damit auch ja alle sahen, daß der Sarg aus Bronze war.

Angelo Sabatini war jung gestorben, und der Tod war plötzlich eingetreten. »Eine grandiose Kombination«, sagte der Bestattungsunternehmer zu Nickys Mutter. »Ich werde ihn so schön herrichten, daß kein Mensch glaubt, dieser gutaussehende Mann könnte tot sein. Sie können sich auf mich verlassen«, versicherte er und tätschelte ihre Hand.

Nicky kam in den Raum, in dem sein Vater aufgebahrt war. Seine Mutter und Dante hatten sich seine Arme über die Schultern gehängt und hielten seinen Rücken umschlungen. Nicky hatte seinen Vater nur das eine Mal gesehen, als er in die Spring Street gekommen war und ihm gezeigt hatte, wie man diesen Knoten machte. Er verrenkte sich den Hals, um ihn genauer zu betrachten, sah den offenen Sarg, roch die Blumen und fing an zu heulen und zu schreien.

Die Menschenmenge hinter ihnen drängte sich nach vorn, und Nickys Mutter konnte Nicky nicht länger halten. Sie rief Gott an und Dante und streckte die Arme aus, um ihn an sich zu ziehen, ehe er fiel.

Nicky fiel aber nicht. Er setzte einen Fuß vor den anderen und lief. Er sah starr vor sich hin und lief durch den Gang zum Sarg. Seine Mutter stieß einen lauten Schrei aus, und die Menge wich zurück. Nickys Mutter wollte auf ihn zugehen, auf den Sarg zugehen, doch Dante hielt sie zurück. Er sank auf die Knie und zog sie neben sich zu Boden.

Ein Murmeln stieg aus der Menschenmenge auf. Der Bestattungsunternehmer sprang ganz hinten im Raum auf einen Stuhl. »Ein Wunder«, rief er. »Gott hat ein Wunder vollbracht ... hier ... in diesem Bestattungsinstitut.«

Nickys Mutter versuchte sich zu erheben. Sie glaubte immer noch, Nicky würde hinfallen. Sie wollte ihn beschützen, ihn retten. »Nein«, sagte Dante ihr ins Ohr.

Der Bestattungsunternehmen war vom Stuhl gestiegen. Er wies die Leute an, sich hinzusetzen, und im Vorbeigehen hielt er einen Augenblick ihre Hände. »Ein Wunder«, sagte er zu ihnen, während sie sich durch die Gänge bewegten. Er lächelte und spielte mit dem Gedanken, seine Firma zu vergrößern ... Reliquien zu verkaufen ... Er küßte seine Fingerspitzen und berührte die Füße der Madonnenstatue, die in einer der hinteren Ecken des Raumes auf einem Sockel stand.

Nicky kniete neben dem Sarg seines Vaters nieder. »Ich habe es gewußt«, sagte er zu dem Leichnam. »Ich habe gewußt, daß du zurückkommen wirst und ich wieder laufen kann.«

Donna Rosina Fiore aus der Bedford Street stieß einen Schrei aus und machte das Kreuzzeichen auf ihrer Stirn, ihren Lippen und ihrem Herzen. Zu den Leuten in ihrer unmittelbaren Nähe sagte sie, sie hätte diesen Zauber bewirkt. Ihr sei es zu verdanken, daß Nicky wieder laufen könne. Der Bestattungsunternehmer stand ganz hinten im Raum und deutete an, das Bestattungsinstitut sei gesegnet worden. »Fragt euch doch selbst«, sagte er. »Warum hat Gott wohl ausgerechnet diesen Ort gewählt?«

Als Nicky sich neben dem Sarg erhob, klatschten und jubelten alle Anwesenden. Die Männer kamen herein und klopften ihm auf den Rücken, und die Frauen bedeckten ihn mit Küssen. Die Kinder schenkten ihm Kaugummis, Murmeln und Lutscher, die sie in ihren Taschen versteckt hatten. Jumbo gab ihm einen halben Schokoriegel, auf dem bereits Fingerabdrücke zu sehen waren. Er hatte ihn erst am selben Morgen in Freddys Süßwarengeschäft gestohlen.

Nickys Mutter nahm den Platz ein, der ihr gebührte, und abends sammelte sie die Umschläge ein, die der Bestattungsunternehmer zur Verfügung gestellt hatte. Sie waren mit Geldscheinen vollgestopft. Jeder erhoffte sich einen Teil ihres Segens, hoffte, ihr Glück würde auch auf ihn ein wenig abfärben. Die Verkäufer der illegalen Zahlenlotterie kamen nicht vor Mitternacht nach Hause. Alle setzten auf das Datum des Wunders, die Uhrzeit des Wunders, die Hausnummer des Bestattungsinstituts. Alle gingen mit dem festen Entschluß ins Bett, sich ihre Träume gut zu merken. Während der Totenwache griffen die Trauergäste Abend für Abend tief in die Taschen und füllten die Umschläge mit Geld, Pfand ihres eigenen Kummers, ihres Bedauerns und ihrer Hoffnung auf einen Lotteriegewinn.

Im Leben hatte er sie allein gelassen, sagten die Leute über Angelo Sabatini, aber im Tode hatte er ein Wunder für sie bewirkt.

Nickys Mutter bestand darauf, daß Nicky auf dem vordersten Stuhl saß, dem Ehrenplatz, und alle Leute begrüßte, die am Sarg vorübergingen. Sie küßten seine Hände und legten sie sich auf die Stirn.

Nicky nahm Salvatore zur Seite und sagte ihm, er fände das Ganze gespenstisch und er werde froh sein, wenn es vorüber sei. Salvatore sagte, er solle es auskosten. Er sei mit Gott in Berührung gekommen. Nichts würde jemals wieder so sein wie früher, sagte Salvatore, und Nicky hatte gelacht.

Am Abend vor der Beerdigung sagte Nickys Mutter, er solle sich an den Küchentisch setzen, und dann ging sie zu sämtlichen Fenstern und zog die Rollos herunter. Sie schloß die Tür ab und legte die Kette vor, und dann holte sie die weißen Umschläge heraus, die ihr allabendlich auf der Totenwache überreicht worden waren, und legte sie auf den Tisch. Die Hälfte der Umschläge gab sie Nicky, und zu zweit zogen sie das Geld heraus und legten es auf Stapel, bildeten Packen von Einern, Fünfern, Zehnern und Zwanzigern. Sogar ein Hunderter war dabei, von dem Bestattungsunternehmer persönlich, und Nicky hielt ihn so lange hoch und drehte ihn in seinen Händen, bis seine Mutter ihn ohrfeigte und sagte, er solle ihn wieder hinlegen. »Das ist doch nur Geld«, sagte sie. »Ehre zählt mehr.«

Es waren kaum Einer dabei. Sie sagte ihm, die wenigen, die darunter seien, könne er behalten. Dann zwang sie ihn aufzustehen. Um ihn anzusehen, behauptete sie. Sie ließ ihn um den Tisch herumlaufen, weil sie seine Beine in Bewegung sehen wollte. »Morgen findet die Beerdigung statt«, sagte sie. »Morgen früh, ehe wir zur Kirche gehen, verabschieden wir uns von deinem Vater. Du bleibst mit mir im Raum, wenn sie den Sarg schließen. Du paßt gemeinsam mit mir auf.«

»Warum?« fragte Nicky.

»Um sicherzugehen, daß sie nichts rausnehmen. Du glaubst doch nicht, daß die sich was dabei denken? Wenn keiner hinsieht, ziehen sie dich nackt aus, ehe sie die Kiste zumachen.«

»Du willst ihn mit seinem Schmuck begraben?«

»Warum denn nicht? Schließlich gehört er ihm.«

»Und was ist mit der Armbanduhr? Wozu braucht er da, wo er jetzt hinkommt, eine Uhr?«

»Sei nicht so respektlos. Woher willst du wissen, daß er keine Uhr braucht? Willst du ihn etwa ohne alles auf seine letzte Reise schicken? Wie einen Armen?«

»Darf ich den Ring haben?«

»Welchen Ring?«

»Es ist ein großer Ring, eckig und ganz aus Gold. Er ist mit Ornamenten versehen, einer Zunge und ...«

Nickys Mutter gab ihm einen Klaps auf den Hinterkopf. »Wovon sprichst du überhaupt? Eine Zunge ... Wie kannst du es wagen, so mit mir zu reden?«

»Was? Was hast du denn? Es sieht nun mal aus wie eine Zunge. Er hat mir den Ring gezeigt, als er damals bei uns war.«

»Wer?«

»Papa. Weißt du nicht mehr, daß er mal hier war? Damals hat er mir den Ring gezeigt. Er hat gesagt, den hätte er aus Hongkong. Er hätte ihn dort bei einem Kartenspiel gewonnen. Der Kerl wollte ihm den Ring nicht geben, aber er hatte kein Geld, nur den Ring. Papa hat gesagt, wenn er stirbt, könnte ich diesen Ring haben.«

»Na und?«

»Und jetzt ist er tot, oder etwa nicht?«

»Dann nimm dir eben diesen Ring. Erinnere mich morgen daran, wenn der Sarg geschlossen wird. Ich hole ihn dir. Schließlich ist er dein Vater. Du solltest ein Andenken an ihn haben.«

Sie zog ihn auf ihren Schoß und berühte mit ihren Lippen sein Ohr. »Armer Nicky«, sagte sie liebevoll. »Dein Vater ist tot.«

»Was glaubst du wohl, wie es ist, wenn man stirbt?«

»Es ist, als schliefe man ein.«

»Was meinst du, wo Papa jetzt ist?«

Bei dieser Frage wandte sie das Gesicht ab. In Gesellschaft von Teufeln, die seine Füße verbrennen, hoffte sie insgeheim, von Ungeheuern, die Stöcke in seine Körperöffnungen rammen. Sie zuckte die Achseln und drückte Nicky enger an sich. »Ich weiß es nicht«, sagte sie zu ihm, »aber allzu schlimm kann es nicht sein. Schließlich kehrt nie einer zurück.« Sie tätschelte seinen Kopf und küßte seine Schläfen. »Du bist doch nicht übermäßig traurig, oder, Nicky?«

»Halb so schlimm, wir müssen doch alle irgendwann gehn«, erwiderte er.

Er wand sich auf ihrem Schoß. »Was ist?« fragte sie. »Was ist los? Sag es mir.«

Nicky faßte die Dollarscheine an, die sie ihm gegeben hatte. Er berührte das Geld auf dem Küchentisch, einen Stapel nach dem anderen. »Sieh dir das alles an, Ma.«

»Was?«

»All dieses Geld. Wir machen Beute wie Banditen.«

»Na und?«

»Ich meine, können wir ihn nicht noch einen Tag länger behalten?«

Nickys Mutter packte sein Ohr und schubste ihn von ihrem Schoß. Sie stieß ihn zu Boden. Dann nahm sie das Geld vom Tisch und warf es ihm nach.

»Was habe ich denn erwartet?« sagte sie zu niemand Bestimmtem gewandt. »... ganz der Sohn seines Vaters.« Nicky beobachtete sie. Dann lächelte er, rappelte sich wieder auf und stellte sich hinter sie. Er schlang ihr die Arme um die Taille und vergrub sein Gesicht in ihrem Hals wie ein Geliebter. Sie legte ihre Hände auf seine.

Nickys Mutter gelobte Unserer Lieben Frau vom Berge Karmel, die Wallfahrt zu machen. Sie würde barfuß mit einer angezündeten Kerze zur 125th Street laufen. Sie würde in der Kathedrale zu Ehren Unserer Lieben Frau vom Berge Karmel beten, damit sie ihren Sohn rettete.

MAGDALENA

1936

Amadeo Pavese war ein Jahr verheiratet, als seine Frau Zwillinge gebar. Sie starb bei der Entbindung des zweiten, einer Totgeburt. Amadeo Pavese nannte das erstgeborene Baby Salvatore und ließ es vom Pfarrer taufen, ehe er die Gebete für die Toten sprach.

Die Hebamme unterhielt sich mit Amadeo über den Säugling Salvatore. Was verstand er schon von Babys? Amadeo bedeckte sein Gesicht mit den Händen.

»Das Baby braucht eine Amme, die es stillen kann«, sagte die Hebamme. »Es braucht Muttermilch. Es braucht eine *bambinaia*, die es mit Stoffstreifen bandagiert, damit seine Beine gerade wachsen, die es in Decken wickelt, damit es sich geborgen fühlt.« Sie verschränkte energisch die Arme vor der Brust. Der Pfarrer legte Amadeo eine Hand auf die Schulter.

»Aber wer kommt da in Frage?« fragte Amadeo. Der Pfarrer faltete die Hände hinter dem Rücken und lief auf und ab.

»Teresa Sabatini«, sagte die Hebamme. Sie hatte nicht lange darüber nachdenken müssen. »Sie wohnt gleich um die Ecke, in der Spring Street. Von hier aus können Sie ihr ins Fenster schauen. Da, sehen Sie.« Sie zog Amadeo ans Fenster und deutete mit dem Finger hinüber.

Amadeo blickte auf. Der Pfarrer nickte zustimmend. »Eine gute Wahl«, sagte er, »eine brave Frau. Ich habe gerade ihren Sohn getauft. Sie hat ihn Nicola genannt.«

Die Hebamme nahm Amadeos Hand. »*Povero te*«, sagte sie. »Eine furchtbare Geschichte. Ah, wer kann schon Gott verstehen?« Sie warf einen zornigen Blick auf den Pfarrer. Er trat einen Schritt vor, blickte finster und hob seine Hand zum Segen. »Eine brave Frau, die Signora Sabatini ...«, sagte er.

»Wie geschaffen dafür«, sagte die Hebamme. »Ihr Baby ist vor ein paar Wochen geboren. Ich habe Geburtshilfe geleistet. Ihr Mann ist ständig fort, auf See. Sie hält ihre Wohnung sauber. Und sie hat jede Menge Milch. Ich war gerade erst gestern bei ihr.« Sie tätschelte Amadeos Hand.

»Würden Sie mit ihr reden?«

»Das tu ich sofort. Ich gehe sofort zu ihr rüber.«

Der Bestattungsunternehmer kam ins Haus, um die Leichen zu holen. Er spannte vor den Fenstern im vorderen Zimmer einen schwarzen Vorhang und schaffte Platz für den Sarg. Dann brachte er zwei Lampen und zwanzig Klappstühle.

Der Sarg war aus schimmerndem rotem Mahagoni, und die Mutter und das Kind lagen gemeinsam darin, die Mutter in ihrem Brautkleid, das Baby in ihren Armen, in dem weißen Taufkleid, das sie aus der Ortschaft Castelfondo in der Basilicata mitgebracht hatten.

Die Totenwache erstreckte sich über sechs Tage, und noch Jahre später sprachen die Leute davon. Das Bild, das sich ihnen bot, war der Inbegriff irdischen Leidens. Alle, die in diesen Sarg hineinsahen, hatten das Gefühl, sie hätten noch einmal Glück gehabt. Sie bekreuzigten sich und legten Gott Gelübde ab.

»Sechs Tage, das ist zu lang«, sagte der Bestattungsunternehmer, der sich Sorgen wegen der Gesundheitsbehörde machte. Die Leichen wurden schon langsam schwarz. Er hatte die Verfärbung nach dem dritten Tag bemerkt. »Wir haben unsere Gründe für das, was wir tun«, sagte er zu Amadeo. »Ich bin Bestattungsunternehmer und kein Wundertäter.« Der Trauergottesdienst war schon zweimal verschoben worden. Die Priester waren inzwischen gereizt und hielten eifrig Ausschau nach Sünden. »Was genug ist, das ist genug«, sagte der Bestattungsunternehmer. »Glauben Sie mir, ich weiß, was ich tue. Sie wollen doch nicht, daß die Leute sagen, Sie wären verrückt. Es ist schon schlimm genug, daß man Sie gramgebeugt sieht.«

Am siebenten Tag kam ein weißer Leichenwagen, wie eine Hochzeitskutsche, und alle Leute im Viertel hielten den Atem an, als sie das Gefährt vor der Kirche stehen sahen. Ein Teddybär aus blauen Blumen und ein Kranz aus weißen Orchideen schmückten den Sarg, und nachdem der Pfarrer am Grab die Gebete gesprochen hatte und alle Leute nach Hause gegangen waren, blieb Amadeo Pavese bei den Totengräbern, bis der Sarg tief in den Boden hinabgelassen und mit Erde bedeckt war. Jeden Sonntag kehrte er zu dem Grab zurück. An Weihnachten brachte er einen mit Lichtern geschmückten Tannenbaum und an Ostern einen Korb bunter Eier und einen gelben Stoffhasen.

Amadeo schrieb einen Brief an seinen Onkel Carmelo und seine Tante Guinetta in Castelfondo und berichtete ihnen vom Tod seiner Frau und seines Kindes. Den Brief schickte er gemeinsam mit dem Geld, das er ihnen jeden Monat zukommen ließ, wie es vor ihm schon sein Vater getan hatte. Amadeo Pavese vergaß nie die Familie in Castelfondo. Wenn er gute Geschäfte machte, schickte er mehr Geld, und als Gegenleistung dafür erhielt er Fotografien von der lackierten Haustür mit den Schnitzereien in Castelfondo, von der Toilette mit dem Porzellansitz, die im Haus installiert worden war, von Zia Guinetta vor dem Haus, wie sie mit der Hand auf dem Messingklopfer dastand. Bilder von der Tochter Maria in ihrem Kommunionskleid und von Mamone, der Familienältesten, mit einem Hut aus Seidenblumen trafen ein.

Als Amadeo sein Geschäft frisch hochgezogen hatte, hatte er eines Tages Tomaso, Zio Carmelos Sohn, zu sich geholt, damit er im Laden mithalf, aber Tomaso war zwei Monate später wieder nach Hause zurückgekehrt, mit einem Koffer aus Preßpappe voller neuer Sachen zum Anziehen, mit zehn Worten Englisch, darunter zwei Verwünschungen, und mit der Haltung eines Mannes, der die weite Welt gesehen hat. Danach arbeitete er nie wieder. Die Form von Arbeit, die man in Castelfondo finden konnte, erklärte er seinem Vater, sei unter seiner Würde. Wie konnte er Feldarbeit verrichten, nachdem er in Amerika gewesen war?

Er machte damit Karriere, daß er in Amerika gewesen war, und er verbrachte seine Zeit im Café an der Piazza und erzählte Geschichten. Es gab immer jemanden, der bereit war, ihm einen Kaffee oder eine Grappa zu spendieren, damit er von New York erzählte und ihnen erklärte, wie froh sie sein konnten, daß sie hier und nicht dort waren. Jeder, der fortgehen konnte, hatte die Ortschaft bereits verlassen und war nach Rom, Neapel oder New York gezogen. Diejenigen, die zum Bleiben verurteilt waren, hörten Tomaso nur zu gern zu. Er versicherte ihnen, die Straßen, die mit Gold gepflastert waren, seien voll von Hausierern und Dieben und verfaultem Obst. »Einer über dem anderen, so leben sie in New York«, berichtete er ihnen. »Ich habe nie den Himmel gesehen.«

Gelegentlich bezahlte man ihn dafür, daß er in ein anderes Dorf oder nach Matera kam, um einer Beerdigung beizuwohnen und sich dort als der reiche Neffe des Verstorbenen vorzustellen, der in Amerika ein Vermögen gemacht hatte. Dann zog Tomaso die Sachen an, die er aus New York mitgebracht hatte, und er schleppte seinen Koffer aus Preßpappe mit.

Amerika hatte ihn zu einem Mann von Rang gemacht. Tomaso liebte Amerika, und er liebte seinen Cousin Amadeo, dessen Geld sein Vater ihn am Fünften jeden Monats im Postamt abholen ließ. Das einzige, was besser war, als reich zu sein, erzählte Tomaso den Männern im Café, war, einen reichen Verwandten zu haben.

Zio Carmelo schickte lange und ausführliche Briefe aus Castelfondo und redete Amadeo mit »*mio figlio*« an. Als Amadeo heiratete, schickte er ein kunstvoll gefertigtes Geschenk aus einem Laden in Matera.

Als Amadeo geheiratet hatte, hatte Zia Guinetta begonnen, sich Sorgen zu machen. »Schließlich«, sagte sie, »wird Amadeo jetzt eine eigene Familie haben. Was ist, wenn er uns vergißt?« Aber Zio Carmelo hatte abgewinkt.

»Das Mädchen kommt aus der Basilicata. Sie weiß, wie das ist mit Familien und wie einer dem anderen hilft«, sagte er, und wahrhaftig lag das Geld Monat für Monat im Postamt bereit, wenn Tomaso hinkam, um es abzuholen.

»Ich habe dir doch gesagt, daß es keinen Grund zur Sorge gibt«, bemerkte Zio Carmelo eines Abends, während Zia Guinetta gerade seine Füße massierte, aber als die Nachricht vom Tod von Amadeos Frau und Sohn eintraf, ergriff Zio Carmelo einen Moment lang die *agita*. Er schob es auf den Knoblauch, den seine Frau morgens auf seinem Brot zerdrückte, auf die Tomaten, die sie für ihre Sauce benutzte. Er machte ihr Vorwürfe, aber in Wirklichkeit hatte er Angst. Der Gedanke an seinen Neffen tat ihm in der Seele weh; seine Magenschmerzen allerdings galten ihnen allen hier in Castelfondo – Guinetta, Maria, Tomaso und Mamone. Sie saßen in einem entlegenen Dorf in den Bergen der Basilicata fest. Wer würde noch an sie denken, wenn Amadeo Pavese sie vergaß?

Zia Guinetta schüttelte den Kopf. »Die Sonnenfinsternis ... Schon als das Jahr mit einer Sonnenfinsternis begann, wußte ich, daß 1936 ein Unglücksjahr sein würde.« Das wußten alle, aber Zia Guinetta wußte es genauer als die meisten anderen, und zwar weil sie eine Hexe war. Sie hatte ihre Künste am ersten Weihnachtsfeiertag von ihrer Mutter erworben, dem einzigen Tag des Jahres, an dem die Kräfte übertragen werden konnten. Es hieß, sie hätte Zio Carmelo mit mehr als nur ihren körperlichen Reizen eingefangen. Sie hatte ihn dazu gebracht, sie zu lieben und sie gegen den Willen seiner Mutter zu heiraten, die sich das Gesicht zerkratzt hatte, bis es blutig war, als sie hörte, daß er ihr den Hof machte.

Zia Guinetta war die Haushälterin eines ortsansässigen Pfarrers gewesen, der sie bei sich aufgenommen hatte, als sie als kleines Mädchen verwaist war. Sie hatte ihm das Essen gekocht, sein Haus saubergehalten und seine Babys abgetrieben, bis zu dem Tag, an dem sie Zio Carmelo von der Feldarbeit nach Hause kommen sah. Anschließend tauchte sie jeden Tag auf und erwartete ihn an der Biegung, von der aus der Weg zum Dorf hinaufführte.

Wenn sie seine Hutkrempe sah, löste sie ihr Haar. Sie bot ihm hausgemachte Würste an, selbstgebackenes Brot, mit Mandeln gefülltes Gebäck und Feigenmarmelade. In jede dieser Köstlichkeiten mengte sie ein klein wenig von ihrer Haut, ihrem Haar und ihrem Menstruationsblut, bis er derart besessen von ihr war, daß er nicht mehr essen noch schlafen konnte. Seine Mutter zog Ärzte aus der ganzen Umgebung zu Rate, sogar einen Arzt aus Potenza, doch niemand konnte helfen.

Zia Guinetta kam an Zio Carmelos Tür, doch seine Mutter stieß sie auf die Straße hinaus. Sie riß die Knöpfe von Zia Guinettas Kleid. Zia Guinetta stand da und zuckte die Achseln. »Aus meiner Hand wird er essen«, sagte sie zu Zio Carmelos Mutter. »Andernfalls stirbt er. Seine Eingeweide werden vertrocknen wie Früchte, die man in der Sonne liegen läßt.«

Zio Carmelos Mutter schlug Zia Guinetta ins Gesicht und zog ihr die goldenen Kreolen von den Ohren, aber Zia Guinetta rührte sich nicht von der Stelle. »Ohne mich stirbt er«, sagte sie. »Dagegen sind Sie machtlos.« Zio Carmelos Mutter setzte sich auf die Stufen vor ihrem Haus, bedeckte ihr Gesicht mit den Händen und weinte sich schier die Augen aus, während Zia Guinetta ins Haus ging und Zio Carmelo mit kleinen Häppchen Wurst, Brot und Mandelplätzchen fütterte. Er aß ihr aus der Hand. Sie strich ihre Feigenmarmelade auf seine Zunge. Zio Carmelos Mutter starb vor der Heirat, und die Frischvermählten richteten sich in ihrem Haus ein. Der Pfarrer nahm eine Waise aus der Ortschaft Tolve bei sich auf.

»Angenommen«, sagte Zia Guinetta zu ihrem Mann, während er das Brot vom Vortag zerzupfte, um es in seinen Kaffee zu tunken, »Amadeo heiratet ein zweites Mal, eine Amerikanerin, die zu ihm sagt ...« Hier schlug Zia Guinetta einen anderen Tonfall an, und ihre Stimme klang hoch und schrill. »›Wieso schickst du eigentlich all dieses Geld an Verwandte in der Basilicata? Wer sind die überhaupt?‹ Was wäre dann?« Ihr schauderte. »Was dann passiert, kann ich dir sagen, Carmelo. Dann müßtest du wieder auf den Feldern von Don Carlitos Gut arbeiten, falls er dich überhaupt noch nehmen würde, und weshalb sollte er das tun? So jung bist du nun auch nicht mehr.«

Zio Carmelo hustete, bis seine Brust schmerzte. Er rang keuchend um Atem. »Ich weiß, ich weiß. Es wäre furchtbar«, sagte er zu Guinetta. Er, Carmelo Forfatera, ein Mann, der immer mit hocherhobenem Haupt umhergelaufen war, wäre gezwungen, auf der Piazza zu sitzen, zur Bar hinüberzuschauen und sich nach einem Anisette zu sehnen, den er sich nicht mehr leisten konnte, mit einer schwarzen Kaffeebohne auf dem Grund des Glases. Sein Rücken wäre gebeugt. Und das wäre erst der Beginn seiner Sorgen. Seine Tochter stand kurz vor dem heiratsfähigen Alter. Wenn sich die Zukunftsaussichten der Familie verschlechterten, was für einen Mann konnte sie dann noch bekommen? Einen Einfaltspinsel, einen alten Knacker, einen Glatzköpfigen, einen Krummbeinigen ... Zio Carmelo hielt den Kopf in die Hände gestützt. »Denk nach, Guinetta«, sagte er.

»Ich habe mir schon so meine Gedanken gemacht«, sagte sie. Sie kam um den Tisch herum, blieb hinter ihm stehen und knetete seine Schultern mit den Händen. »Schreib einen Brief an Amadeo. Lade ihn hierher ein. Sag ihm, er soll seine Sorgen dort zurücklassen und nach Castelfondo kommen.« Zia Guinetta neigte ihren Kopf dicht an Zio Carmelos Gesicht. Sie streichelte mit dem Handrücken seine Wange. »Vielleicht fällt ihm ein hübsches Mädchen ins Auge. Er braucht doch eine Frau, nicht wahr? Eine Mutter für seinen Sohn? Dann wäre er an uns und an Castelfondo gebunden. Was könnten wir Besseres für ihn tun?«

Zio Carmelo drehte sich auf seinem Stuhl herum. Er nahm ihr Gesicht in seine Hände und drückte ihr einen Kuß auf die Stirn. Er nannte sie seinen Goldschatz. Sie brachte ihm Stift und Papier, setzte sich neben ihn und zog ihren Stuhl näher zu ihm hin.

Zio Carmelo schrieb einen Brief an seinen Neffen, in dem er seinem Kummer Ausdruck verlieh, seiner Ergebenheit und seiner Liebe, und eine Einladung nach Castelfondo aussprach. Er las ihn Zia Guinetta beim Schreiben laut vor. Zia Guinetta war nie zur Schule gegangen und in diesen Dingen auf ihren Mann angewiesen. Sie beugte sich über ihn und hatte ihre Hand auf seinem Arm liegen, während er schrieb.

»CARISSIMO FIGLIO«, schrieb Zio Carmelo, und an dem Punkt nahm ihm Zia Guinetta den Stift aus der Hand und machte Kreuze für die Küsse, die sie Amadeo schicken wollte. Zio Carmelo sagte ihr, die gehörten ans Ende, doch sie bestand darauf, daß er sie ließ, wo sie waren. Ihre Augen wurden schmal, und sie biß sich beifällig auf die Unterlippe, als er schrieb: »GANZ CASTELFONDO LEIDET MIT DIR.« Zio Carmelo tupfte die Tinte mit seinem Ärmel trocken, wedelte mit dem Arm über dem Blatt herum und fuhr fort: »CASTELFONDO BETRAUERT DEN VERLUST DEINER FRAU UND

DEINES KLEINEN SOHNES UND WÜNSCHT, DU KÄMEST ZURÜCK IN DEN SCHOSS DEINER FAMILIE UND DEINER PAISANI.«

Zia Guinetta sagte zu Zio Carmelo, sie würde den Umschlag verschließen, und sie stäubte eine Prise rotes Pulver zwischen die Seiten, ehe sie mit der Zunge den Klebestreifen befeuchtete und den Briefumschlag verschloß. Zia Guinetta konnte nicht lesen und schreiben, aber sie wußte in den wichtigen Dingen Bescheid. Ihre Mutter hatte ihr alles beigebracht, als sie noch ganz klein war.

Sie zog Kräuter in ihrem Küchengarten und stellte Arznei her, die sie in irdenen Gefäßen aufbewahrte. Zia Guinetta experimentierte mit dem ein oder anderen Liebestrank und mit Aphrodisiaka, und die Einwohner von Castelfondo kamen nach Einbruch der Dunkelheit an ihre Hintertür. Für die Arznei nahm sie kein Geld, aber für die Magie nahm sie immer Geschenke an. Sie hatte einen großen Ruf und braute jeden Trank einzeln, weil sie behauptete, das Fieber der Liebe sei jedesmal anders geartet.

Obgleich er sich für einen modernen Mann hielt, war Zio Carmelo froh über das rote Pulver. Er rief Tomaso, damit er den Brief aufgab. »Amadeo sollte nicht zu lange trauern«, sagte er zu seiner Frau. »Das ist schlecht für seine Gesundheit.« Zia Guinetta war ganz seiner Meinung.

Daher war die Blume kaum von Amadeo Paveses Tür entfernt, die letzte Schaufel Erde kaum auf den Sarg geworfen worden, in dem seine Frau mit ihrem kleinen Sohn ruhte, als auch schon der Brief aus Castelfondo eintraf. An dem Vormittag, an dem er ihn las, hatte er gerade erst den Trauerflor über seinen Ärmel gezogen.

Amadeo Paveses Leben war traurig, aber sein Geschäft lief gut. Er hatte einen Obst- und Gemüsestand, der jedes Jahr größer wurde, bis er einen Laden mietete, der einen halben Straßenzug einnahm. Dank seiner Beziehungen zu den Mächtigen im Viertel waren die Regale mit importiertem Olivenöl und Dosentomaten gefüllt, und er spielte mit dem Gedanken, einen Cadillac zu kaufen, doch fürchtete er sich davor, das Schicksal herauszufordern. Er hatte mehr als genug Unglück abbekommen, darüber waren sich alle einig, aber wer konnte schon wissen, wann das Maß wirklich voll war?

In Castelfondo machte sich Zio Carmelo Sorgen, obwohl das Geld aus Amerika weiterhin am Fünften eines jeden Monats eintraf und die Summe erhöht worden war. Zum ersten Mal half Zia Guinettas Arznei nicht. Er nahm ab, sein Gesicht verschrumpelte, und seine Nase wirkte riesig. Nachts im Bett wälzte er sich neben seiner Frau von einer Seite auf die andere.

Amadeo Pavese erstand einen dunkelgrünen Chrysler und sagte sich, vielleicht würde er eines Tages die Reise nach Italien unternehmen. Den Trauerflor trug er ein Jahr später immer noch am Ärmel, als er Zio Carmelo schrieb, er käme zu Besuch nach Castelfondo.

»Ich schlafe jetzt schon seit Monaten nicht mehr«, erklärte Zio Carmelo seiner Frau an dem Tag, an dem das Telegramm eintraf. Zia Guinetta schenkte ihm Kaffee ein. Das Telegramm hatte sie unter seinen Löffel gelegt.

Zio Carmelo bekreuzigte sich, ehe er den gelben Umschlag berührte. »Es könnte etwas Schreckliches sein«, sagte er. »Das könnte unser Ende sein.« Zia Guinetta wandte sich ab, um die Bohnen in ihrem Topf umzurühren. Sie lächelte, doch das konnte er nicht sehen.

Zio Carmelo wischte sich mit seinem Taschentuch das Gesicht ab. Er sammelte die Krumen vom Tisch auf und warf sie auf den Fußboden, für den Hahn. Dann stand er auf und ging nach draußen, um an den Baum zu pinkeln. Als er wieder ins Haus kam, öffnete er den Umschlag. Zia Guinetta hatte sich nicht von der Stelle gerührt.

»Ich habe es dir doch gesagt. Ich habe es doch gleich gewußt«, schrie Zio Carmelo sie von hinten an. »Du hörst nie auf mich. Du sorgst dich wegen nichts und wieder nichts.«

»Was soll das heißen?« fragte sie, drehte sich jedoch immer noch nicht um.

»Sieh dir das an. Amadeo kommt am Monatsende nach Castelfondo.« Zio Carmelo küßte das gelbe Papier. Er ging hinüber zu Zia Guinetta und küßte die Schweißtropfen fort, die sich auf ihrer Oberlippe gebildet hatten, weil sie über den dampfenden Topf gebeugt stand.

Zia Guinetta wischte sich die Hände an ihrer Schürze ab. »Es gibt wichtige Dinge zu erledigen«, sagte sie. »Die Braut ... Vergiß das mit der Braut nicht.«

»Natürlich nicht. Wofür hältst du mich? Etwa für dumm? Aber du mußt mir sagen, wer. Welches Mädchen? Wer gäbe die beste Ehefrau für Amadeo ab? Mach dir Gedanken. Den Rest übernehme ich. Sie muß schön sein, jung, klug, dankbar, pflichtbewußt ...«

»Ein pflichtbewußtes Mädchen geht nicht einfach so mit einem Fremden nach Amerika.«

»Bist du hier, um mir zu helfen oder um mir Schwierigkeiten zu machen? Also gut, dann eben nicht ganz so pflichtbewußt. Amerikaner mögen ohnehin keine pflichtbewußten Frauen.«

»Woher weißt du, was amerikanischen Männern gefällt?«

»Von Tomaso. Tomaso weiß alles über Amerika.«

»Tomaso, natürlich«, sagte Guinetta und rührte in ihrem Topf.

»Guinetta?«

»Was ist?«

»Unsere Maria ... Was ist mit unserer Maria?«

»Du Schwein. Deine eigene Tochter mit dem Sohn deiner Schwester? Bist du verrückt?«

»Ist das etwa ein Verbrechen? Es ist kein Verbrechen.«

»Du Schwein«, sagte Zia Guinetta noch einmal. Sie sprach den ganzen Tag nicht mehr mit ihm. Sie schloß Maria im Hinterzimmer ein und gab ihr dafür nur die Erklärung, Männer seien Schweine, ihr Vater inbegriffen. »Mach dir nichts daraus«, sagte sie, als Maria weinte. »Er ist trotz allem dein Vater. Er meint es gut.« Maria durfte sich ans Fenster setzen, und ihre Mutter trug ihr auf, Spitzen zu häkeln.

Wenn Zio Carmelo jetzt durch den Ort lief, wenn er bis zur Mittagszeit in der Bar an der Piazza saß, sah er sich seine Landsleute aufmerksam an und erinnerte sich an ihre Schwestern, an ihre Töchter und Enkeltöchter, beschwor deren Gesichter und deren Figur vor seinen Augen herauf. Eine von ihnen, sagte er sich, würde die Richtige für Amadeo sein.

Er sagte zu niemandem ein Wort, bis der Tag kam, an dem er Giacomo Caparetti über den Weg lief und ihm einfiel, daß er eine wunderschöne Tochter hatte. Seit der Beerdigung ihres Bruders hatte die Familie sie im Haus verborgen, aber das Trauerjahr war fast vorüber. Magdalena Caparetti hatte zarte weiße Haut, erinnerte sich Zio Carmelo, und wunderbare, eigentümliche Augen, so leuchtend, als hielte jemand ein Licht dahinter ...

»Magdalena Caparetti«, sagte Zio Carmelo an jenem Abend zu seiner Frau, während er Öl auf sein Brot goß und mit der Kruste seinen Teller sauberwischte.

»Ah ... ein wunderschönes Mädchen«, sagte seine Frau. »Diese Augen ... Aber sie ist noch sehr jung.«

»Na und? Amadeo ist jung. Und er braucht ohnehin eine junge Frau. Seine erste Ehefrau war in seinem Alter, und du brauchst dir ja nur anzusehen, was passiert ist, ein Sohn, und sie stirbt, einfach so.«

Zia Guinetta schüttelte den Kopf. »Ich weiß nicht recht … das Blut … ihre Mutter.«

»Ihre Mutter?«

»Oh, *Fa*, erinnerst du dich denn an gar nichts? Marietta Caparetti … dieser geile Bock von einem Klosterbruder aus Neapel?«

»*Porco Dio*, jetzt fällt es mir wieder ein.« Zio Carmelo schlug sich mit der Hand vor die Stirn. »Was ist überhaupt aus ihr geworden?«

Zia Guinetta zuckte die Achseln. »Wer weiß? Sie ist fort.«

»Und die Tochter? Wie die Mutter so die Tochter? Was meinst du?«

»Ich habe sie auf den Feldern von Don Carlitos Gut gesehen.«

»Mach mich nicht schwach. Glaubst du, sie ist schon entehrt?«

»Du Schwein«, erwiderte Zia Guinetta.

»Aber das hast du doch gesagt … Du hast gesagt, du hättest sie auf den Feldern gesehen … Du hast gesagt, die Mutter …«

»Man muß froh sein, wenn eine Frau Temperament hat«, sagte Zia Guinetta. Sie steckte ihre Hand vorn in Zio Carmelos Hose und flüsterte ihm etwas ins Ohr. Er erinnerte sich daran, wie sie ihn spät abends in die Felder mitgenommen hatte, und an die Dinge, die sie dort getrieben hatten, Dinge, über die er mit niemandem reden konnte, Dinge, von denen die Männer im Café nicht geglaubt hätten, daß sie möglich waren, außer auf den Bildern auf den Rückseiten der Spielkarten, die Rienzo Portare aus Rom mitgebracht hatte. In der Hochzeitsnacht war keinerlei Blut auf Zia Guinettas Laken zu sehen gewesen.

»Sprich morgen mit dem Vater«, sagte Zia Guinetta.

»Und was ist mit Amadeo? Was ist, wenn er gar keine Frau will?«

»Was er will, ist unwichtig. Er braucht eine Frau. Er braucht eine Mutter für seinen Sohn. Warum also nicht ein Mädchen von hier? Er wird uns ewig dankbar sein.«

Zio Carmelo nickte. »Mein armer Neffe«, sagte er, »der einzige Sohn meiner Schwester Filomena, Gott hab sie selig.« Zia Guinetta tätschelte die Schulter ihres Mannes. Die Dinge würden sich ganz einfach regeln. Das ließ sich einrichten.

»Mein Neffe kommt aus Amerika«, verkündete Zio Carmelo in der Bar. Er reichte das Telegramm herum, und die Männer sahen es alle an, als könnten sie lesen, und dann schnitten sie Grimassen, um zu zeigen, wie tief sie beeindruckt waren.

»Ein wohlhabender Mann, mein Neffe, der einzige Sohn meiner Schwester Filomena, Gott hab sie selig. Ein Geschäftsmann ... Er hat ein großes Geschäft, sehr groß. Und jedes Jahr wird es größer.« Zio Carmelo bestellte einen Anisette mit einer Kaffeebohne darin und setzte sich an einen der Tische nicht weit von der Tür. »Wenn mein Neffe kommt, gibt es ein großes Festmahl, eine richtige Feier. Alle sind eingeladen.«

Diese Ankündigung entfachte ein gewisses Interesse, und einige Männer klatschten in die Hände. »Bravo, Carmelo«, sagten sie.

»Und ein Feuerwerk«, sagte Zio Carmelo. »Überall Girlanden ... die Kapelle aus Matera. Giovanni«, rief er dem Barbesitzer zu. »Eine Runde für meine Freunde.«

Am Nachmittag suchte Zio Carmelo Giacomo Caparetti auf. Sämtliche Fensterläden im Dorf waren gegen die Hitze geschlossen. Als Zio Carmelo Giacomo Caparettis Haus erreichte, waren seine Schuhe und seine Kleidungsstücke staubig. Er klopfte an, aber niemand machte ihm auf. Durch die geschlossene Tür konnte er Schnarchlaute hören.

Zio Carmelo hatte diese Tageszeit gewählt, um der Begegnung Gewicht zu verleihen, aber auch, um Giacomo Caparetti zu überrumpeln. Durch den Türspalt konnte Zio Carmelo ihn auf seinem Bett liegen sehen. Seine Hose hing über einem Stuhl. Er klopfte noch einmal an, diesmal lauter, steckte seine Nase in den Spalt und sagte in lautem Flüsterton seinen Namen.

»Was ist? Wer ist da?« fragte Giacomo Caparetti. Er setzte sich im Bett auf und sah sich um.

»Mach die Tür auf ... Giacomo. Ich bin es, Carmelo Forfatera.« Zio Carmelo pochte mit der Faust an die Tür. Er trat zurück, als er drinnen schlurfende Schritte hörte. »*Paisano* ...«, sagte er, als die Tür geöffnet wurde. Er streckte die Arme aus.

Giacomo Caparetti forderte Zio Carmelo auf einzutreten und bot ihm einen Stuhl am Tisch an. Er holte eine Flasche Wein und zwei mit kleinen Mücken gesprenkelte Gläser heraus. Er blieb vor Zio Carmelo stehen, goß den Wein ein und hob sein Glas, um mit ihm anzustoßen. »*Salute*«, sagte er und trank. Ehe er sich hinsetzte, schenkte er noch einmal nach. Seine Bartstoppeln waren grau.

»Laß mich gleich zur Sache kommen, Giacomo. Du wunderst dich sicher, warum ich hier bin, habe ich recht? Warum ich deinen Schlaf gestört habe. Was könnte wohl derart wichtig sein? fragst du dich.« Zio Carmelo zog sein Taschentuch heraus und wischte sich das Gesicht ab. »Diese Hitze«, sagte er. »Jedes Jahr dasselbe.«

Giacomo Caparetti zuckte die Achseln und trank seinen Wein. Er ließ Zio Carmelo keinen Moment aus den Augen.

»Deine Tochter ...«

Giacomo Caparetti kniff die Augen zusammen. Sie waren klein, glänzten vom Schlaf und funkelten argwöhnisch. »Magdalena?« sagte er.

»Ja, deine schöne Magdalena, deine wunderschöne Tochter, so reizend wie ihre Mutter.«

Giacomo Caparetti stand auf. Er verschüttete seinen Wein.

»Nicht wie ihre Mutter, niemals. Ihre Mutter, was war das schon für eine Mutter? Eine *puttana* ...«

»Warte ... so warte doch ... Giacomo ... Möge Gott mir vergeben, wenn ich damit irgendeine Anspielung gemacht habe.« Zio Carmelo bekreuzigte sich.

»Worum geht es? Was willst du?«

Zio Carmelo seufzte laut. Er griff nach der Weinflasche. »Darf ich?« fragte er und schenkte sich Wein nach. Er stellte Giacomo Caparettis umgefallenes Glas wieder hin und füllte es ebenfalls nach. Mit seinem Taschentuch wischte er den verschütteten Wein auf. »Hör zu, Giacomo, mein Neffe kommt aus Amerika, mein äußerst vornehmer und steinreicher Neffe. Er hat seine Frau verloren. Er hat einen Sohn im Säuglingsalter. Ich bin als Ehestifter hier ... mein Neffe ... deine Magdalena.«

Giacomo Caparetti stemmte beide Hände auf die Tischkante und beugte sich vor. »Wer kennt schon deinen Neffen?« schrie er Zio Carmelo an. »Meine Magdalena ist eine Schönheit. Sie kann jeden und alles haben. Einen Mann aus Matera ... aus Potenza ... vielleicht sogar aus Neapel ... einen Prinzen aus Avellino! Was soll sie mit deinem Neffen?«

»Bitte, Giacomo, setz dich wieder.« Zio Carmelo legte Giacomo Caparetti eine Hand auf den Arm, doch er zog ihn weg. Zio Carmelo stand auf und stieß seinen Stuhl zurück. »Wenn du dich nicht hinsetzt, Giacomo, dann stehe ich eben auf.«

Giacomo Caparetti setzte sich langsam wieder hin, ohne Zio Carmelo aus den Augen zu lassen. Er zog den Stummel einer alten Zigarre aus seiner Tasche und zündete ihn an. Er schien immer noch wütend zu sein.

»Glaubst du etwa, ich wüßte nicht, daß deine Magdalena jeden haben kann?« sagte Zio Carmelo zu ihm. »Was glaubst du denn, warum ich hier bin? Was glaubst du wohl, warum ich von all den Mädchen in Castelfondo ausgerechnet Magdalena für meinen Neffen haben will? Die Frauen im Dorf folgen mir wie Wölfe, seit sie vom Besuch meines Neffen gehört haben. Ich kann dir gar nicht sagen, was sie mir alles dafür anbieten, daß ich sie mit ihm bekannt mache. Dein Herz bliebe stehen. Du würdest nachts kein Auge mehr zutun. Wenn ich nicht der Mann wäre, der ich bin … Aber ich schlage es ihnen ab. Ich lasse mich nicht bestechen. Mein Entschluß steht fest. Die einzige Frau, die für meinen Neffen in Frage kommt, ist Magdalena Caparetti.«

Giacomo Caparetti schwieg. Zio Carmelo holte Atem. Er beugte sich vor und legte Giacomo Caparetti eine Hand auf den Arm. »Magdalena ist bildschön«, sagte er zu ihm, »aber für eine Frau ist Schönheit ein zweischneidiges Schwert. Sie kann sich damit Schwierigkeiten einhandeln.« Zio Carmelo lehnte sich auf seinem Stuhl zurück. »Die Männer begehren sie. Die Frauen beneiden sie. Du weißt selbst, mein Freund, was passieren kann.« An dieser Stelle neigte Zio Carmelo den Kopf und schlug die Augen nieder. »Die Rose hat Dornen«, sagte er und blickte durch halb geschlossene Lider verschlagen auf; er hoffte, daß Giacomo Caparetti an seine verschollene Frau dachte.

Giacomo Caparettis Augen waren feucht. Er fuhr sich mit dem Handrücken über das Gesicht. »Meine Tochter ist ein braves Mädchen«, sagte er.

»Das weiß ich doch, Giacomo. Würde ich sie etwa für meinen Neffen wollen, wenn ich das nicht wüßte? Denk darüber nach. Magdalena würde nach Amerika gehen. Und für dich, Giacomo, würde ein Traum wahr. Sie wird in Seide gekleidet und mit Diamanten um den Hals zu dir zurückkehren, Diamanten, so groß wie die Tränen der Madonna … der Traum eines jeden Vaters. Was ich nicht dafür geben würde …« Zio Carmelo streckte seinen rechten Arm aus, machte eine Bewegung, als würde er ihn dicht unter dem Ellbogen mit der Hand abhacken, und schenkte dann beiden noch ein Glas Wein ein.

»Aber die Mitgift . . .?«

»Pffft . . . eine Kleinigkeit . . . so gut wie nichts . . . nur eine symbolische Geste. Du kannst mir die Mitgift aushändigen und dir jede Peinlichkeit ersparen.«

»Sie ist alles, was ich habe«, sagte er.

»Ich weiß. Glaubst du etwa, das wüßte ich nicht? Habe ich etwa keine Tochter? Aber sie wird ein gutes Leben haben. Und sie wird sich um dich kümmern. Du brauchst dir nie mehr Sorgen zu machen. Mein Neffe schickt jeden Monat Geld. Er ist ein braver Junge.«

»Aber er ist ein Fremder, ein Amerikaner . . .«

»Giacomo, ich traue meinen eigenen Ohren nicht. Ein Fremder? Er ist mein Blutsverwandter. Hier in Castelfondo geboren. Der einzige Sohn meiner armen Schwester Filomena. Du erinnerst dich doch noch an Filomena? Ah, möge sie in Frieden ruhen.« Zio Carmelo leerte sein Glas.

Giacomo Caparetti füllte es, legte die leere Flasche hin und ging eine neue holen. »Sie ist erst vierzehn«, sagte er über die Schulter.

Zio Carmelo schnappte hörbar nach Luft. Zia Guinetta hatte recht. Sie war wirklich noch sehr jung. Einen Moment lang schwieg er und schob diesen Gedanken mit aller Gewalt beiseite. »So jung ist das nun auch wieder nicht«, sagte er, als Giacomo Caparetti an den Tisch zurückkehrte. »Magdalena ist ein gut entwickeltes Mädchen. Und du weißt ja, Giacomo, daß meine Frau das Ohr von Castelfondo ist. Böse Zungen reden schon heute über sie.«

Giacomo Caparetti fing an zu weinen. Seine Tränen tropften auf seine Hände und Arme, auf den Tisch, in sein Weinglas. Zio Carmelo hätte ihm sein Taschentuch angeboten, wenn es sauber gewesen wäre. Statt dessen tätschelte er seine Hand. »Dann redest du also mit ihr? Mein Neffe wird in fünf Wochen hier sein . . .«

»Was soll ich bloß tun?« Giacomo Caparetti wankte auf seinem Stuhl. »Wie kann ich ihr ...?«

»Ich kümmere mich um alles«, sagte Zio Carmelo. »Ein gemeinsames Abendessen ... und noch ein paar andere Kleinigkeiten. Das kommt natürlich alles noch zu der Mitgift hinzu.«

»Viel ist bei mir nicht zu holen«, sagte Giacomo Caparetti.

»Mach dir keine Sorgen. Es wird schon reichen.« Zio Carmelo schenkte beiden noch ein Glas Wein ein.

»Ich kann sie dir sofort geben«, sagte Giacomo Caparetti. Er stand auf.

»Nein, nein, das ist doch nicht nötig. Wozu die Eile?« Zio Carmelo hob eine Hand. Giacomo Caparetti setzte sich wieder. »Wenn ich sie hätte«, sagte Zio Carmelo, »könnte ich natürlich jetzt schon alles arrangieren.«

»Wenn das so ist, hole ich sie jetzt gleich.«

»Aber das ist wirklich nicht nötig.«

»Doch, bitte, laß mich. Ich bestehe darauf.«

»Nun ... Zeit würde es uns schon sparen.«

»Ja, ja, warte hier. Trink noch ein Glas Wein. Ich bin gleich wieder da.«

Zio Carmelo schenkte sich Wein nach. Er bemühte sich, nicht über den Umfang von Magdalenas Mitgift nachzudenken, während er den Geräuschen aus dem Hinterzimmer lauschte. Giacomo Caparetti kam mit einer schwarzen Socke wieder, die oben zusammengeknotet war, und reichte sie Zio Carmelo. »Wie ich schon sagte, es ist nicht viel, aber mehr habe ich nicht.«

Zio Carmelo klopfte Giacomo Caparetti auf den Rücken. »Du solltest stolz sein, Giacomo. Wie viele Väter haben überhaupt nichts für die Mitgift ihrer Töchter zur Seite gelegt?« Giacomo Caparetti wischte sich Tränen aus den Augen. Zio Carmelo fragte sich, woher all diese Tränen kamen.

»Danke, Don Carmelo«, sagte Giacomo Caparetti und griff nach Zio Carmelos Hand, um sie zu küssen.

»Nein, nein«, sagte Zio Carmelo. Er stand auf und legte Giacomo Caparetti einen Arm um die Schultern. »Ich bitte dich, Giacomo«, sagte er, »du gehörst doch schon fast zur Familie.« Er küßte ihn auf beide Wangen. »Du brauchst dich nur um Magdalena zu kümmern. Um alles andere kümmere ich mich schon.«

Zio Carmelo war bereits zur Tür hinausgegangen, als Giacomo Caparetti ihm nachrief: »Dein Neffe ... Er sieht doch gut aus?«

Zio Carmelo drehte sich um. Er warf die Hände in die Luft. »Wie gut muß ein reicher Mann aussehen?«

Zio Carmelo ließ sich Zeit auf dem Heimweg. Er wartete auf der Piazza, bis die Bar öffnete und die Männer sich dort versammelten. Er legte eine Hand auf seine Tasche und tastete die Wölbung der schwarzen Socke mit Magdalena Caparettis Mitgift ab. Zio Carmelo spielte ein paar Runden Karten. Er erzählte den Männern, Magdalena Caparetti würde seinen Neffen heiraten, der am Monatsende nach Castelfondo käme. Er gab eine Runde für alle aus und lud alle zur Hochzeit ein. »Drei Tage lang wird gefeiert«, sagte er, und die Männer nickten und nahmen ihre Karten vom Tisch auf.

In New York traf Amadeo Vorkehrungen, um nach Italien zu reisen, sein Geschäft allein zu lassen und, was noch wichtiger war, seinen kleinen Sohn unterzubringen. Er sprach mit Signora Sabatini, Nickys Mutter, darüber, das Baby mitzunehmen, aber sie sagte ihm, er sei verrückt. »Wie lange könnten Sie schlimmstenfalls fort sein?« fragte sie. »Einen Monat? Zwei Monate? Weshalb wollen Sie das dem Baby zumuten? Die Milch einer anderen Frau, die Arme einer anderen Frau. Der Junge ist noch zu klein. Und er wird Nicky vermissen. Sie sind wie Brüder. Sehen Sie sich die beiden doch an.«

Amadeo saß in ihrem Wohnzimmer auf dem Sofa unter dem Regal voller Puppen aus aller Welt und sah Salvatore an, der mit Nicky auf dem Fußboden hockte und auf dessen Kinn die Milch von Nickys Mutter glitzerte.

»Aber wird er mich denn nicht vermissen?«

»O doch, natürlich, aber Sie sind trotz allem nur der Vater. Auch wenn Sie sich noch so sehr bemühen, verstehen Sie doch nichts von kleinen Kindern. Vertrauen Sie mir. Sehen Sie sich Nicky an. Ist sein Vater etwa nicht fort? Ist er nicht ein Prachtkerl? Fahren Sie unbesorgt«, sagte sie. »Amüsieren Sie sich.«

Amadeo sah sich im Zimmer um. Er streckte eine Hand aus und hielt sie Salvatore hin, der nach seinen Fingern griff. »Was hielten Sie davon, daß wir alle dort hinfahren?« fragte er.

Nickys Mutter rümpfte die Nase. Sie schüttelte den Kopf. »*Mai* ... Sogar Gott persönlich brächte mich da nicht wieder hin.«

Amadeo ließ einen Umschlag mit Geld und die Adresse seiner Tante und seines Onkels in Castelfondo zurück und sagte, er würde schreiben. Er fügte an, falls sie etwas bräuchte, sollte sie sich in seinem Geschäft das Geld dafür geben lassen.

Als er kam, um seinen Sohn ein letztes Mal zu sehen, hielt Nickys Mutter Salvatore auf einem Arm und Nicky auf dem anderen. Die beiden trugen identische weiße Strampelanzüge, die sie mit der Hand gestrickt hatte. Sie blieb auf dem Treppenabsatz stehen, als Amadeo ging, und noch lange, nachdem die Haustür des Gebäudes in der Spring Street zugeschlagen war, ließ sie die beiden Jungen mit ihren fetten Fäusten zum Abschied winken.

An dem Tag, an dem Amadeo in Castelfondo eintreffen sollte, ging Zio Carmelo ins Café. Er hatte Terragrossa engagiert, den Besitzer des einzigen Automobils in Castelfondo, damit er Amadeo an der Landstraße vom Bus abholte. Er hatte dem

Bürgermeister ein Geldgeschenk gemacht und sich dafür das Versprechen geben lassen, daß die Bauern nicht auf den Feldern arbeiten mußten, sondern auf die Piazza geschickt würden, damit dort Leben herrschte, wenn Amadeo ankam.

Zu Hause hatte Zia Guinetta die Mitgift sicher in ihrem Schrank verborgen, und als Zio Carmelo das Haus verließ, setzte sie sich hin und zählte das Geld.

Zio Carmelo hatte einen Teil davon ausgegeben und einen Teil für sich behalten. Diesen Verdacht hegte Zia Guinetta ohnehin. Was sie nicht wußte, war, daß er mit dem Gedanken gespielt hatte, den gesamten Betrag vor ihr geheimzuhalten, einen Vorrat anzulegen, den er getrost vertrinken und verspielen konnte, und ein paar Pennies für die Witwe abzuzweigen, die Votivkerzen verkaufte, zum Anzünden vor der Schwarzen Madonna von Viggiano, doch er hatte sich gefürchtet. Nicht etwa, weil seine Frau so gescheit gewesen wäre, sagte er sich, jedenfalls bestimmt nicht gescheiter als er, sondern weil sie, wie alle Welt wußte, eine Hexe war.

Castelfondo erwartete Amadeo Pavese aus New York. Die Ziegen meckerten heftiger als sonst, die Babys schrien lauter, die Bauern murrten. Zia Guinetta bezog Amadeos Bett mit der Aussteuerwäsche ihrer Tochter Maria; die winzigen Initialen hatte das Mädchen eigenhändig gestickt, für den Tag ihrer Hochzeit. Maria beklagte sich darüber, daß ihr Bettzeug benutzt wurde, aber Zia Guinetta besaß selbst kein gutes Bettzeug, da sie nie eine richtige Braut mit einer Aussteuertruhe voller Wäsche gewesen war. »Wenn alles klappt«, sagte sie zu Maria und drohte ihr Ohrfeigen an, »kannst du dir mit diesen Laken den Hintern abwischen. Kleine Opfer zahlen sich aus. Ein Samenkorn in der Erde …, aber, Gott segne deinen Cousin Amadeo, was weißt du schon über Feldarbeit?«

Auf der Piazza sprachen alle über Amadeo Pavese. Alle waren neugierig darauf, den Neffen aus Amerika zu sehen. Tomaso versuchte, einen Teil der Aufmerksamkeit auf sich zu lenken, indem er sagte, er könne all ihre Fragen beantworten. Wer kannte Amadeo besser als er? Aber heute hörte ihm niemand zu. Sie wollte sich selbst ein Bild von dem Neffen aus Amerika machen.

Würde der Neffe von Neapel kommen? fragten sie sich gegenseitig. Durch Matera? Und Potenza? War sein Schiff in Bari eingelaufen? Und würde Terragrossa, der an der Haltestelle auf der Landstraße wartete, wissen, wer er war?

Am nächsten Tag lachten sie Terragrossa aus, als er in der Bar saß und sich damit brüstete, er hätte Amadeo Pavese auf den ersten Blick erkannt. »Wer ist denn sonst noch in dieser gottverlassenen Gegend ausgestiegen?« neckten sie ihn.

Terragrossa schwang drohend die Faust durch die Luft. »Wenn der Papst mit seinen gesammelten Heerscharen aus dem Bus ausgestiegen wäre, hätte ich trotzdem gewußt, welcher von allen Amadeo Pavese ist. Schuhe aus Leder, nicht aus Preßpappe wie deine«, sagte er und deutete auf Silvio Racioppi, »und das Haar schwarz und mit Pomade an den Kopf geklatscht. Ah, habe ich mir gesagt, das ist ein Amerikaner.«

Terragrossa war Amadeo entgegengelaufen, um seinen Koffer zu tragen. Er hatte darauf bestanden und ihm den Koffer aus der Hand gerissen. Dann war er losgerannt, um die Wagentür aufzuhalten. Als Amadeo sich gegen seine Zuvorkommenheit sträubte, war er verwirrt, bis ihm wieder einfiel, daß Amerikaner Demokraten waren. Terragrossa hatte über seine eigene Intelligenz gelächelt.

»Eine lange Reise?« fragte er.

Amadeo nickte. Er sah auf die Landschaft hinaus. Er dachte an die Wüste, an die Mondoberfläche. Es gab keine Bäume, nichts. Die Ortschaft war an den Hang gebaut, weiß gekalkt, mittelalterlich. Ein Teil des Dorfes war beim letzten Erdbeben in die Schlucht gestürzt, berichtete ihm Terragrossa.

»Mein Onkel wohnt im Ort?«

»In einem Palast«, sagte Terragrossa. »Mit zwei Stockwerken.« Er hielt zwei Finger hoch.

»Sie können mich zu einem Hotel im Ort bringen.«

»Hotel? Was für ein Hotel? Es gibt eine Witwe, die Zimmer vermietet, aber da könnten Sie doch nicht wohnen. Der Steuereinzieher übernachtet dort. Und der Schweinedoktor. Im Bettzeug sind Läuse. Ihr Onkel hat mir klare Anweisungen erteilt. ›Du bringst ihn geradewegs zu mir‹, hat er gesagt. ›Weißt du, wie viele Jahre ich schon darauf warte, ihn zu sehen?‹ Bei diesen Worten standen ihm die Tränen in den Augen.« Amadeo glaubte, eine Träne in Terragrossas Auge zu sehen, und daher bot er ihm sein Taschentuch an. Terragrossa rieb den Stoff zwischen den Fingern und stopfte es in seine Hemdtasche.

»Es gibt ein paar Dinge, die Sie wissen sollten«, sagte er zu Amadeo.

»Und das wäre?«

Terragrossa senkte die Stimme und hielt sich eine Hand vor den Mund. »In dieser Ortschaft wimmelt es von Hexen, und Sie sollten sich in acht nehmen. Sie vergiften das Brot und die Wurst und den Wein. Sie tun Dinge ins Essen, gräßliche Dinge, Haut und Haar und noch Schlimmeres von ihrem eigenen Körper, und sie bemächtigen sich der Seelen. Es hat einen Mann gegeben, Cosimo Carbone, der sich von diesem Hang gestürzt hat, gleich hier«, sagte Terragrossa. Er fuhr von der Straße und hielt den Wagen am Rande des Felsvorsprungs an, damit Amadeo sehen konnte, wo es passiert war. Er schüttelte den Kopf. »Kein Mann wäre mehr am Leben, wenn die Schwarze Madonna nicht wäre. Aber«, sagte er, »die Hexen beten auch zu ihr. Merken Sie sich das gut.« Terragrossa sah über seine Schulter Amadeo an. »Auf einen Mann wie Sie werden sie sich stürzen.«

Er bog in die Straße ein, die zum Dorf führte, und fuhr bis

zur Ortsmitte. Ein leuchtend rotes Spruchband, auf dem in goldenen Buchstaben »BENVENUTI A CASA« stand, war über die Piazza gespannt. Der Bürgermeister hatte das Transparent für die Soldaten in Auftrag gegeben, die triumphierend aus dem Krieg in Abessinien zurückgekehrt waren, obwohl nur ein einziger Freiwilliger aus Castelfondo unter ihnen gewesen war. Dem Bürgermeister war es eine Freude gewesen, Zio Carmelo das Transparent für diesen Tag zu leihen. Er hatte eine kleine Gebühr dafür erhoben, daß es quer über die Piazza gespannt wurde. Das rote Spruchband mit der goldenen Schrift bildete einen Kontrast zu dem schwarzen Flor, der über allen Türen hing. Er stand für den Tod, und man ließ ihn dort, bis Wind und Wetter ihn herunterriß.

Vier Musiker standen auf dem Platz, nicht etwa aus Matera, wie Zio Carmelo versprochen hatte, sondern Bauern aus dem Dorf. Sie spielten auf Dudelsäcken aus Ziegenhäuten, und die Kinder hielten sich die Ohren zu. Zio Carmelo wurde wütend, wenn jemand nach der Blaskapelle fragte. »Auf der Hochzeit«, teilte er den Leuten verärgert mit. »Ihr wollt immer gleich alles auf einmal.«

Als Amadeo aus dem Wagen stieg, spielten die Dudelsäcke ›God Bless America‹. Zio Carmelo ging auf ihn zu, um ihn zu umarmen. »Sieh nur«, sagte er. »Die ganze Ortschaft hat sich versammelt, um dich willkommen zu heißen. Eigentlich sollten die Leute jetzt schlafen. Sie sollten auf den Feldern sein.« Amadeo stand in der Mittagssonne, tippte an seinen Hut und dankte ihnen allen. Er lächelte, und sie lächelten ihn ebenfalls an, mit Ausnahme von ein paar Bauern, die mißmutig waren, weil sie, soweit sie sehen konnten, für nichts und wieder nichts einen Tag auf den Feldern ausfallen ließen. Zio Carmelo hatte ihnen ein grandioses Spektakel versprochen. Und dafür hatten sie einen Tag verloren? klagten sie einander.

»Diese Ratten«, schimpfte Zio Carmelo. »Keine Geduld.

Keine Dankbarkeit. Kein Wunder, daß sie einfache Bauern bleiben.«

»Mach dir nichts draus«, sagte der Bürgermeister. »Wie geht's denn jetzt weiter?« Und um das Gesicht zu wahren, mußte Zio Carmelo im Café Getränke für die Männer und Süßigkeiten für die Frauen und Kinder ausgeben.

Also tranken die Männer, und die Frauen und Kinder lutschten in Zellophan eingewickelte Bonbons, und die Dudelsäcke spielten immer wieder ›God Bless America‹. Amadeo wurde genötigt, sich auf einen Stuhl unter einem improvisierten Baldachin zu setzen, und der Bürgermeister hielt eine verworrene Begrüßungsansprache, in der er Glanz und Glorie Roms erwähnte, und Zio Carmelo stellte Amadeo der Reihe nach die Einwohner vor. Die wichtigsten Leute kamen zuerst dran, der Bürgermeister, der Doktor, der Chef der Carabinieri. Sie schüttelten Amadeo die Hand und küßten seine Wangen. Die Hand ließ sich Amadeo von niemandem küssen, auch wenn es die Bauern versuchten. Die jungen Mädchen versteckten sich hinter ihren Müttern, die Amadeo auf kleinen Tellern Häppchen anboten, Wurst, Brot und Käse. Terragrossa verdrehte hinter dem Rücken der Frauen die Augen, sah Amadeo an, deutete auf das Essen und machte warnende Gesten.

Magdalena Caparetti war da und lehnte an einer Mauer. Ihr Vater hatte sie mitgenommen. Er hatte ihr nichts von der Verlobung erzählt, sondern nur, daß der reiche und gutaussehende Neffe von Carmelo Forfatera aus Amerika käme und auf der Piazza eine Feier stattfände.

Sie war froh, daß das Trauerjahr zu Ende gegangen war. Sie hatte sich das Haar gebürstet und zu einem langen Zopf geflochten und die Halskette angelegt, die ihre Mutter ihr hinterlassen hatte. »Er ist fett«, sagte sie zu ihrem Vater, als sie Amadeo sah.

Giacomo Caparetti drückte ihren Arm. »Natürlich ist er

fett. In Amerika sind alle fett. Sie haben genug zu essen, nicht so wie hier, wo alle am Verhungern sind.« Ihr Vater spielte mit dem Gedanken, sie vorzustellen, aber er wußte nicht, wie er das anfangen sollte, und daher ging er zu Zio Carmelo rüber und zog ihn am Ärmel. Zio Carmelo drehte sich ärgerlich um, bis er sah, wer es war. Giacomo ... *Paisano* ...« Er umarmte ihn. »Was meinst du?« fragte er. »Ein prachtvoller Mann, was?«

Giacomo Caparetti nickte. »Soll ich Magdalena bringen, damit wir sie einander vorstellen können?«

»Natürlich, warum nicht?«

»Ich habe ihr noch nichts erzählt.«

»Na und? Dafür ist immer noch Zeit. Geduld braucht man im Leben. Über den Rest entscheidet das Schicksal. Bring sie her. Guinetta wird sie ihm vorstellen.«

Zia Guinetta nahm Magdalena an der Hand und führte sie zu Amadeo, der unter dem improvisierten Baldachin saß und den Wein aus der Gegend trank. Er lächelte sie an und schüttelte ihr die Hand, dann ging sie wieder und lehnte sich erneut an die Wand.

»Ein schönes Mädchen, nicht wahr?« Tante Guinetta beugte sich dicht an Amadeos Ohr.

Amadeo lachte. Er war seit Tagen unterwegs. Der Wein hatte ihn beschwingt. Das ungewohnte Essen lag ihm schwer im Magen. »Zia«, sagte er, »sie kann nicht älter als zwölf Jahre sein.«

»Nein, nein ... Sie ist viel älter. Das ist die Gebirgsluft. Die Frauen hier wirken immer so jung. Sieh dir mich an«, sagte sie und ließ ihre Hände anzüglich über ihren Körper gleiten.

Als es dunkel wurde, machten sich alle auf den Heimweg. Amadeo war auf seinem Stuhl eingeschlafen, und Zio Carmelo mußte ihn wachrütteln. Er und Zia Guinetta nahmen Amadeo in die Mitte, als sie nach Hause liefen. Sie blieben vor der Tür stehen, damit Amadeo Zeit hatte, den Lack und den Messingklopfer zu bewundern, den er bisher nur von Fotografien kannte.

Drinnen zeigten sie ihm zuallererst, noch ehe sie ihm sein Bett zeigten, die Toilettenschüssel mit dem Porzellansitz. Sie wollten ihm deutlich zu verstehen geben, daß sie eine Familie von hohem Rang waren, eine Familie, auf die er stolz sein konnte.

»Aber, Zio«, sagte Amadeo. »Ihr habt doch gar kein Wasser. Wie könnt ihr sie denn benutzen?«

Zio Carmelo stand in der Tür und hatte die Arme vor der Brust verschränkt. »Was macht das schon aus?« fragte er. »Es ist die einzige Toilette ihrer Art in der ganzen Provinz. Sie ist berühmt.«

Amadeo stimmte ihm zu, daß sie prachtvoll war.

Morgens bereitete Zia Guinetta Amadeo einen Milchkaffee mit einem verquirlten Ei darin. Sie strich persönlich die Marmelade auf sein Brot. Zum Mittagessen kochte sie ihm Nudeln und schlug dann für seinen Mittagsschlaf die Bettdecke zurück. Sie hatten ihm das hintere Zimmer geräumt und ihre Pritschen in die Küche gestellt. Amadeo hatte protestiert, aber Zia Guinetta wollte nichts davon hören. Sie zögen es vor, in der Küche zu schlafen, behauptete sie.

»Ha«, sagte Zio Carmelo zu ihr. »Jetzt, wo er hier ist, kriegen wir wenigstens was Anständiges zu essen. Nicht immer nur Brot und Öl ... nicht solange er da ist. Wir essen Pasta ... mit Fleisch in der Sauce.«

»Psst.« Sie legte den Finger auf die Lippen und deutete auf das hintere Zimmer, in dem Amadeo schlief. »Willst du vor deinem Neffen etwa wie ein Bauer dastehen? Dann schneide dir doch Löcher in die Ellbogen deines Pullovers. Ein *cafone*, der Brot und Öl ißt, das ist genau der Mann, dem er es anvertrauen wird, eine Braut für ihn zu finden.«

»Aber wenn wir jetzt solche Sachen essen können, warum gibt es dann bei uns nicht immer etwas Anständiges zu essen?«

»Weil wir uns vorsehen müssen. Ich spare für schlechte Zeiten ... das nächste Erdbeben ... den nächsten Krieg ... Wer weiß? Wenn es nach dir ginge, hätten wir nicht eine Lira auf der hohen Kante.«

Zio Carmelo schob eine Hand unter ihr Kleid. Sie drehte sich um und schlug mit dem Holzlöffel nach ihm. Er zog sie auf seinen Schoß und biß in ihr Ohrläppchen. Tomaso rief draußen nach ihnen, und Zia Guinetta entwand sich ihrem Ehemann. Sie stand auf, um nachzusehen, was Tomaso wollte, und Zio Carmelo blieb mit leeren Händen zurück.

Er faltete sie auf dem Schoß und spielte mit dem Gedanken, sich am Nachmittag, während die anderen schliefen, aus dem Haus zu schleichen und die Witwe zu besuchen. Zio Carmelo packte ein Kilo getrocknete Rigatoni, die Lieblingsnudeln der Witwe, in seinen Beutel und schmiedete einen Plan.

Als er und Zia Guinetta in ihrer Unterwäsche nebeneinanderlagen und er seine Frau schnarchen hörte, zog er sein Hemd und seine Hose an, nahm seinen Beutel und verließ das Haus. Sogar die Fliegen hielten Siesta. Er lief aus dem Ort hinaus, an geschlossenen Fensterläden vorbei, und folgte dem Pfad zu den Feldern und dem Steinschuppen, in dem die Witwe lebte. Die Bauern hatten ihn gebaut, um dort ihre Geräte unterzustellen, doch als eine Wand teilweise einstürzte, benützten sie ihn nicht länger. Die Witwe hatte die Wand wieder gerichtet und war eingezogen. Wenn einmal im Jahr der Steuereinzieher erschien, nahm sie die Steine aus der Wand und versteckte sich in den Feldern. Sonst kam keiner, um sie zu behelligen.

Zio Carmelo erreichte den Steinschuppen und öffnete die Tür. Er rief ihren Namen. »Mafalda«, sagte er in die Dunkelheit, und der Klang ihres Namens hinterließ einen süßen Geschmack in seinem Mund. Im Schuppen war es kühl, und in dem breiten Bett, das sie von seinem Geld gekauft hatte, setzte sie sich mit gespreizten Beinen auf ihn. »Wir sind doch schließlich keine Tiere«, hatte Zio Carmelo gesagt und ihr das Geld in die Hand gedrückt, nachdem er sie auf dem Lehmboden genommen hatte, im Stroh. Er gab ihr Geld für Bettwäsche und stellte eine Regentonne auf, mit Ziegenleder bespannt, damit sie sich waschen konnte, aber sie wusch sich nie, und sie schlief nur in dem Bett, wenn er zu ihr kam. Nach einer Weile vergaß er, daß sie sich nicht wusch, und bei ihrem Geruch, ja schon bei der Erinnerung an ihren Geruch fing ihm das Herz in der Brust heftig an zu schlagen.

Sie sprachen nie miteinander. Er stellte ihr keine Fragen. Sie nahm das Kilo Rigatoni und versteckte es in einer Ecke. Er liebkoste ihren Körper mit der Zunge und biß in ihre Schultern. Er bohrte sich von hinten in sie. Sie gab Laute von sich wie die Tiere, die sich draußen vor dem Schuppen versammelten. Er fühlte sich wie ein junger Mann, jung genug, um auf Don Carlitos Feldern zu arbeiten.

Er seufzte in der Stille. Er malte sich aus, Guinetta könnte dahinterkommen, und auf seiner Stirn brach Schweiß aus. Aber Guinetta schlief wie eine Tote, sagte er sich, und sie war derart von dem Projekt in Anspruch genommen, Amadeo zu verheiraten, um ihn an die Familie und an Castelfondo zu binden, daß sie für alles andere blind war, sogar für seine Besuche bei der Witwe. Er grub seine Hände in Mafaldas schwarzes Haar. Amadeo machte ihm doch immer wieder das Leben leicht, dachte er.

Anfangs hatte er sich ständig Sorgen gemacht, Zia Guinetta könnte dahinterkommen und würde ihm daraufhin Gift ins Essen schütten, und sein Schwanz, den er heiß und innig liebte und der sich jeden Nachmittag und jede Nacht erhob und für ihn stramm stand, würde sich nie wieder regen.

Nach dem ersten Mal mit der Witwe hatte er einen Tag lang

keine Nahrung angerührt, weil er sicher war, daß Zia Guinetta es wußte und sich mit Gift rächen würde, aber als er schließlich doch etwas aß und nicht daran starb, besuchte er die Witwe wieder. Nur noch ein einziges Mal, sagte er sich, und dann noch einmal. Als ihm klar wurde, daß er sie weiterhin sehen würde und daß sie das Risiko wert war, gab er ihr das Geld für das Bett und die Bettwäsche. Alles Gute im Leben hatte seinen Preis, sagte er sich, wie die Meeresfrüchte aus Bari, die Choleraerreger enthielten.

Zia Guinetta ging jede Nacht in ihren Küchengarten, um Kräuter zu pflücken. Zio Carmelo hörte am frühen Morgen, ehe die Sonne aufging, wie sie die Kräuter auf dem Herd kochte und sie zu Pulver zerrieb, und obwohl er überzeugt war, daß die Magie für Amadeo bestimmt war, schob er das Geschirr auf dem Tisch herum, wenn sie ihm den Rücken zukehrte, tauschte den Teller, der ihm zugedacht war, gegen den von Maria oder Tomaso aus.

Er ging mit Amadeo zum Schneider, damit er ihm einen Anzug aus Kordsamt nähte, und sie zogen gemeinsam in die Berge, um Kaninchen zu jagen. Zia Guinetta kochte Eintöpfe. Amadeo vergaß sein Geschäft, und er vergaß seinen Kummer. Er ließ sich von den beiden umsorgen und verpflegen, und es war ihm durchaus recht, daß sie seine Tage verplanten. Er saß in der Bar auf der Piazza und spielte Karten. Winkte den Bauern zu, wenn sie von den Feldern zurückkamen, und wartete vor dem Postamt auf das Eintreffen der Post.

Nie waren Briefe für ihn dabei. Das wunderte ihn, und er bat Clemente, den Postmeister, noch einmal nachzusehen. Dann blätterte Clemente die Umschläge ein zweites Mal durch, feuchtete nach jedem Brief den Daumen an und bewegte stumm die Lippen, während er sorgsam die Namen und Adressen las. Er fuhr mit seinem Finger die Tinte nach. Mehr als drei oder vier

Briefe kamen nie, aber Clemente ließ sich viel Zeit, da Amadeo eine hochgestellte Persönlichkeit war und das Amt des Postmeisters ein wichtiger Posten. Er war also geradezu prädestiniert für diese bedeutende Aufgabe, aber dennoch blickte er anschließend jedesmal kopfschüttelnd auf. »*Niente*«, sagte er.

Amadeo erwähnte es zu Hause, aber Zia Guinetta wies ihn zurecht. »Eine kleine Ortschaft ... hoch oben in den Bergen versteckt. Du glaubst wohl, das ist Amerika? Hier steht die Zeit still.«

»Aber was ist, wenn etwas passiert?«

»*Ma*, nur schlechte Nachrichten breiten sich in Windeseile aus. Glaube mir, schlechte Nachrichten kämen bei dir an.«

Also hörte Amadeo auf Zia Guinetta, vertraute ihr und trank den Anisette mit einer schwarzen Kaffeebohne, den Zio Carmelo für ihn bestellte, und manchmal lehnte er sich zurück, kippte seinen Stuhl gegen die Wand und schloß die Augen.

»Er amüsiert sich«, sagte Zio Carmelo zu Zia Guinetta.

»Gut«, sagte sie. »Aber was tust du? Du wolltest ihn mit Magdalena verkuppeln, und du bist noch keinen Schritt weiter als am Tag seiner Ankunft. Eines Tages wird er abreisen, und dann ist alles vorbei. Du tust nichts weiter, schleifst ihn nur durch die Gegend und schleppst ihn in die Bar.« Sie spuckte in die Kräuter, die sie gerade zerstieß. »Ich kann nicht alles selbst machen«, bemerkte sie und kehrte ihm den Rücken zu. »Ich habe sogar Clemente im Postamt dafür bezahlt, daß er mir die Briefe aus New York aushändigt.« Sie ging zu einer hölzernen Kiste, die sie in einer Ecke aufbewahrte, und zog einen Packen Briefe heraus, die mit einer Schnur zusammengebunden waren. Sie warf ihm den Packen auf den Schoß. »Jede Woche kommen Briefe.«

Zio Carmelo zog einen Brief heraus und sah auf den Umschlag. »Sie sind von der Amme«, sagte er. »Teresa Sabatini. Er hat uns von ihr erzählt. Warum gibst du ihm diese Briefe nicht?«

Zia Guinetta nahm Zio Carmelo den Umschlag aus der Hand. »Ich will, daß er New York vergißt. Er könnte Heimweh bekommen, wenn er all diese Briefe liest. Und wer ist diese Frau überhaupt? Was bedeutet sie ihm? Wissen wir das vielleicht?« Zia Guinetta setzte sich und fächelte sich mit dem Umschlag Luft zu. »Ah, es ist sehr kompliziert. Alles ist möglich. Es könnte alles Erdenkliche passieren.«

»Diese Frau kümmert sich um seinen Sohn. Er hat es mir selbst gesagt.«

»Und du glaubst ihm.«

»Warum nicht?«

Zia Guinetta stand auf und stellte sich dicht vor ihn. »Weil ich die Männer kenne«, sagte sie und stieß angewidert Zio Carmelos Schulter von sich. Er dachte an das Schweigen der Witwe und auch daran, wie sie sich auf ihm bewegte, stumm und voller Verehrung.

»Und du glaubst, ich hätte in all der Zeit nichts getan?« sagte er zu Zia Guinetta. »Täglich säe ich die Saat. Ich sage ständig Dinge, mache Andeutungen. ›Amadeo, wie gut du aussiehst‹, habe ich zu ihm gesagt, als ich mit ihm beim Schneider war. ›Die Frauen werden verrückt nach dir sein.‹ Wenn ich ihn auf die Jagd mitnehme, erzähle ich ihm, wenn er eine Frau aus dem Ort hätte, würde sie ihm Eintopf kochen, den besten, den man überhaupt bekommen kann. Bei jeder Gelegenheit rede ich ihm ein, daß er ein junger Mann ist und eine Frau und noch mehr Kinder braucht. Ich mache ihm klar, daß sein kleiner Sohn eine Mutter braucht. Du glaubst, außer dir tut hier niemand etwas? Mein Verstand steht nie still ... Ich denke ununterbrochen. Ich hätte es leichter, wenn ich das alles einfach aufgeben und auf den Feldern arbeiten würde.«

»Schon gut, schon gut. Sei ruhig. Sonst hört er dich noch.«

Zio Carmelo ging zur Tür hinaus. »Geduld, Guinetta«, rief er ihr von der Straße her zu. »Über alles andere entscheidet das Schicksal.«

Zia Guinetta begab sich in die Ecke der Küche, in der sie einen kleinen schwarzen Stein aufbewahrte, auf dem sie ein Bild der Schwarzen Madonna von Viggiano angebracht hatte. Davor brannte eine Kerze in einem roten Glas. »Ich bin klüger als jeder Mann«, sagte sie zu dem Bild. »Warum müssen meine Kräfte finster und verborgen sein?«

Sie war außer sich vor Entsetzen, als die Madonna sprach. »Warum beklagst du dich bei mir?« sagte die Madonna. »Genügt es etwa nicht, daß ich deine verlorenen Kinder finde und deine kranken Ziegen heile? Was bekomme ich denn dafür? Einmal im Jahr ein Fest, ein paar Lirescheine, die an mein Gewand gesteckt werden, vielleicht auch ein paar amerikanische Dollar. Und muß ich Ihm etwa nicht Rede und Antwort stehen?«

Zia Guinetta sank auf die Knie, breitete die Arme aus und berührte mit ihrer Stirn den Lehmboden. Sie hielt ihr Gesicht gesenkt, da sie sich davor fürchtete aufzublicken, und mit den Lippen auf dem Fußboden murmelte sie eine Entschuldigung. In der ersten mondlosen Nacht lief sie weit in die Felder hinaus und opferte eine schwarze Ziege. Sie behielt einen Splitter des Oberschenkelknochens der Ziege zurück, polierte ihn, bis er glänzte, und trug ihn an einer schwarzen Schnur um den Hals. Niemandem war es gestattet, ihn zu berühren, noch nicht einmal Zio Carmelo.

Zia Guinetta erinnerte Zio Carmelo immer wieder an die Verlobung und an die Hochzeit. Die Männer in der Bar begannen unruhig zu werden und Fragen zu stellen. Sie erkundigten sich, wann die *festa* stattfinden würde. Es wurde so schlimm, daß

Zio Carmelo absolut nicht mehr er selbst war, sondern ein einziges Nervenbündel.

Er flehte Amadeo an, zu Hause zu bleiben. Er bestand darauf, ihn auf seinen Spaziergängen zu begleiten, um ihn vom Dorf fernzuhalten. Im Haus des Arztes fand er ein paar englische Bücher, viktorianische Romane mit brüchigen Buchrücken und Wasserflecken auf dem Einband, und er spornte Amadeo an, sie zu lesen, damit er sein Englisch nicht vergäße.

Giacomo Caparetti drängelte ihn. Er wollte wissen, was er tun sollte, wann er es Magdalena sagen und wie er es ihr beibringen sollte. Zia Guinetta plagte ihn Tag und Nacht, ihre Stimme ein heiseres Flüstern. »Wann? Wann?« fragte sie. Sie setzte ihm derart zu, daß er schlapp und zu nichts mehr zu gebrauchen auf dem Bettzeug der Witwe lag, das im Gegensatz zu ihm vom Bleichen und von der Sonne frisch und steif war. Er kaufte der Witwe Kerzen ab, um sie zu besänftigen, und dann verkaufte er die Kerzen an Giacomo Caparetti, damit er sie in der Kirche vor der Schwarzen Madonna anzündete.

Giacomo Caparetti tat alles, was man ihm sagte. Inzwischen war er wild entschlossen, seine Tochter mit dem Amerikaner zu verheiraten. Er hatte seine gesamten Ersparnisse für ihre Mitgift hergegeben. Jetzt blieb ihm keine andere Wahl mehr. Er sperrte Magdalena im Haus ein, weil er fürchtete, wenn er sie draußen herumlaufen ließ, könnte sie einen Jungen kennenlernen und es würde etwas passieren. Wenn er morgens aus dem Haus ging, band er sie, da er den ganzen Tag fort war, an den Bettpfosten.

»Warum tust du das?« fragte Magdalena. »Du bist verrückt geworden. Seit dieser Amerikaner hier ist, seit seiner Ankunft auf der Piazza, gebärdest du dich wie ein Irrer und bindest mich an wie ein Tier.« Sie fing an zu weinen. »Das kannst du nicht tun. Ich gehe zum *professore*«, sagte sie, »... zum Doktor, zum Pater. Ich sage es dem Chef der Carabinieri. Der kann dich ohnehin nicht leiden. Aber mich mag er, das kann ich dir sagen. Ich habe gesehen, wie er mich anschaut. Gott weiß, was der täte, wenn er mich so fände.«

Magdalena kniff die Augen zusammen, bog ihren Rücken durch und weinte, bis sich Giacomo Caparetti Sorgen machte, wenn es so weiterginge, würden ihr Temperament und ihre Schönheit darunter leiden, und dann hätte sie keine Chance mehr, den Amerikaner zu heiraten, nach New York zu gehen und dort zu leben.

»Hör auf zu weinen«, sagte er schließlich. »Du wirst diesen Amerikaner heiraten, den Neffen von Carmelo Forfatura. Es ist alles abgemacht. Verstehst du jetzt? Ich will nur vorsichtig sein. Ich beschütze dich.«

»Was? Was soll das heißen?«

»Ja, genau das. Siehst du jetzt ein, wie froh du sein kannst? Und du klagst immer nur.«

Magdalena wischte sich die Augen mit dem Saum ihres Kleides ab. »Den Amerikaner?« sagte sie. »Den fetten alten Amerikaner?«

»Du Dummkopf«, sagte ihr Vater. »Von nichts wird man nicht fett. Das habe ich dir doch schon gesagt. Hier müssen wir mit allem knausern. Aber du, du wirst in Amerika sein und seidene Kleider tragen. Und einen Wagen haben. Und gewiß auch Schminke im Gesicht. Also, in Rom ...«

»Aber ich werde nicht in Rom sein, Papa. Oder?«

»New York ist besser als Rom.«

»Ich heirate keinen fetten alten Mann.«

»Er ist nicht alt.«

»Dann ist er eben fett.«

»Er ist nicht fett. Er ist gesund. Und weißt du, warum? Weil er reich ist. Weil er jeden Tag Fleisch ißt. Wenn er Kaffee trinkt, tunkt er Kuchen hinein. Hör auf mich. Wenn du hier bleibst, wirst du irgend so einen *lambajule* heiraten, einen Schwachsinnigen. Will ich etwa nicht das Beste für dich? Bist du vielleicht nicht alles, was ich habe?« Giacomo Caparetti fing an zu weinen, woraufhin Magdalena ebenfalls in Tränen ausbrach, und sie hielten einander in den Armen und heulten laut. Sie warfen die Köpfe zurück wie die Wölfe, die im Winter bis an den Ortsrand kamen. Sie schrien und kreischten, und als sie ermattet waren, als ihre Kehlen rauh und heiser waren, küßte Giacomo Caparetti Magdalenas Gesicht.

»Nein«, sagte er. »Du heiratest den Amerikaner nicht. Du bleibst bei mir. Die Mitgift soll der Teufel holen. Ich finde einen Mann für dich, einen Arzt, einen Anwalt, nein, einen Prinzen. Mach du dir bloß keine Sorgen«, sagte er und küßte ihr Haar, ihre Stirn, ihre Nase. »Mein armer kleiner Liebling«, sagte er. »Deine Mutter hat dich im Stich gelassen. Wie könnte ich dich fortschicken?«

»Die Mitgift ...«, sagte Magdalena. »Du hast die Mitgift hergegeben?«

»Ich hol' sie mir wieder.«

»Die kriegst du nicht mehr. Niemals.«

Giacomo Caparetti schlug seinen Kopf gegen die Wand. »Carmelo hat mir eingeredet, das sei eine gute Partie.« Er schlug den Kopf erneut gegen die Wand. »Er hat gesagt, du würdest Diamanten tragen, so groß wie die Tränen der Madonna.«

Magdalena legte ihrem Vater eine Hand auf die Schulter. »Und genau das werde ich auch tun«, sagte sie zu ihm. »Diamanten so groß wie Hühnereier. Ich werde in New York leben. Ich werde eine Signora sein. *La Signora di New York*«, sang sie, und dann tanzte sie im Kreis, so weit das Seil ihr Spielraum ließ.

Ihr Vater schlug weiterhin seinen Kopf gegen die Wand. »Aber du hast gesagt, er ist fett. Und daß er alt ist, hast du auch gesagt.«

»So alt ist er nun auch wieder nicht. Und wenn er ein bißchen zu fett ist, na und? Das kommt nur von dem vielen Fleisch und von all dem Kuchen. Ich werde auch fett.« Sie stemmte die Arme in die Hüften. »Sieh mich an«, sagte sie. »Wie werde ich aussehen, wenn ich so breit bin ...« – sie streckte die Arme aus und tat so, als hielte sie mit den Händen ihr Fleisch, »... und meine Hüften bis hierher reichen?«

»In Seide gekleidet«, sagte ihr Vater.

»Vergiß die Diamanten nicht.«

»Nein, natürlich nicht.«

»Und wann findet die Hochzeit statt?«

»Ich weiß es nicht. Carmelo hat gesagt, wir müssen noch ein wenig warten.«

»Es muß doch etwas geben, was wir tun können.«

Giacomo Caparetti holte die Votivkerzen heraus, die Zio Carmelo der Witwe abgekauft hatte. »Wir können diese Kerzen anzünden.«

»Überlaß das mir«, sagte Magdalena. Sie nahm die Hand ihres Vaters. »Der Pfarrer wird die Kirche für mich aufschließen.« Sie zog sich einen schwarzen Schal über das Haar, weil sie um ihre Mutter trauerte, die, wie sie behauptete, gestorben war.

Die Kirche war verschlossen, als sie dort ankam, und sie ging zum Haus des Pfarrers und klopfte an die Tür. Die Haushälterin wollte sie fortschicken. Sie stellte sich ihr in den Weg und sagte Magdalena, daß der Pfarrer schliefe, aber Magdalena zwängte sich an ihr vorbei durch die Tür, und als der Pfarrer sah, wer es war, zog er seine Schuhe an. Er berührte den Zopf, der auf ihrem Rücken hing, und nannte sie sein Kind. Auf dem Weg zur Kirche hielt er ihren Arm fest und preßte seine Hand an ihre Brust.

In der Kirche zündete Magdalena die Kerzen vor der Schwarzen Madonna von Viggiano an und bat sie, ihr dabei zu helfen, den Amerikaner zu heiraten. Sie gab ihr Versprechen, die sie nur halten konnte, wenn sie den Amerikaner heiratete. Das mußte der Madonna klar sein.

Sie sprach in einem Flüsterton mit ihr, damit der Pfarrer sie nicht hören konnte. Als sie niederkniete, hob sie ihren Rock und zeigte ihre Beine, um ihn bei Laune zu halten. Er begleitete sie bis zum Ortsrand und drückte ihr einen Kuß dicht neben den Mund. Die Haushälterin erwartete ihn bereits mißmutig und wütend. In der kommenden Nacht schlief er allein.

In der Kirche hatte Magdalena die Schwarze Madonna angefleht, ihren Segen zu der Ehe mit dem Amerikaner zu geben, und sie hatte sie um einen Sohn gebeten. Sie hatte ihre Bitte schnell und beinah tonlos geäußert, da der alte Pfarrer auf sie gewartet hatte.

Als sie nach Hause kam, sagte sie ihrem Vater, sie hätte alles Notwendige getan. Giacomo Caparetti war im ersten Moment erleichtert, doch dann graute ihm.

Magdalenas Ehrgeiz und ihre Furchtlosigkeit – bei einer Frau nicht gerade wünschenswerte Eigenschaften, dachte er, und sie war noch so jung, noch ein kleines Mädchen. Vor ihrer Geburt hatte er die Madonna um einen weiteren Sohn gebeten, diesmal aber einen kräftigen und gutaussehenden, nicht so einen wie der erste, der klein und kränklich war und nach Atem rang.

Als Magdalena geboren wurde, hatte er geglaubt, sein Wunsch sei ihm versagt worden, doch jetzt wußte er, daß er bekommen hatte, worum er die Madonna angefleht hatte, ein gesundes und schönes Kind, nur daß es ein Mädchen war. Die Madonna hatte ihm einen Streich gespielt. Er dankte ihr trotzdem dafür.

Als Giacomo Caparetti an jenem Abend den Kopf aufs Kissen legte, konnte er nicht einschlafen, bis er eine Stimme in seinem Ohr hörte. Er spürte eine Berührung auf seiner Schulter.

Er drückte die Augen fest zu, weil er sich fürchtete hinzusehen. »Schlaf, Giacomo«, sagte die Stimme. »Wenn sie erst einmal verheiratet ist, bist du die Sorgen los.«

Im Dorf kursierten Gerüchte. Zio Carmelo konnte sich kaum noch in die Nähe der Piazza begeben, ohne von allen, die dort standen oder saßen, gefragt zu werden, wann denn nun die Hochzeit stattfinden würde. Hatte er bereits Vorbereitungen getroffen? Die Kapelle engagiert? Das Feuerwerk bestellt? Das Essen? Was ging hier vor? Sie verlangten Antworten. Sie hatten lange genug gewartet. Und wo steckte dieser Neffe überhaupt? Bei den Männern ließ er sich gar nicht mehr blicken. Er war immer nur zu Hause bei den Frauen. Was war denn das für ein Mann?

Die Frauen begannen über seine Tauglichkeit als Ehemann zu spekulieren. Die Schlinge aus Geschichten und gegebenen Versprechen zog sich immer enger um Zio Carmelos Hals zusammen. Jemand nannte ihn einen *chiacchierone*, einen Schwätzer, und fragte sich laut, ob jemals eine Hochzeit stattfinden würde.

Und zu Hause saß Amadeo, der immer unruhiger wurde und sich langweilte. Er hatte es satt, Kaninchen zu jagen und mit seinem Onkel und Tomaso Spaziergänge in der ländlichen Umgebung zu unternehmen. Er sprach davon, daß er vielleicht zu seinem Geschäft und zu seinem kleinen Sohn zurückkehren sollte.

Zio Carmelo piekte Zia Guinetta in die Rippen. »Und was nun?« fragte er. »Wie willst du ihn jetzt noch bei Laune halten?«

Zia Guinetta bedachte ihn mit einem Blick, der ihn verstummen ließ und ihm nahelegte, auf die Straße und auf die Felder hinauszugehen. Sie suchte Clemente auf und seufzte, als sie ihm weitere Münzen aushändigte, aber an jenem Morgen kam sie mit einem Telegramm für Amadeo zurück. Es war von Signora Sabatini in New York, und darin stand, daß es Salvatore gutging.

Bleiben Sie, so lange Sie wollen, stand in dem Telegramm. Amadeo war zwar weiterhin unruhig, aber die Krise war überstanden.

Zio Carmelo und Zia Guinetta redeten und stritten endlos darüber, wie sie Amadeo und Magdalena zusammenbringen sollten und wie sie sichergehen konnten, daß Amors Pfeile ihr Ziel nicht verfehlten. Eines Nachmittags wurde Amadeo von ihren Stimmen geweckt und konnte nicht wieder einschlafen. Die Hitze im Hinterzimmer war drückend, und die Fliegen surrten und ließen sich auf den Feigen nieder, die Zia Guinetta vor der Tür zum Trocknen aufgehängt hatte. Er stand auf und zog seine Hose an, und um seine Tante und seinen Onkel nicht zu stören, verließ er das Haus durch die Hintertür und ging in den Ort.

Als er auf der Piazza eintraf, wollte Natale, der Barkeeper, gerade über Mittag schließen. Er sah Amadeo kommen, seinen Hut absetzen und sich mit einem großen weißen Taschentuch die Stirn abwischen. Natale rief ihm zu, er solle rüberkommen. Er zog einen kleinen Tisch und zwei Stühle in den Schatten der Markise, holte eine ganz besondere Flasche mit selbstgebrannter Grappa hervor und brachte zwei Gläser. Dann forderte er Amadeo auf, sich zu setzen.

»Sieht man Sie auch mal wieder«, sagte Natale. »Wo haben Sie denn gesteckt? Waren Sie mit den Hochzeitsvorbereitungen beschäftigt, oder haben Sie kalte Füße bekommen?«

»Welche Hochzeit?« fragte Amadeo und machte so eine finstere Miene, daß sich seine Augenbrauen auf der Stirn fast berührten. »Ich bin in Trauer«, sagte er zu Natale. »Meine Frau und mein kleiner Sohn liegen einander in den Armen, in einem

Sarg unter der Erde, in Amerika.« Er trank seine Grappa, und Natale schenkte ihm nach.

»Aber Sie sind doch verlobt ... mit Magdalena Caparetti ... dem hübschesten Mädchen von Castelfondo. Das ganze Dorf wartet schon darauf, auf Ihrer Hochzeit zu tanzen. Ihr Onkel hat uns ein Feuerwerk versprochen. Und die Blaskapelle aus Matera. Alle wollen wissen, wann es soweit ist.«

»Natale, bitte. Sind Sie etwa von zwei Gläsern Grappa schon betrunken. Was für eine Hochzeit? Das Mädchen, von dem Sie reden, kenne ich überhaupt nicht.«

»Doch, Sie sind mit ihr bekannt gemacht worden. Ich habe es selbst gesehen. Am Tag Ihrer Ankunft. Ihr Onkel hat sie zu Ihnen geführt.« Er füllte Amadeos Glas nach. »Hier gibt es keine Geheimnisse.«

»Wer hat Ihnen erzählt, daß ich heirate?«

»Das weiß doch jeder. Ihr Onkel hat es arrangiert. Die Frauen sind schon dabei, Kleider zu nähen. Der Bürgermeister ist bereit, einen Feiertag auszurufen. Wir wollen nur wissen, wann es soweit ist.«

Amadeo lachte. Er fragte Natale, ob es Cognac gäbe. Natale hatte nur eine einzige Flasche, die während des Ersten Weltkriegs jemand aus Frankreich mitgebracht hatte. Nach Cognac hatte ihn bisher noch nie jemand gefragt. Er öffnete die Flasche, und sie tranken Cognac. Die Sonne stand bereits tief über dem Horizont, und die Flasche war fast leer, als sich Amadeo erhob, um sich auf den Rückweg zu Zio Carmelos Haus zu machen. Er hatte Natale gegenüber darauf beharrt, daß er niemanden heiraten würde, nicht einmal das hübscheste Mädchen von Castelfondo, aber Natale hatte ihm nur auf den Rücken geklopft. »Mich halten Sie nicht zum Narren«, hatte er erwidert.

Als Amadeo betrunken nach Hause wankte, war er soweit, Natale zu glauben. Er war davon überzeugt, daß er Magdalena

Caparetti heiraten würde, das hübscheste Mädchen von Castelfondo. Die Frage war nur, warum er der Einzige in Castelfondo war, der nichts davon gewußt hatte.

Er blieb vor Zio Carmelos Haus stehen und läutete. Es war das einzige Haus im Dorf, das eine Klingel hatte, und niemand benutzte sie. »Der Teufel«, rief Zia Guinetta aus, als sie aus dem Schlaf aufschreckte. »Wer sonst würde die Klingel benutzen?« Zio Carmelo öffnete die Tür, und Amadeo fiel ins Haus. Zia Guinetta zog ihn eng an sich, um zu schnuppern, ob er bei einer Frau gewesen war, aber er stank nur nach Alkohol, als sie ihn in den Armen hielt und angesichts seines Gewichts ins Taumeln geriet. Sie half ihm ins Bett und zog ihm die Schuhe aus. Sie rieb das Leder mit ihren Händen, bewunderte es und fragte sich, ob die Schuhe Tomaso wohl passen würden, und wenn ja, wie sie Amadeo dazu bewegen konnte, sie dazulassen. Amadeo murmelte etwas vor sich hin und versuchte, sich aufzusetzen, aber Zia Guinetta hielt ihn fest und flößte ihm Tee ein. Sie sagte zu Zio Carmelo, nach diesem Tee würde Amadeo bis zum nächsten Tag schlafen.

»Was meinst du, was passiert ist?« fragte Zio Carmelo.

»Was weiß ich?« sagte sie. »Aber ich glaube, allmählich geht allen die Geduld aus. Es ist an der Zeit, dem Schicksal ein wenig nachzuhelfen. Laß ihn schlafen. Wir werden es früh genug erfahren.«

Am nächsten Morgen, als Amadeo mit roten Augen und einem Gefühl der Übelkeit erwachte, bereitete Zia Guinetta eine Paste aus den Kräutern ihres Gartens zu und rieb sie ihm auf die Schläfen. Sie band ihm einen nassen Lappen straff um den Kopf und servierte ihm den Kaffee schwarz.

»So«, sagte sie, als sie sich zu ihm setzte. »Dir geht es wohl nicht gut. Wo warst du denn gestern?«

»Bei Natale ...«

»Oh, dieses Tratschmaul, schlimmer als der Barbier ...«

»Und ich habe gehört, Zia, daß eine Hochzeit stattfinden wird, eine große Hochzeit, mit Feuerwerk und einer Blaskapelle, eine *festa*, die so prachtvoll sein wird wie die *festa* für die Schwarze Madonna.«

»Äh ...«, sagte Zia Guinetta. Sie blickte auf, als Zio Carmelo aus dem vorderen Zimmer hereinkam. »Diese Großmäuler«, sagte er. »Diese Pferdeärsche, diese *chiacchieroni*. Die halten sich für gescheit, und dabei machen sie alles zunichte. Denen werde ich die Füße unter dem Leib wegtreten. Ich schlage sie grün und blau.«

»Zio ...«

»Schon gut.« Zio Carmelo ließ sich neben Amadeo auf das Bett sinken. Er nahm seine Hand und drückte seinen Kopf auf das Kissen zurück. »Mach dir keine Sorgen, *figlio* ... Sie werden es uns nicht verderben. Dafür sorge ich schon.« Er stand auf, lief umher und verfluchte die Stadt und das Land, Mussolini und die Abessinier. »Ich hätte nach Amerika gehen sollen, als ich die Gelegenheit hatte«, sagte er. »Das hier ist kein Ort für ehrliche Männer.«

Amadeo beobachtete, wie sein Onkel im Zimmer umherlief. Sein Kopf tat weh, wenn er die Augen bewegte. »Erzähl mir, was es mit dieser Hochzeit auf sich hat, Zio.«

Zio Carmelo setzte sich wieder aufs Bett. Er schlang seinen Arm um Amadeos Schultern, zog ihn in eine sitzende Haltung und drückte ihm einen Kuß auf die linke Schläfe. Der Geruch von Zia Guinettas Kräutern nahm ihm den Atem. »Ah, jetzt haben sie uns alles verdorben.«

»Was haben sie uns verdorben?«

»Die Überraschung ... die wunderbare Überraschung, die ich für dich geplant hatte. Alles aus und vorbei ... alles verdorben ...« Er tobte und fluchte und sagte, er würde jeden einzelnen Mann in der Bar mit einem Schuß in den Knöchel zum

Krüppel machen. Er sagte, wenn sie hier in Sizilien wären, würden die Männer mit mehr als nur ihren Beinen dafür bezahlen.

»Zio, ich frage dich noch einmal ...«

»Vergib mir, *figlio*. Ich rege mich zu leicht auf. Wenn Guinettas Arznei nicht wäre, wäre ich schon längst ein toter Mann, an einem Nervenleiden gestorben. Meine Guinetta. Nichts kann sich an der Liebe messen, *figlio*. Ich habe sie gegen den Willen meiner Mutter geheiratet. Meine Mutter ist an einem gebrochenen Herzen gestorben. Die arme Mama. In der Hochzeitsnacht mußte ich ihr die Augen schließen. Was ich dir alles erzählen könnte, aber vergessen wir mich lieber gleich wieder. Was jetzt zählt, das bist du.«

Amadeo hielt sich den Schädel. Zio Carmelo sprach in sein Ohr. Er senkte die Stimme zu einem Flüstern. Er erzählte Amadeo von dem hübschesten Mädchen von Castelfondo und wie er die Verlobung arrangiert hatte und die Hochzeitsfeier ausrichten würde. Er schilderte ihm, wie es sein würde, wenn dieses Mädchen, das ihn jetzt schon liebte, seine Frau wäre und seinem kleinen Sohn eine Mutter. Sie würde ihm weitere Söhne schenken, sagte Zio Carmelo. Ihre eigene Mutter war fort, und das war besser so, weil man keine Schürzenbänder durchschneiden mußte. Zio Carmelo brach in Tränen aus, als er seinen Bericht beendete. Es waren Freudentränen, versicherte er Amadeo, der all das über sich hatte ergehen lassen, ohne auch nur einen Mucks von sich zu geben, abgesehen davon, daß der Schmerz hinter seinen Augen ihn ab und zu stöhnen ließ.

Zio Carmelo schlug sich die Hände vors Gesicht, mit gespreizten Fingern, wie Gitterwerk, und durch dieses Geflecht sah er Amadeo an. »Dann ist das also geklärt«, sagte er abrupt und drückte ihm einen schmatzenden Kuß auf den Mund. »Morgen werde ich sämtliche Vorbereitungen treffen. Wann möchtest du deine Braut sehen? Auf keinen Fall heute. Du siehst furchtbar aus. Wenn sie dich so sieht, wird sie davonlaufen. Dann also morgen, ja? Guinetta? Geht es ihm morgen wieder gut?«

Zia Guinetta saß in einer Ecke. Sie bekreuzigte sich, als Amadeo sich mühsam aufrichtete. »Seid ihr verrückt?« sagte er zu ihnen. Beim Klang seiner eigenen Stimme, seines Geschreis, schwindelte ihn. Er konnte kaum den Kopf auf den Schultern halten, doch sein Cousin Tomaso und seine Cousine Maria flohen vor seiner Wut und kauerten sich an die hintere Wand des Zimmers. Sie steckten die Köpfe zusammen und tuschelten. »Wie konntet ihr euch einbilden, ich käme zu Besuch hierher und ließe mich ohne weiteres verheiraten ... wie irgend so ein italienisches Provinzei ... Vergiß es, Zio. Wenn ich heiraten will, dann suche ich mir selbst eine Frau. Wir leben im zwanzigsten Jahrhundert, Himmel noch mal, was allerdings noch lange nicht heißt, daß das hier einer weiß.« Er setzte sich auf die Bettkante. »Eine Braut ... eine Hochzeit ... einfach so. Wofür haltet ihr mich eigentlich, für einen Narren?«

Zio Carmelo stand über ihm. Er bemühte sich, Tränen aus seinen Augen zu quetschen. »Ich wollte doch nur dein Bestes«, sagte er. »Manchmal weiß ein Mann nicht, was gut für ihn ist. Dafür hat man doch seine Familie, damit sie einem durchs Leben hilft. Du solltest dankbar sein, aber nein, du Großkotz, statt dessen beleidigst du mich. Du warst zu lange in Amerika.« Er drehte Amadeo den Rücken zu. Zia Guinetta nickte. Sie fand, er machte seine Sache gut.

Amadeo legte sich wieder hin. »Also gut, Zio, es tut mir leid, aber das kannst du dir trotzdem aus dem Kopf schlagen. Ich weiß selbst, was das Beste für mich ist.«

Zio Carmelo ergriff die Gelegenheit, sich wieder neben Amadeo zu setzen und ihn zu umarmen. »Aber, *figlio*«, sagte er, »du verstehst das nicht. Es ist alles arrangiert. Du wirst heiraten. Es bleibt dir gar nichts anderes übrig. Das hier ist eine kleine Ortschaft.« Er tippte sich an den Kopf. »Und die Leute sind kleingeistig.«

»Was hat das mit mir zu tun?«

»Machst du dir denn gar nichts aus deinem Onkel? Ist dir ganz gleich, ob er sich noch blicken lassen kann? Ich habe den Leuten eine *festa* versprochen. Sie warten schon alle darauf.«

»Zio, das ist mein Leben.«

»Und das Mädchen ... dieses arme Mädchen ... Was ist mit ihrem Leben? Sie ist ruiniert, genau das ist sie. Sie wird nie einen Mann finden. ›Von dem Amerikaner sitzengelassen‹, werden die Leute sagen, ›entehrt‹, ›*una signorina da maritare*‹, eine alte Jungfer. Sie könnte sich ebensogut gleich im Brunnen ertränken.«

»Ich dachte, sie sei das hübscheste Mädchen von Castelfondo.«

»Das ist sie auch. In der Tat. Meinst du vielleicht, ich lüge? Und ich würde etwas anderes als das Beste für dich aussuchen?«

»Und?«

»Nichts und. Du Holzkopf. Wenn du sie sitzen läßt, will keiner sie haben. Ihre Familie wird in einer peinlichen Lage sein. Ihr armer Vater hat mir vertraut, und jetzt sieh dir nur an, was ...«

»Zio ...«

»Schon gut. Mehr gibt es nicht zu sagen.«

»Richtig. Vergessen wir das Ganze.«

»Du hast keine Wahl. Ein Ehrenmann erfüllt seine Verpflichtungen.«

»Ich habe sehr wohl eine Wahl.«

»Nein. Nein. Nein. Der Vater könnte sogar versuchen, dich umzubringen. Sag du es ihm, Guinetta. Auf mich will er nicht hören.«

Zia Guinetta kam ans Bett rüber und zog an Zio Carmelos Arm. »Laß ihn schlafen«, sagte sie. »Laß ihn in Ruhe.«

Zio Carmelo sprang auf. »Schlafen soll ich ihn lassen? Ich bringe ihn um. Ich warte gar nicht erst auf den Vater. Ich tue es selbst. Dumm ist er, wie seine Mutter … ein *stupido*.«

Amadeo schüttelte den Kopf. Er preßte sich die Handballen gegen die Schläfen. »Nicht jetzt, Zio … Bitte, beruhige dich. Laß uns später darüber reden.«

»Komm, Carmelo«, sagte Zia Guinetta und führte ihn auf die Straße hinaus. Sie ließ ihn toben, bis er erschöpft war und nur noch leise murrte. »Laß mich mit ihm reden«, sagte sie. »Du gehst jetzt besser.« Sie gab ihm eine Decke und sagte ihm, er solle an die frische Luft gehen, einen Spaziergang machen, seinen Mittagsschlaf in den Feldern halten. Er sagte, er ginge nur, um ihr einen Gefallen zu tun, aber trotz seiner gewaltigen Wut war ihm der Geruch der Witwe schon in die Nasenlöcher gestiegen. Er hatte alles in seiner Macht Stehende getan. Mehr konnte er nicht ausrichten.

Zia Guinetta bereitete ein hervorragendes Abendessen zu, während Amadeo schlief. Sie weckte ihn, als es fertig war, und sie deckte den Tisch nur für zwei. Sie goß den Wein in die Kristallgläser, die der Pfarrer ihr zur Hochzeit geschenkt hatte. Sie holte Plätzchen heraus, die mit Mandeln und Datteln und ihren geheimen Zutaten gefüllt waren, und führte Amadeo an den Tisch.

»Was soll das alles, Zia?«

Sie streckte eine Hand aus, um seine Wange zu streicheln, und dann zog sie seinen Stuhl unter dem Tisch hervor. »Für dich«, sagte sie. Als er sich hingesetzt hatte, blieb sie hinter ihm stehen, die Hände auf seinen Schultern. Es überraschte ihn, wie lange er geschlafen hatte und wie benommen er sich immer noch fühlte. »Jetzt reden wir beide miteinander. Du und ich.«

»Zia, du kannst bis zum Jüngsten Gericht auf mich einreden. Es hat sich nichts geändert. Wenn hier einer einen Grund hat, wütend zu sein, dann bin ich es, oder etwa nicht? All das geschieht hinter meinem Rücken, und ich erfahre nichts davon.«

»Ach, Amadeo ... Sei nicht böse auf uns.«

»Ich bin euch nicht böse. Ich verstehe es ja. Aber ich will nicht darüber sprechen. Laß es uns einfach vergessen.«

Zia Guinetta schenkte ihm Wein nach. Sie beugte sich vor und zerschnitt Amadeos Fleisch mit ihrem Messer. »Sie ist ein ganz reizendes Mädchen, ein braves Mädchen. Sie wird für deinen Sohn sorgen. Sie wird sich um dich kümmern. Und überhaupt, Amadeo, was geschehen ist, ist geschehen. Manchmal muß man die Dinge eben so nehmen, wie sie sind. Wenn du dieses Mädchen jetzt sitzen läßt, ist sie ruiniert, und ihr Leben ist zu Ende, noch ehe es begonnen hat. Kannst du damit leben? Könnte Gott dir das vergeben?« Zia Guinetta schüttelte den Kopf. Sie bekreuzigte sich und küßte ihre Fingerspitzen, ehe sie Amadeos Lippen damit berührte.

Amadeo legte seine Gabel hin. »Bitte, Zia, was soll ich denn mit einem Bauernmädchen in New York? Allein schon der Gedanke treibt mich zum Wahnsinn. Das würde niemals gutgehen. Zio hat das alles arrangiert. Er muß zusehen, wie er sich wieder aus der Affäre zieht. Ich habe mich zu nichts verpflichtet. Und ich denke gar nicht daran zu heiraten. Es ist nichts zu machen. Die Antwort lautet nein. Nein. Nein. Nein. Darf ich jetzt endlich essen?«

»Sie ist eine gute Köchin. Du heiratest dieses Mädchen, und du wirst immer gutes Essen vorgesetzt bekommen.«

»Zia, hör zu, ich sage dir zum letzten Mal ...«

Zia Guinetta stand auf. Sie hielt das Messer, mit dem sie sein Fleisch geschnitten hatte, immer noch in der Hand und fuchtelte damit vor seinem Gesicht herum. »Nein, du wirst mir jetzt zuhören. Wenn du dieses Mädchen nicht heiratest, bringst du Schande über uns. Dein Onkel wird nie mehr auf die Piazza gehen. Dein Cousin Tomaso wird hier im Haus versauern. Maria wird nie heiraten. Wenn du das tust, kommen wir alle mit dir nach New York. Hier können wir nicht mehr leben.« Sie warf das Messer auf den Tisch und setzte sich. Dann beugte sie sich vor und legte ihre Hand auf Amadeos Arm. »Denk wenigstens darüber nach.« Ihre Stimme war plötzlich einschmeichelnd und verführerisch. »Triff dich mit ihr. Nur einen Nachmittag. Das ist alles. Nur für einen einzigen Nachmittag.«

»Ich reise ab«, sagte er.

»*Caro mio*«, sagte Zia Guinetta. Sie reichte ihm das größte Plätzchen auf dem Teller. »Was ist schon ein Nachmittag? Was kostet dich das denn schon? Ist das so viel verlangt? Danach kannst du nach New York zurückfahren.«

Amadeo spürte, wie sich die Schlinge enger um seinen Hals zusammenzog.

Er biß in das Plätzchen.

Zia Guinetta lächelte, und dann fiel ihm wieder ein, was ihm Terragrossa auf der langen Fahrt nach Castelfondo erzählt hatte.

Das Plätzchen blieb ihm im Hals stecken.

In New York, auf den Stufen vor dem Gebäude in der Spring Street, saß Nickys Mutter mit den beiden Jungen in der Sonne. Die Frauen fragten sie, wie lange es noch dauern würde, bis Amadeo Pavese zurückkam. Nickys Mutter fuchtelte mit den Armen. Sie erhob ihre Stimme. »Ich glaube, der ist vom Erdboden verschluckt«, sagte sie. »Gleich nach seiner Ankunft ist ein Brief gekommen, aus Neapel, und dann nichts mehr.«

»*Peccato* …«, sagten die Frauen. »Was kann bloß passiert sein? *Poverino*«, sagten sie. Sie kraulten Salvatore unter dem Kinn und kniffen ihn in die Wangen. Daraufhin rannen ihm

Tränen über das Gesicht, und die Frauen seufzten. »Erst seine Mutter und sein Bruder, und jetzt auch noch ...« Sie wandten sich an Nickys Mutter. »Und wenn er nie mehr wiederkommt? Was tun Sie dann?« Nickys Mutter zog eine Schulter hoch. Sie legte den Kopf zur Seite und blickte zum Himmel. »Ich werde es schon schaffen. Ich sorge für Nicky, nicht wahr? Was macht einer mehr schon aus?« Sie drückte einen Kuß auf Salvatores Ohr.

Als sie gegangen war, steckten die Frauen die Köpfe zusammen. »Was für ein Schicksal«, sagte Jumbos Mutter. »Auf die ein oder andere Weise lassen die Männer sie immer im Stich.«

Es kamen Gerüchte auf, Amadeo sei ermordet worden, verhext, in eine Bergschlucht gestürzt, von Banditen entführt. Und sie waren durchaus nicht gänzlich von der Hand zu weisen.

Zia Guinetta schmiedete Pläne. Die nächsten Tage verbrachte sie auf den Knien vor der Schwarzen Madonna. Sie breitete Kräuter und Blüten zum Trocknen in der Sonne aus. Spät nachts ging sie aus dem Haus und kehrte im Morgengrauen mit Blut an den Händen zurück. Sie trug Amulette gegen die Wölfe und die bösen Geister der ungetauften Babys, die nach Sonnenuntergang herumspukten. Sie suchte Magdalena auf und berichtete ihr, daß Amadeo sich widersetzte.

Magdalena weinte, und Zia Guinetta schlang die Arme um das Mädchen. »Vertrau mir«, sagte sie. »Laß dich von mir belehren. Gib mir, was ich von dir verlange, und tu, was ich sage. Erzähl niemandem etwas davon.«

Magdalena nickte; ihr Kopf lag auf Zia Guinettas Schulter. »Ich tue alles, was Sie wollen«, sagte sie. Zia Guinetta konnte Magdalenas Lippen an ihrem Hals spüren, als sie die Worte formten. Sie zog den polierten Knochensplitter der Ziege von ihrem Hals und reichte ihn Magdalena. Sie drückte dem Mädchen einen Kuß aufs Haar. »Du kannst alles haben, was du willst.«

In Castelfondo spielten sich auch noch andere Dinge ab. Amadeo wurde von einem seltsamen Fieber befallen und lag drei Tage im Delirium.

Terragrossas Wagen sprang nicht an. In der heißen Sonne lag er darunter und verfluchte die Männer, die das Automobil gebaut hatten. Er öffnete die Motorhaube und schaute hinein, bis sein Hemd vor Schweiß triefte. Wenn er abends nach Hause ging, redete er mit sich selbst, und sein Gesicht und seine Hände waren mit Schmutz beschmiert.

Amadeo war zu krank, um normales Essen zu sich zu nehmen. Zia Guinetta kochte ihm Schonkost und klare Brühe. Sie kochte Gemüse und passierte es durch ein Sieb. Sie hielt ihn in seinem Bett aufrecht und fütterte ihn mit einem kleinen Löffel. Tomaso erzählte den Männern auf der Piazza, Amadeo sei krank, aber seine Mutter würde ihn wieder gesund machen, und die Männer berichteten die Neuigkeiten zu Hause.

Als es Amadeo besser ging, gut genug, um sich selbst anzuziehen, und er zwar immer noch geschwächt war, aber doch kräftig genug, um aus dem Bett aufzustehen, arrangierte Zia Guinetta das Treffen mit Magdalena. Sie versprach Giacomo Caparetti, die beiden würden nicht miteinander allein sein, keinen Moment lang, und am Morgen des Stelldicheins bestand ihre erste Handlung darin, einen Stuhl in die Ecke neben dem Ofen zu rücken, damit sie dort eine Sitzgelegenheit hatte.

Den Tisch und zwei weitere Stühle rückte sie näher zur Tür, damit die beiden Licht hatten, aber doch nicht so nah, daß jeder, der vorbeikam, hören konnte, was im Haus vor sich ging. Sie weckte Amadeo und setzte ihm Tee vor, mit einem roten Blatt darin. Den Tee nahm er von ihr an, aber den Anzug aus

Kordsamt, den der Schneider für ihn genäht hatte, weigerte er sich zu tragen. Zia Guinetta zuckte die Achseln. »Macht nichts«, sagte sie. »Tomaso wünscht sich schon lange einen solchen Anzug.« Sie bürstete den Staub ab, der sich auf den Schultern des Jacketts angesammelt hatte, und hängte es wieder an den Haken neben der Tür. Sie wies Amadeo an, am Tisch Platz zu nehmen. »*Poverino*«, sagte sie, »so schwach wie ein neugeborenes Kätzchen, aber du wirst schon sehen, morgen geht es dir wieder gut.«

Zia Guinetta öffnete den oberen Teil der Tür und beugte sich hinaus, um nach Magdalena und ihrem Vater Ausschau zu halten. Amadeo trank gerade den letzten Schluck Tee, als Zia Guinetta einen langgezogenen, inbrünstigen Zischlaut ausstieß. »Da, da kommt sie.« Zia Guinetta zog Amadeo am Arm, ohne den Blick von der Straße zu lösen. »Schnell«, sagte sie. »Schau hin. Siehst du? Habe ich es dir nicht gesagt? Hast du jemals ein so schönes Mädchen wie dieses gesehen?« Sie deutete auf die gewundene Straße.

»Ich müßte Adleraugen haben, um auf diese Entfernung etwas zu erkennen, Zia.« Er versuchte, sich weiter zur Tür hinauszulehnen, doch sie stieß ihn fort.

»Psst ... Du willst doch nicht zu eifrig wirken.« Sie wedelte mit der Hand und seufzte. »Woher hat sie bloß diese Schönheit? Von Gott ... dem Teufel ... ihrer Mutter ... dieselben Augen, dieses Licht dahinter ... wie Feuer. Schnell, setz dich ... Sie sind fast da.« Zia Guinetta zog sich zurück und setzte sich auf den Stuhl in der Ecke.

Amadeo drehte sich zu ihr um. »Der Teufel? Ihre Mutter? Wovon sprichst du? Was ist mit ihrer Mutter?«

»Psst ... Vergiß es ... Es ist nichts weiter. Alles nur Klatsch. Daran beteilige ich mich gar nicht erst. Frag irgend jemand anders. Ich hasse Geschwätz. Wozu soll das Gerede gut sein?«

Amadeo fragte sich wieder einmal, warum er ihnen so auf

den Leim gegangen war, aber jetzt gab es kein Entkommen mehr, und das war ihm klar. Er hatte eingewilligt, das Mädchen zu treffen. Er war ja so müde. Er war ja so krank gewesen. Er würde sich mit dem Mädchen treffen und ihr alles erklären. Er würde ihr Geld geben, für ihre Mitgift und um sie für das Mißgeschick zu entschädigen, für ihre unselige Verlobung, und alle würden zufrieden sein. Er redete mit sich selbst, als Magdalena Caparetti das Haus betrat. Zia Guinetta auf ihrem Stuhl in der Ecke neben dem Herd zischte ihm etwas zu, und er erhob sich. Mit einem Händedruck begrüßte er den Vater, der klein und ein wenig gebeugt war und einen Filzhut trug, auf dem ein Hund herumgekaut hatte. Magdalena sah Amadeo fest ins Gesicht, als Zia Guinetta die beiden miteinander bekannt machte, und er konnte deutlich erkennen, daß sie sehr jung war und ganz außergewöhnliche Augen hatte.

Sie reichte ihm nicht die Hand. Er durfte sie nicht berühren und ließ seine Hände sinken. Der Vater ging, und Zia Guinetta bedeutete ihnen, sie sollten sich setzen. Magdalena Caparetti setzte sich auf den Stuhl gegenüber von Amadeo. Sie legte die Hände vor sich auf den Tisch und verschränkte die Finger. Amadeo konnte den Schmutz unter ihren Nägeln sehen. Er konnte den Blick nicht von ihr abwenden. Sie starrte ihn ebenfalls an.

Zia Guinetta servierte ihnen Kaffee und Gebäck, das sie an jenem Morgen frisch gebacken hatte. Ehe sie sich wieder auf ihren Stuhl in der Ecke zurückzog, legte sie ein Stück Kuchen auf Amadeos Teller und brach es in der Mitte entzwei. »Iß«, sagte sie mit einer Hand auf seinem Nacken. Magdalena machte sie ein Zeichen, nichts davon zu nehmen.

»Dann bist du also Magdalena«, sagte Amadeo. Er aß einen Bissen, und sie lächelte ihn an. Um Amadeo war es geschehen. Sie wußte es. Er gehörte ihr. Sie strich sich das Haar aus den Augen. Ihr Vater hatte gesagt, sie solle es flechten, aber sie trug es offen. Zia Guinetta hatte ihr gesagt, sie solle nicht auf ihren Vater hören. Ihr Haar war dunkel und wüst und bedeckte ihre Schultern. Auf ihrer Wange klebte ein Rest Beerensaft. Ohne sich etwas dabei zu denken, beugte sich Amadeo vor, um ihn wegzuwischen. Magdalena rührte sich nicht von der Stelle.

Zia Guinetta schaukelte auf ihrem Stuhl in der Ecke. Sie fragte sich, ob es wirklich eine gute Idee gewesen war, die beiden miteinander zu verkuppeln. Sie erkannte deutlich, daß das Mädchen zur Sünde anstiftete. Was hatte sich der Schöpfer bloß dabei gedacht? Und dann war da auch noch die Mutter. Gegen das Blut kommt man nicht an, dachte sie. Aber andererseits mußte sie sich fragen, ob es ihnen überhaupt gelungen wäre, Amadeo mit einem gewöhnlichen Mädchen in Versuchung zu führen. Mit dieser Ehe war ihnen allen gedient.

»Weißt du, was hier vorgeht?« fragte Amadeo das Mädchen, das ihm gegenübersaß. »Weißt du, was sie aushecken, dein Vater und mein Onkel?« Zia Guinetta ruckelte auf ihrem Stuhl herum. Sie beugte sich vor, aber Amadeo machte eine Handbewegung, als wollte er sie zurückhalten. Er ließ Magdalena keinen Moment aus den Augen.

Magdalena drückte ihren Rücken durch. »Du nimmst mich mit nach Amerika«, sagte sie, »nach New York.«

»Und was hältst du davon? Du bist noch sehr jung. Wie alt bist du? Vierzehn? Fünfzehn? Ich könnte dein Vater sein. Ich habe einen kleinen Sohn in Amerika, ein Baby. New York ist eine große Stadt, nichts ist so wie hier. Alle sprechen Englisch. Dort wirst du deinen Vater und deine Freunde nicht an deiner Seite haben, niemanden wirst du haben, und nichts, was dir vertraut ist.«

Magdalenas Augen füllten sich mit Tränen. »Du magst mich nicht«, sagte sie. »Du haßt mich.« Sie bedeckte das Gesicht mit den Händen und fing an zu weinen.

»Dich hassen?« sagte er. »Das ist doch lachhaft. Wie könnte ich dich hassen?«

»Dann willst du mich eben nicht. Du findest mich häßlich.« Magdalena Caparetti schluchzte in ihre Hände.

»Häßlich? Du bist wunderschön. Weshalb sollte ich dich nicht wollen? Jeder Mann, der seine Sinne beisammen hat, würde dich wollen. Du bist ein wunderschönes junges Mädchen. Warum weinst du? Bitte ...« Amadeo warf einen Blick auf seine Tante, aber Zia Guinetta hatte die Augen geschlossen. Ihre Finger glitten über ihren Rosenkranz. Ihre Lippen bewegten sich lautlos.

Amadeo schüttelte den Kopf, als könnte ihm das helfen, wieder klar zu denken. »Wo bin ich?« sagte er laut vor sich hin. »Ich sitze hier, bin in ein altertümliches Verlobungsritual geraten und versuche, mit einem jungen Mädchen vernünftig zu reden.« Er starrte über den Tisch. »Magdalena, hör mir zu ...« Er streckte die Hände aus, um sie zu berühren, zog sie jedoch wieder zurück. Sie saß ganz still da. Sie wollte die Hände nicht vom Gesicht nehmen, und sie hörte einfach nicht auf zu weinen. »Du bist nichts weiter als ein kleines Mädchen, und das ist eine schrecklich schlechte Idee«, sagte er. »Glaub mir ...«

Magdalena nahm die Hände vom Gesicht und hob eine Hand an seine Lippen, um ihn zum Schweigen zu bringen. »Jetzt hörst du mir zu«, sagte sie. Ihre Augen waren trocken. »So klein bin ich nicht mehr, und so schrecklich schlecht ist die Idee überhaupt nicht.«

Auf ihrem Stuhl in der dunklen Ecke neben dem Ofen glitten Zia Guinettas Finger über die Perlen ihres Rosenkranzes, und sie lächelte vor sich hin. »Jeder hat seine Geschichte, nicht wahr?« hörte sie Magdalena zu Amadeo sagen. »Ich erzähle dir meine. Dann entscheidest du.«

Zia Guinetta in ihrer Ecke nickte. Sie beobachtete, wie Amadeo Magdalena ansah. Sie beobachtete, wie er dasaß, vorgebeugt, und in ihre Erzählung eintauchte wie ein sinkendes Schiff. Der Knopf von Magdalenas Bluse stand offen, ob aus Achtlosigkeit oder mit Vorbedacht, wer hätte das schon sagen können? Aber Zia Guinetta sah, wie Amadeos Widerstand schwand. Sie sah seinen Untergang voraus. Magdalenas Schönheit war so wirksam wie Zia Guinettas Magie. Wenn sich beides miteinander verband, war die Wirkung verheerend. Mit jedem Bissen hatte er diese Magie zu sich genommen. Sie hatte ihn erkranken lassen, und sie hatte ihn geheilt. Die Küche war von der Aura weiblicher Macht erfüllt.

»Meine Mutter ...«, setzte Magdalena an, und Amadeo verschränkte dic Arme vor der Brust. Er sah ihr unablässig ins Gesicht. »Meine Mutter war eine Schönheit«, sagte Magdalena. »Sie war verheiratet und hatte mich bereits, als ein Klosterbruder aus Neapel nach Castelfondo kam. Sie hat eine Stellung in seiner Küche angenommen. Er besaß Wein aus Frankreich, in versiegelte Flaschen abgefüllt. Er hatte einen Raum, in dem von der Decke mit Schnüren befestigte Würste und Käse herunterhingen. Er war weit gereist. Er hat meiner Mutter von all den Orten erzählt, an denen er war.«

»Und?« fragte Amadeo.

Magdalena zuckte die Achseln. Sie hob die Arme über den Kopf und schlang ihr Haar zu einem Knoten. Dort, wo durch die offene Tür das Licht darauf fiel, war ihr Haar rot.

»Sie ist bei ihm eingezogen«, sagte Magdalena. »Und dann ist sie verschwunden.«

»Verschwunden?«

»Es heißt, sie hätte einen Sohn geboren und der Klosterbruder hätte sie weggeschickt.«

»Wohin ist sie gegangen?«

Magdalena stützte ihre Ellbogen auf den Tisch. Sie spreizte die Finger und zuckte die Achseln. »Einmal habe ich eine Karte bekommen, aus Neapel.«

»Das tut mir leid«, sagte Amadeo. »Was ist mit deinem Vater?«

»Was nutze ich ihm hier? Er wäre besser dran, wenn ich von hier fortginge.« Sie fing wieder an zu weinen. Zia Guinetta saß ganz still in ihrer Ecke. Sie konnte ihr eigenes Herz schlagen hören.

Amadeo öffnete die Hände. Magdalena umfaßte seine Handgelenke. »Du siehst also, daß ich hier nichts zu verlieren habe. Mir ist nichts geblieben als der Ruf meiner Mutter.« Sie schloß ihre Finger fester um seine Handgelenke. Ihre Nägel gruben sich in seine Haut. »Meine Mutter hat dich zu mir geschickt«, sagte sie, »damit du mich von hier fortbringst, mich nach Amerika mitnimmst. Ich werde dir eine gute Frau sein und deinem Sohn eine gute Mutter. Ich werde dir weitere Söhne schenken. Du bist hergekommen, um mein Schicksal zu erfüllen, verstehst du das denn nicht? Es bleibt dir gar nichts anderes übrig.«

Sie stand auf und kam auf ihn zu. Er sah goldene Sprenkel in ihren Augen. Er sah, wie sich ihre Lippen einen Spalt öffneten, und dann drehte sie sich abrupt um, wandte sich von ihm ab. Dort, wo der Saum ihres Kleides seinen Arm gestreift hatte, brannte seine Haut. Er hatte das Gefühl, er könnte sich nie mehr von der Stelle rühren, nie mehr von diesem Stuhl aufstehen. Es erschien ihm durchaus wahrscheinlich, daß er bei diesem Spiel unterlag, und er sah schon sein letztes Stündlein schlagen.

Zia Guinetta in ihrer Ecke beim Ofen dankte der Schwarzen Madonna. Dieses Mädchen war genau die Richtige. Sie würde sich um Amadeo kümmern. Sie würde ihm Söhne gebären, und Zia Guinetta, Zio Carmelo, Maria und Tomaso würden sich nie wieder Sorgen machen müssen.

»Ich tue alles, was du willst«, sagte Amadeo zu ihr.

Sie berührte mit ihren Fingern erst ihre Lippen und dann ihr

Herz. Sie lächelte ihn an und wandte sich ab. Im tiefen Ausschnitt ihrer Bluse konnte er die Muskeln auf ihrem Rücken sehen. Er beobachtete, wie sie zur Tür hinausging und auf die Straße trat, und er rührte sich nicht von der Stelle, bis Zia Guinetta zu ihm kam und mit ihren Lippen fast sein Ohr berührte.

»Nun?« fragte sie

»Sag mir, was du brauchst. Ganz gleich, was es ist ...« Amadeo fuhr sich mit beiden Händen durchs Haar. Er preßte die Finger auf den Knochen über seinen Augen. »Ich habe viel zu erledigen ... Ich muß nach Matera fahren ... Verdammt noch mal, Terragrossas Wagen springt nicht an. Wie komme ich dort hin?« Er schlug mit der Faust auf den Tisch.

»Keine Sorge«, sagte Zia Guinetta. »Morgen früh wird Terragrossas Wagen wieder in Ordnung sein. Entspann dich. Bist du nicht deshalb hergekommen? Iß etwas. Halte Siesta.«

»Aber ich muß in die Stadt fahren ... Ich muß nach New York ... Ich muß ein Telegramm schicken ... Der Laden ... Signora Sabatini ... Mein Sohn.« Amadeo schüttelte den Kopf, als könnte er dadurch wieder klarer denken und seinem Gedächtnis auf die Sprünge helfen.

»Ruh dich jetzt erst einmal aus«, sagte Zia Guinetta und streichelte mit einer Hand seinen Nacken. »Ich kümmere mich um alles.«

»Was ist passiert, Zia?« fragte er. »Ich kann es spüren. Hier ... und hier.« Er legte eine Hand erst auf seinen Kopf und dann auf seinen Bauch. »War das Gott oder der Teufel?«

Zia Guinetta schnalzte mit der Zunge. »Das Schicksal«, sagte sie. »Es ist immer das Schicksal.«

Die Hochzeit hielt alles, was Zio Carmelo versprochen hatte. Amadeo griff tief in die Tasche und beklagte sich nur darüber, daß Magdalena in den Wochen vor der Hochzeit im Haus ihres Vaters verborgen gehalten wurde. Daher verdrossen ihn die

Vorbereitungen bisweilen, aber Zio Carmelo erklärte, so sei es am besten, er sei gerade erst krank gewesen und müßte wieder zu Kräften kommen.

Zia Guinetta fütterte Amadeo mit Fleischbröckchen, rohen Eiern und Ziegenmilch, und als der Tag der Hochzeit kam, mußte er zugeben, daß sie ihm das Leben gerettet hatte. Sie zwickte ihn mit dem Daumen und dem Zeigefinger in die Wange. »Wie gut du aussiehst«, sagte sie. »Jedes Mädchen würde sich glücklich schätzen.«

Das Hochzeitsfest dauerte drei Tage. Nach dem Ehegelöbnis fand ein Feuerwerk statt, und die Blaskapelle kam aus Matera. Die Musiker trugen rote Uniformen mit großen goldenen Knöpfen auf den zweireihigen Röcken.

Zio Carmelo hatte angeordnet, daß bunte Lampions quer über die Piazza gespannt wurden, damit sie die ganze Nacht durchfeiern konnten. Seidene Transparente zierten die Balkone. Ziegen wurden am Spieß gebraten, und die mit Mandeln und Honig gefüllte Hochzeitstorte war so hoch, daß Magdalena auf einen Hocker steigen mußte, um sie anzuschneiden.

Den Kindern wurde von all den Süßigkeiten schlecht, und die Männer waren von dem vielen Wein betrunken. Der Pfarrer zog die Braut nach dem Zeremoniell in seine Arme und küßte sie viel zu lange auf den Mund. »Signore«, sagte sie und wich zurück, jedoch nicht, ehe er einen Umschlag mit Geld oben in ihren Strumpf stecken konnte.

Magdalena sah aus wie die Madonna. Das sagten alle. Fünf Näherinnen waren zwei Wochen lang mit der Fertigstellung ihres Kleides beschäftigt gewesen. Sie hatten gemurrt, weil die Zeit so knapp bemessen war, aber Zia Guinetta hatte ihre Hand in Amadeos Tasche gesteckt, und die Näherinnen waren betrübt, als das Kleid fertig war.

Alle redeten über die Stickerei auf dem Mieder und die Schleppe, die so lang war wie der Mittelgang der Kirche. Es wurde getuschelt, Tugend würde nicht belohnt und die Macht des Teufels zeigte sich deutlich in den Kräften, die zwischen Männern und Frauen am Werk seien, aber niemand konnte bestreiten, daß dies die aufwendigste Hochzeit aller Zeiten war.

Es war ein so großartiges Fest, daß Zia Guinetta sich schon sorgte, es sei vielleicht zu prachtvoll, prachtvoller als das Fest zu Ehren der Schwarzen Madonna. »Sie könnte Anstoß daran nehmen, beleidigt oder neidisch sein«, sagte Zia Guinetta. »Schließlich ist sie eine Frau.« Daher griff sie tief in Amadeos Tasche, und die Pappmachéstatue in der Kirche wurde durch eine Gipsstatue ersetzt, von der Zia Guinetta schwor, daß sie alljährlich am Hochzeitstag Tränen vergoß. Sie wischte die Tränen mit einem Spitzentaschentuch fort, das sie nie wusch, sondern in einer mit Samt ausgeschlagenen Holzkiste unter ihrem Bett aufbewahrte. Der Pfarrer und der Bürgermeister kamen überein, das Taschentuch nach Rom zu schicken, aber Zia Guinetta wollte es nicht hergeben, nicht einmal für den Papst.

Zio Carmelo schrieb all das in einem Brief an Amadeo, und als Amadeo Magdalena den Brief zeigte, sagte sie schlicht und einfach: »Das ist doch klar.«

Das Paar fuhr in Terragrossas Wagen ab, der von einem Tag zum anderen wie durch ein Wunder wieder ansprang, ganz wie es Zia Guinetta vorhergesagt hatte. Der Wagen war mit bunten Stoffstreifen und Bändern, mit Blech und Spiegelglas geschmückt, in dem sich das Sonnenlicht brach. Giacomo Caparetti wollte seine Tochter nicht gehen lassen und weinte, bis seine Augenlider zuschwollen und Terragrossa sagte, wenn sie nicht bald aufbrächen, würden sie noch den Bus verpassen.

Auf der Fahrt nach Neapel erzählte Magdalena den Leuten im Bus, daß sie gerade geheiratet hätten, und sie verteilte

Stücke von der Hochzeitstorte, die sie in ein Tuch gewickelt hatte. Sie entkorkte eine Gallone Wein, und als sie in der Stadt eintrafen, schien es, als hätten sie eine zweite Hochzeit gefeiert.

Magdalena hielt sich an Amadeos Arm fest, als sie durch Neapel liefen. Sie war nie aus Castelfondo herausgekommen, hatte nie eine Stadt gesehen. Im Hotel ließ sie Wasser in die Badewanne laufen, bis sie überfloß. Immer wieder betätigte sie die Toilettenspülung, um den Wasserstrudel zu beobachten. Wohin verschwand das Wasser? wollte sie wissen. Sie stand auf dem Balkon und schaute stundenlang aufs Meer hinaus. Amadeo ließ ihr ein Schaumbad ein.

Sie ist noch ein Kind, dachte er, doch wenn er nachts bei ihr lag, fragte er sich, woher sie wirklich kam und wie sie die Seine geworden war. Sie wußte so manches. Wie konnte das sein? fragte er sich. Es jagte ihm Angst ein, und als sie ihm das aus dem Gesicht ablas, legte sie ihren Kopf auf seine Schulter und nahm seine Hand.

»Wer bist du?« fragte er.

»Ich bin nur für dich da«, antwortete ihm Magdalena. »Und du wirst es nie bereuen.«

»Nun«, sagten die Frauen auf den Stufen vor dem Gebäude in der Spring Street zu Nickys Mutter. »Was hören Sie denn so aus Italien?«

»Er kommt bald zurück.«

Sie nickten alle. »Das wird aber auch Zeit.«

»Er hat geheiratet.«

Alle schnappten hörbar nach Luft. »Nein«, ertönte es von der ersten Stufe. »Das kann nicht sein«, kam von der zweiten, dann: »Es ist doch erst ein Jahr her.«

»Warten Sie«, sagte Nickys Mutter. »Bleiben Sie, wo Sie sind.« Sie ging nach oben, um nach Nicky und Salvatore zu sehen, die unter dem offenen Fenster schliefen, damit sie draußen auf den Stufen hören konnte, wenn sie weinten. Sie legte ihnen eine Hand auf die Stirn und zog ihnen die Decke bis unters Kinn. Hinter der Zuckerdose holte sie den gelben Umschlag mit dem Telegramm hervor, das aus Italien gekommen war. Unten strich sie ihren Rock glatt und setzte sich auf die oberste Stufe. Sie händigte den Frauen das Telegramm aus. Sie reichten es herum.

»Viel steht da ja nicht gerade drin.«

»Nur, daß er sich verheiratet hat.«

»Ich wette, seine Frau ist jung.«

»Und vielleicht so dick«, sagte eine der Frauen, lehnte sich zurück und bildete mit den Armen einen Kreis. Die anderen lachten.

»Ein solcher Jammer«, sagte Jumbos Mutter. Sie steckte das Telegramm wieder in den Umschlag und reichte ihn Nickys Mutter, die auf der Stufe über ihr saß. »Für Sie wäre er ein guter Fang gewesen. Sie haben ja gewissermaßen seinen Sohn großgezogen.«

»Was reden Sie da? Sind Sie noch ganz bei Sinnen?« Nickys Mutter faltete den Umschlag mehrfach zusammen und stopfte ihn vorn in ihr Kleid. »Ich bin doch bereits verheiratet.«

»Ach richtig, stimmt ja. Man vergißt es so leicht. Wer kriegt ihn schon je zu sehen?«

»Und ich habe meinen eigenen Sohn.«

Jumbos Mutter lächelte. »Auch das stimmt«, sagte sie und ließ Jumbo auf ihrem Knie hüpfen. Sein Körper wackelte und bebte, und alle Anwesenden konnten deutlich sehen, daß er ein unglaublich großes Kerlchen war.

»Nun«, sagte eine Frau auf der untersten Stufe, »wir werden diese neue Signora schon noch früh genug zu sehen bekommen.«

Amadeo führte Magdalena zum Abendessen aus und ging mit ihr ins Theater. Er kaufte ihr Kleider, damit sie etwas zum Anziehen hatte, und Ringe für ihre Finger und ihre Ohren. Sie sei eine Hexe, sagte er zu ihr, und sie hätte ihn verhext. Sie lachte tief und kehlig.

»Wir müssen zurückfahren«, sagte er eines Morgens. »Mein Sohn ... das Geschäft. Ich wußte nicht, daß ich so lange fort sein würde.«

»Da ist noch etwas ... ehe wir abreisen«, sagte sie.

»Was denn? Du brauchst es nur zu sagen.«

»Meine Mutter ist hier in Neapel.«

»Magdalena«, sagte er. »Woher willst du das wissen? Es ist lediglich ein Gerücht.«

»Sie ist hier. Ich kann dir einen Brief zeigen. Warte.« Sie wühlte in ihren Sachen und fand schließlich eine Postkarte vom Golf von Neapel. Die Tinte auf der Karte war verblichen.

»Dann hat sie dir also eine Postkarte geschickt. Wie lange ist das her? Es kann sein, daß sie nur auf der Durchreise war. Sie könnte Freunde gebeten haben, die Karte von hier abzuschicken. Und selbst wenn sie hier wäre, wie könntest du sie finden? Ist dir überhaupt klar, wie groß Neapel ist?«

»*Du* kannst sie finden.«

»Nein, das kann ich nicht. Wie sollte das gehen?«

»Du hast mir versprochen, daß ich bekomme, was ich will. Du hast es selbst gesagt. Und genau das will ich.« Sie rollte sich in seiner Armbeuge zusammen. Mit ihren Haarspitzen machte sie ihm einen Schnurrbart unter der Nase. Sie hinterließ auf seinem Körper eine Spur von Küssen, die immer tiefer hinabführte.

»Magdalena«, sagte er. Sie hielt ihm mit einer Hand den Mund zu.

»Du wirst sie finden. Ich weiß, daß du es schaffst ... für mich.«

Amadeo sagte, er würde es versuchen. Sie war noch ein Kind, rief er sich ins Gedächtnis zurück. Sie verlangte nach ihrer Mutter. Wenn er nicht in ihrer Nähe war, konnte er wieder klar denken, und er fragte sich, wie das alles gekommen war, fand aber nie eine Erklärung. Sowie er sie wiedersah, vergaß er alles, was sich vorher zugetragen hatte. Dann erinnerte er sich nur noch an Zia Guinettas Gesicht und daran, wie sie Magdalena in den Armen gehalten hatte, ehe sie in Terragrossas Wagen aufgebrochen waren. Zia Guinetta hatte ihr etwas ins Ohr geflüstert und ihr einen Gegenstand in die Hand gedrückt. Magdalena hatte ihn auf der Fahrt nach Neapel fest umklammert. Amadeo hatte keine Fragen gestellt. So waren Frauen nun mal. Was wußte er schon?

Er bestellte einen Kaffee in einer Bar, nicht weit vom Hafen, und dachte über Magdalenas Mutter nach. Ein Mädchen vom Lande, das mit einem kleinen Kind in Neapel eintrifft. Ein gutaussehendes junges Mädchen vom Lande, ohne Familie und ohne Geld. Er bezahlte die Rechnung und fragte den Kellner, wo man in Neapel am besten eine Frau finden konnte. »In einer *Casa di Dolorosa*«, sagte der Kellner. »Es gibt viele, aber vergessen Sie diese Häuser. Ich besorge Ihnen eine Frau. Sie kommt in Ihr Hotelzimmer, und sie stellt keine Fragen. Sie tut alles, was Sie wollen.«

»Nein«, sagte Amadeo. »Empfehlen Sie mir ein Haus, ein gutes Haus.«

»Aber diese Frau ist jung und schön. Sie kommt in Ihr Hotelzimmer. In diesen Häusern wimmelt es von Geiern. Sie warten nur darauf, sich auf Sie zu stürzen.«

»Ich teile mein Hotelzimmer mit meiner Ehefrau.«

»Ah«, sagte der Kellner und kniff ein Auge zu. »Ich verstehe.«

Amadeo war der Ansicht, daß Magdalenas Mutter, falls sie sich in einer *Casa di Dolorosa* aufhielt, nicht mehr jung genug war, um einzig und allein mit ihrer Schönheit durchzukommen. »Ich bin auf der Suche nach etwas Ungewöhnlichem«, sagte er zu dem Kellner. Amadeo schnitt eine Grimasse, von der er hoffte, sie wirke durchtrieben, und hielt dem Kellner einen gefalteten Lireschein hin. »Wohin gehe ich am besten?«

Der Kellner nahm den Schein und steckte ihn in die Tasche. Er lächelte. »Ich kenne einige dieser Häuser, was nicht heißen soll, daß ich selbst dort gewesen wäre. He, was hätte ich denn an einem solchen Ort verloren? Ich bin Kellner. Das Leben ist nicht einfach, aber man muß Gott danken. Immer wieder sage ich zu meinen Kindern ...«

Amadeo stand auf. »Sind die Häuser hier in der Nähe?«

»Ja. Ja, ganz nah von hier«, sagte der Kellner. Er zog den Block aus seiner Tasche und malte auf, wie man in eine Gegend am Stadtrand kam.

Amadeo stand vor den Bordellen, auf der gegenüberliegenden Straßenseite. Vor den Häusern brannten farbige Lichter, um anzuzeigen, daß sie für Kunden geöffnet waren.

Er betrat das erstbeste Haus. Auf dem Sofa im Empfangszimmer lag ein junges Mädchen. Ihr Haar war geflochten und die Zöpfe mit gelben Schleifen zusammengebunden.

»Ich möchte die Chefin sprechen«, sagte er. Sie lächelte, als sie seinen Akzent hörte, und er sah, daß ihr ein Schneidezahn fehlte. Sie war so jung wie Magdalena. Das könnte Magdalena sein, dachte er, wenn man sie in Neapel allein ließe.

In dem Moment dachte er über sie nach und spielte mit dem Gedanken, sie zu ihrem Vater zurückzuschicken. Er könnte ihr Geld geben und sie in den Bus nach Castelfondo setzen. Das hatte er sich überlegt, als er in dem Café am Hafen gesessen hatte. Immer wenn er nicht in ihrer Nähe war, spielte er mit diesem Gedanken. Was würde in New York aus ihr werden?

Sie war noch so jung. Was dachte er sich überhaupt bei dem, was er tat?

Das Mädchen mit den Zöpfen war aufgestanden und klopfte an eine Seitentür. Während sie wartete, sah sie ihn verführerisch an und lehnte ihre Hüfte an die Tür. Als die Tür aufging, wäre sie fast ins Zimmer gefallen. Die Frau, die ihr die Tür geöffnet hatte, schrie sie an, und das junge Mädchen begann zu kreischen. Sie hob die Hände schützend über den Kopf, als wollte die Frau sie schlagen.

»Signorina«, sagte Amadeo, und seine Stimme und sein Akzent ließen die Frau stumm aufblicken. Sie war knochig, und Amadeo fand sie ausgesprochen häßlich mit ihrer langen Nase und der fleckigen Haut. Eine Opiumraucherin. Er bedachte sie mit einem freundlichen Lächeln.

Sie schickte das Mädchen nach oben und kam auf ihn zu. »So früh schon, Signore«, sagte sie.

»Das Licht hat gebrannt.«

»Ja, noch von letzter Nacht. Gestern war Samstag. Samstags ist immer viel los.« Sie gähnte. Er sah lange, vom Nikotin verfärbte Zähne.

»Soll ich später wiederkommen?«

»Nein, nein, setzen Sie sich.« Sie führte ihn zu dem roten Sofa, auf dem das junge Mädchen bei seinem Eintreten gelegen hatte. Amadeo setzte sich. Mit dem Ellbogen stieß er versehentlich das bestickte Zierdeckchen von der Armlehne. Der Bezug darunter war fleckig und abgenutzt. Die Frau hob das Deckchen auf und legte es wieder auf die Lehne. »Die Mädchen sticken, wenn nicht so viel Betrieb ist«, sagte sie. »Niedlich, finden Sie nicht auch?«

Amadeo nickte. Jetzt erschien sie ihm nicht mehr ganz so häßlich. Sie hatte etwas Verführerisches an sich und wirkte fast geziert, wenn man vergaß, wie sie mit dem jungen Mädchen geredet hatte. Er hätte diese Frau gern ausgefragt, mehr über ihr Leben und über das junge Mädchen mit den Zöpfen erfahren, aber sie legte eine Hand auf sein Knie und rückte näher zu ihm, und ihm fiel wieder ein, warum er hier war.

»Signorina«, sagte er. Sie nahm seine Hand. »Ich suche eine Frau.«

»Dann sind Sie hier richtig«, sagte sie. »Sie brauchen mir nur zu sagen, was Sie wollen und wie Sie es haben wollen. Alles steht zu Ihrer Verfügung.«

Amadeo beugte sich weiter vor. »Die Frau, die ich suche, ist vor drei oder vier Jahren nach Neapel gekommen. Sie hatte ein Baby bei sich, einen kleinen Jungen, glaube ich. Sie kam aus den Bergen. Was meinen Sie? Können Sie mir helfen?«

Die Frau lehnte sich zurück. »*Uffa*«, sagte sie. »Neapel ist eine große Stadt. Hier treffen ständig neue Mädchen ein. Und alle haben Babys. Sie kommen alle aus den Bergen. Vier Jahre sind eine lange Zeit. Wissen Sie sonst noch etwas? Den Namen der Ortschaft? Haben Sie ein Foto?«

»Castelfondo«, sagte er, »in der Nähe von Viggiano in der Basilicata. Sie hat gut ausgesehen und ganz eigentümliche Augen gehabt, an die sich jeder erinnern würde, so leuchtend, als hielte jemand ein Licht dahinter.«

»So, so, aus der Basilicata also«, sagte die Frau. »Ich kenne die Basilicata.« Sie zog einen Mundwinkel zu einem Lächeln hoch. »Und wer ist es? Ihre Frau? Ihre Schwester?«

»Nein.«

»Wer denn dann?«

»Spielt das eine Rolle?«

»Wenn Sie wollen, daß ich Ihnen helfe, dann müssen Sie mir auch helfen. Jede Kleinigkeit ist wichtig. Wer sind Sie? Warum wollen Sie sie finden? Vielleicht führen Sie nichts Gutes im Schilde. Woher soll ich das wissen?« Sie unterbrach sich und fuhr mit einem Finger behutsam eine Augenbraue nach. »Und jetzt erzählen Sie mir alles. Was bedeutet Ihnen diese Frau?«

»Ich habe gerade ein junges Mädchen geheiratet, dessen Mutter vor Jahren nach Neapel durchgebrannt ist, und meine Frau möchte ihre Mutter finden. Sie will sie wiedersehen, ehe wir nach New York aufbrechen.« Die Frau murmelte etwas vor sich hin. »Was?« fragte Amadeo.

»*Fortunata* … die Glückliche. Dieses Mädchen kann sich glücklich schätzen. Wissen Sie überhaupt, wie viele *cafoni* hier auftauchen und meinen Mädchen versprechen, sie nach Amerika mitzunehmen? Und dann weinen die Mädchen, wenn sie sitzengelassen werden. Aber Sie sind Amerikaner, und daher muß es wahr sein. Sie könnten jedes Mädchen in meinem Haus haben.«

»Ich will kein Mädchen, Signorina. Ich will die Mutter meiner Frau finden. Das ist alles.«

»Natürlich, das verstehe ich doch. Habe ich etwa keine Mutter gehabt? Was ist ein Mädchen ohne seine Mutter? Aber wer weiß, ob diese Mutter ihre Tochter sehen will? Oder ob sie noch in Neapel ist? Ob sie überhaupt noch am Leben ist? Ich will Sie nicht entmutigen, aber hier tragen sich Dinge zu. Sie würden nicht glauben, was Gott alles zuläßt, wenn man nicht unter ihrem Schutz steht.« Sie küßte das Medaillon der Madonna, das um ihren Hals hing. »Ich bete täglich zu ihr, damit sie meine Mädchen behütet.« Sie hielt Amadeo das Medaillon hin, damit er es betrachten konnte. Es war das Bild der Schwarzen Madonna. Die Frau steckte das Medaillon wieder in ihren Ausschnitt und verbarg es unter ihrem Kleid. »Sie sollten sehen, was ich an dem Festtag ihr zu Ehren spende«, sagte sie.

»Können Sie mir helfen?«

Die Frau zuckte die Achseln. Sie ließ sich ins Sofa zurücksinken. »Es wird nicht einfach sein. Ich kann Ihnen nichts versprechen.«

Amadeo stand auf. »Vielleicht sollte ich besser woanders fragen.«

»Signore, bitte, setzen Sie sich. Habe ich etwa nein gesagt? Ihr Amerikaner. Ihr seid so nervös. Natürlich kann ich Ihnen helfen. Ich muß nur vorsichtig sein. Ihre arme Ehefrau. Sie müssen verstehen, daß es nicht leicht sein wird.«

Amadeo setzte sich wieder. »Nun?« sagte er.

»Ich werde Geld brauchen.«

»Wieviel?«

»Fünfhundert Lire.«

»Das ist viel Geld, Signorina.«

»Nichts ist umsonst«, sagte sie zu ihm, »und nichts ist einfach. Frauen, die fortlaufen, werden nicht gern gefunden, denn sonst wären sie gar nicht erst fortgelaufen. In Neapel wimmelt es von Mädchen vom Lande.«

Amadeo zählte die Lire ab. Die Frau verfolgte seine Bewegungen mit ihren Blicken. »Woher weiß ich, daß Sie tun werden, was Sie mir versprochen haben?« fragte er sie.

»Sie können es nicht wissen«, sagte sie. »Das ist nun mal der Lauf der Welt, *vero*?« Behutsam nahm sie ihm das Geld aus der Hand, feuchtete ihren Daumen an und zählte es sorgfältig nach. Dann stand sie auf. »Signore ...?«

»Pavese.«

»Signore Pavese.« Sie verneigte sich. »*Piacere.*« Sie streckte ihm die rechte Hand hin. Das Geld hielt sie in ihrer Linken. »In ein paar Tagen kommen Sie wieder. Sie fragen nach Madame Carnavale.«

Amadeo verbeugte sich und wandte sich zum Gehen. Madame Carnavale hielt ihn zurück. »Liana!« rief sie, und das junge Mädchen, das Amadeo eingelassen hatte, kam die Treppe herunter. »Begleite den Herrn zur Tür«, sagte Madame Carnavale zu ihr. »In ein paar Tagen«, wiederholte sie, als Amadeo bereits im Hinausgehen begriffen war.

Draußen auf der Straße beschlichen Amadeo Zweifel an dem, was er gerade getan hatte. Wie kam er dazu, in dem erstbesten Bordell, das er betreten hatte, einer angemalten alten Hure fünfhundert Lire in die Hand zu drücken? Er hätte zur Polizei gehen können. Vielleicht war Magdalenas Mutter in die Stadt gekommen und hatte sich eine Stellung als Hausmädchen gesucht. Vielleicht hatte sie geheiratet. Aber er wußte selbst, daß das Märchen waren. Sie war mit einem Baby hergekommen, völlig mittellos und ohne jede Erfahrung. Er trank einen Anisette, ehe er ins Hotel zurückging. Er sagte dem Barkeeper, er wolle eine Kaffeebohne in seinem Glas haben.

Magdalena wollte wissen, wo er gewesen sei. Sie sagte, ohne ihn sei sie verloren. Sie zog die Vorhänge zu und schlang ihre Arme und Beine um ihn. Später berichtete er ihr, er hätte nach ihrer Mutter gesucht. Er vergaß wieder, sie nach Castelfondo zurückzuschicken. Er vergaß so ziemlich alles. Er wußte nur noch, daß sie jetzt bei ihm war. »Für immer«, sagte sie zu ihm.

Nach einer Woche suchte Amadeo Madame Carnavale wieder auf. Der Taxifahrer kannte die Adresse. »Ein gutes, sauberes Haus, kein Grund zur Sorge«, sagte er, als Amadeo ihm ein Trinkgeld gab.

Diesmal öffnete ihm nicht das junge Mädchen die Tür. Es war später am Tag. Von oben waren Geräusche zu hören, und zwei Männer warteten auf dem Sofa. Das Mädchen, das ihn einließ, schlang ihm einen Arm um die Taille. Amadeo erklärte ihr, er wolle zu Madame Carnavale, und sie lachte ihm ins Gesicht. »Zu dieser alten Hexe?« sagte sie. »Wollen Sie nicht lieber zu mir?«

Die Männer auf dem Sofa blickten zu Amadeo auf. Er hielt das Mädchen am Arm fest.

»Ich bin ein ganz spezieller Freund«, sagte er. »Sie würde nicht gern hören, daß du mich warten läßt.«

Das Mädchen zog den Arm zurück. Sie kehrte ihm den

Rücken zu, ging zu der Seitentür und klopfte bei Madame Carnavale an. Dann forderte sie Amadeo auf einzutreten.

»Signore«, sagte Madame Carnavale, als sie ihn sah. »Darf ich Ihnen etwas zu trinken anbieten? Eine Tasse Tee?«

»Haben Sie etwas herausgefunden?«

»Leicht wird es nicht werden. Das habe ich Ihnen ja schon gesagt. Es ist erst eine Woche vergangen. Ich habe Leute darauf angesetzt. Sie sehen sich um und stellen Fragen. Ich sollte bald mehr wissen.«

»Wann? Ich kann nicht ewig bleiben.«

»Diese Dinge erfordern Zeit. Neapel ist eine wunderschöne Stadt. Vergnügen Sie sich. Nach Amerika können Sie auch später noch zurückfahren. Es wird immer noch da sein. Setzen Sie sich. Kommen Sie, ich werde Ihnen etwas zu trinken bringen.«

Amadeo setzte sich auf den Sessel ihr gegenüber. »Vielleicht ist es unmöglich«, sagte er.

»Nein, nein. Wie schnell Sie aufgeben! Was für ein Amerikaner sind Sie denn bloß? Wir werden diese Frau finden. Aber ...«

»Was ist?«

»Ich brauche mehr Geld.« Sie schlug die Beine übereinander und zog sich den Seidenkimono über die Knie. »Es ist kostspielig, Nachforschungen anzustellen.«

»Wieviel wollen Sie diesmal?«

»Ach, vielleicht drei-, vierhundert. Fünfhundert wären besser. Dann bräuchte ich Sie nicht noch einmal zu behelligen.«

Amadeo zog sein Geld heraus. Er sah ihr ins Gesicht und zögerte einen kleinen Moment. Madame Carnavale beugte sich vor. »Wollen Sie diese Frau finden oder nicht? Auf dieser Welt gibt es nichts umsonst, und nichts, was der Mühe wert ist, ist billig zu haben.«

Amadeo zählte das Geld ab. »Das reicht jetzt«, sagte er. »In einer Woche komme ich wieder. Wenn Sie mir bis dahin immer noch nichts sagen können, hat sich die Sache erledigt.«

»Gedulden Sie sich«, sagte Madame Carnavale. Sie drehte die Locke an ihrer Schläfe um einen Finger. »Ihr Amerikaner seid immer so übereifrig, so nervös. Sogar die Mädchen klagen darüber.« Sie lehnte sich zurück und schalt ihn aus. »Was fällt einem auf dieser Welt schon in den Schoß? Fragen Sie sich doch selbst einmal.« Sie zog das Medaillon der Madonna aus ihrem Ausschnitt heraus, führte es an die Lippen, berührte damit das Geld, das er ihr gerade gegeben hatte, und steckte es gemeinsam mit den fünfhundert Lire in ihr Kleid.

»Eine Woche«, sagte Amadeo zu ihr.

»Liana!«

»Ich finde den Weg zur Tür.«

»Dann also bis in einer Woche«, sagte sie. Sie warf ihm eine Kußhand zu, doch er war bereits aus dem Zimmer. Als sie die Haustür zuschlagen hörte, zählte sie das Geld nach, das er ihr gegeben hatte. Fünfhundert Lire ... Wenn sie keine Arthritis in den Knien gehabt hätte oder wenn sie zehn Jahre jünger gewesen wäre, hätte sie ihn sich selbst geangelt.

Die Woche verging, und wieder stand Amadeo vor der Tür der *Casa di Dolorosa* und läutete. Er wartete im Empfangszimmer und sah zu, wie Liana die Tür öffnete und Männer die Wendeltreppe hinaufführte. Als Stille eingekehrt war, setzte sie sich neben ihn.

»Arbeitest du?« fragte er sie.

Liana kicherte. Sie hielt sich die Hand vor den Mund. »Wen interessiert das schon?« erwiderte sie.

Amadeo gab ihr zwanzig Lire und bat sie, noch einmal an Madame Carnavales Tür zu klopfen. Liana baute sich vor ihm auf. »Nur eine Minute«, sagte sie. »Haben Sie nicht eine Minute Zeit?« Sie beugte sich über ihn und preßte die Arme zusammen, so daß ihre Brüste aus dem Oberteil ihres Kleides herausquollen.

»Liana, ich will Madame Carnavale jetzt sehen.«

Sie fing an zu weinen. »Ich liebe Sie, Signore. Sie sind nicht so wie die anderen, diese *cafoni*. Ich habe mich schon beim ersten Mal in Sie verliebt. Nehmen Sie mich mit, wenn Sie nach Amerika gehen. Sie werden für mich der erste und der einzige sein.« Sie sank zu Boden und schlang die Arme um seine Knie. Ihre Tränen ließen feuchte Flecken auf seinem Hosenbein zurück.

Madame Carnavale kam aus ihrem Zimmer. Sie trat Liana, damit sie aufstand. Amadeo sah sie finster an und streckte eine Hand aus, um sie davon abzuhalten, aber sie beachtete ihn nicht weiter. »*Puttana*«, sagte sie. »Immer wieder dieselbe Geschichte. Ist es so furchtbar hier? Behandle ich dich so schlecht? Warte nur, bis du siehst, was das Leben für dich bereithält.«

Amadeo nahm Liana an den Armen und zog sie hoch. Sie klammerte sich an ihn und schluchzte. Madame Carnavale zog sie fort und sagte ihr, sie solle sich auf einen Stuhl setzen. Sie tat es, hörte auf zu weinen, schlug die Beine übereinander und wippte mit dem Fuß. Die Sohle ihres Pantoffels klatschte gegen ihre Ferse.

Madame Carnavale rückte die Armreifen zurecht, die bis zu ihrem Ellbogen reichten. »Liana, was für ein kleiner Dummkopf du doch bist«, sagte sie.

»Was wissen Sie denn schon?« gab das Mädchen zurück.

»Ha, mehr als du. Wenn du in mein Alter kommst, lernst du, dein Gehirn zu benutzen statt deiner ...« Amadeo stand auf. Madame Carnavale sah ihn an. »Schon gut«, sagte sie. »Setzen wir uns in mein Zimmer.« Sie ging voraus.

»Ein paar Lire wird es Sie schon kosten«, sagte Madame Carnavale zu Amadeo, als sie ihn in ihr Zimmer führte und die Tür schloß, »Lianas Seelenqualen zu lindern.«

»Nun?« sagte Amadeo, sowie sie eingetreten waren.

»Ein Drink?«

»Nein.«

»Kaffee?«

»Madame . . .«

»Diese Nervosität . . . Madonna . . .«, sagte sie. »Trinken Sie wenigstens einen Kaffee.«

»Okay, einen Kaffee.«

»Sambucca?«

»Ja, gern.«

Madame Carnavale ging zur Tür und rief Liana zu, sie solle Kaffee bringen. Sie kam zurück und setzte sich Amadeo gegenüber. »Ich glaube, ich habe sie gefunden.«

»Wo?«

Madame Carnavale wirkte selbstzufrieden. »Eine große Stadt, dieses Neapel, aber wenn man weiß, wo man suchen muß, ist es eben doch klein.« Liana kam mit einem Tablett ins Zimmer. Sie lief rückwärts zur Tür und ließ Amadeo nicht aus den Augen. »Vergessen Sie sie nicht«, flüsterte Madame Carnavale. »Das arme Ding, Sie haben ihr das Herz gebrochen.« Sie schnalzte mit der Zunge und wirkte zerstreut.

»Madame . . .«

Sie wandte sich ihm wieder zu, als sei sie verblüfft. »Ach so, ja, natürlich . . . Die Mutter Ihrer Frau.« Madame Carnavale nahm sich aus der Dose auf dem Tisch eine Zigarette und steckte sie in eine elfenbeinerne Zigarettenspitze. »Sie arbeitet in einem der Etablissements. Mit dieser Annahme haben Sie richtig gelegen. Es ist ein gutes Haus. Auch mit dieser Annahme haben Sie richtig gelegen. Sie hat tatsächlich sehr eigentümliche und wunderschöne Augen. Sie ist dafür bekannt. Manche Leute behaupten, sie sei eine Hexe. Und sie hat sehr einflußreiche Männer unter ihren Röcken gehabt.«

»Und was ist mit dem Baby?«

Madame Carnavale füllte die geriffelten Tassen mit Sambucca. Dann goß sie ein wenig Kaffee darauf. »Es geht doch nichts über Kaffee am Morgen, was, Signore?« Sie schloß die Augen und seufzte nach dem ersten Schluck voller Wohlbehagen. »Über ein Baby konnte ich nichts herausfinden«, sagte sie zu Amadeo. »Es könnte tot sein … Oder sie hat es fortgegeben. Wer weiß?«

»Wann können wir sie sehen?«

»Signore, ich habe mich bereit erklärt, sie zu finden. Das habe ich getan. Was verlangen Sie jetzt noch von mir?«

»Meine Frau möchte ihre Mutter sehen. Was glauben Sie denn, warum ich überhaupt hier bin?«

»Sie sind vielleicht nervös«, sagte Madame Carnavale. »Trinken Sie noch einen Kaffee.« Sie füllte seine Tasse mit Sambucca. »Wenn Sie sich nicht vorsehen, wird Ihre junge Ehefrau Sie vorzeitig ins Grab bringen. Glauben Sie bloß nicht, das würde ihr keine Freude machen.«

»Meinen Sie?«

Madame Carnavale lachte. »Ich kenne das Leben, und ich kenne junge Mädchen. Ist sie schön, Ihre Frau?«

»Wunderschön.«

»Also, dann können Sie sicher sein.« Sie zog eine vollendet nachgezeichnete Augenbraue hoch.

»Was ist mit der Mutter?« fragte Amadeo.

Madame Carnavale lehnte sich zurück. Sie trank einen Schluck und spreizte dabei geziert den kleinen Finger ab. »Wenn Sie ein Treffen wünschen, werde ich es arrangieren müssen, nicht wahr?«

»Sagen Sie mir, wo sie ist. Ich werde sie selbst aufsuchen.«

Madame Carnavale verzog das Gesicht. »Es wäre besser, wenn Sie mir das überließen«, sagte sie.

»Gegen eine kleine Vergütung?«

»Wie könnte man den Preis einer Mutter bestimmen? Jeder von uns hat nur eine einzige.«

»Ich nehme kaum an, daß Sie mir für den entsprechenden Preis sagen würden, wo sie ist?«

»Das könnte ich tun. Ja, möglich wäre es schon. Aber schließlich wünsche ich Ihnen Erfolg. Ich möchte, daß der Wunsch Ihrer armen Frau, ihre Mutter zu sehen, vielleicht zum letzten Mal, in Erfüllung geht. Amerika ist weit weg. Wer weiß, was passiert? Nein, wir müssen die Sache richtig angehen. Es ist zu wichtig. Hören Sie mir zu.«

Amadeo, der ihr bereits ins Netz gegangen war, begann Gefallen an der Situation zu finden. Vom Augenblick seiner Ankunft in Italien an saß er bereits in der Falle. Es war zwecklos, sich zu wehren. Er mußte sich der überlegenen Macht beugen. Er hielt seine Tasse hin, damit Madame Carnavale ihm nachschenken konnte. »Ich höre«, sagte er.

»Ich werde sie aufsuchen. Ich werde mit ihr reden, ihr alles erklären. Wer weiß schon, wie sie reagieren wird? Schließlich haben wir es mit einer Frau zu tun, die ihre Familie verlassen hat, ihr Dorf, alles. Weshalb sollte sie jetzt ihre Tochter sehen wollen?«

»Dann tun Sie das, aber bald. Ich kann nicht mehr lange bleiben.« Amadeo steckte die Hand in die Tasche. »Wieviel macht es diesmal?« fragte er.

Madame Carnavale sah ihm fest in die Augen. »Siebenhundertundfünfzig«, erwiderte sie. Amadeo sah sie an. Er hielt fünf Scheine in der Hand, knapp außerhalb ihrer Reichweite. »Es könnte sein, daß ich ihr etwas dafür anbieten muß«, erklärte Madame Carnavale. »Traurig, aber wahr.« Ihre Hände flatterten wie blaßgelbe Vögel auf ihrem Schoß. »Ich wünschte, die Dinge lägen anders, aber...« Amadeo gab ihr die fünf Hunderter. Er zählte weitere zweihundertfünfzig ab. Sie schenkte ihm ein Lächeln. »Und für die arme Liana?« fragte sie.

Im Hotel erwartete ihn Magdalena. Sie ging jeden Tag aus dem Haus und füllte das Hotelzimmer mit den Dingen, die sie kaufte: Heiligenfiguren aus Gips, Keramikschalen, Zuckermandeln. Heute hatte sie Kosmetika gekauft, und jetzt saß sie an der Frisierkommode und zog die Konturen ihres geschwungenen Mundes mit einem roten Lippenstift nach.

Ihre Haut war blaß von den Wochen in der Stadt – Amadeo fand sie jetzt noch schöner. Sie wirkte zerbrechlich, aber das war nur ein optischer Eindruck. Er konnte spüren, daß sie von Tag zu Tag zuversichtlicher und selbstbewußter wurde. An den späten Nachmittagen bedeckte sie ihn mit ihrem Körper, zog ihn in sich, lockte ihn mit der Erregung, die sie im Lauf des Tages aufgebaut hatte, der Spannung, die sie aus der Stadt aufgesogen hatte, aus ihrem neuen Leben. Amadeo sah die Farben des Sonnenuntergangs durch das Fenster. Mittlerweile ließ sie die Rollos nicht mehr herunter.

Wenn er die Arme erneut nach ihr ausstreckte, entzog sie sich ihm. Sie wollte sich nicht von ihm berühren lassen, sondern stand auf und kleidete sich an. Er dürfe sie nur ansehen, sagte sie, und sich nach ihr verzehren.

Sie lachte ihn aus und bewegte ihn dazu, aufzustehen und sie zum Abendessen auszuführen. Sie saß dicht neben ihm, schmiegte ihre Hüften und ihre Schultern an ihn und berührte ihn unter dem Tisch. Sie flirtete mit dem Kellner und ließ das Oberteil ihres Kleides offenstehen.

Wenn sie wieder im Hotel waren, zog sie sich aus, stellte sich ans Fenster und schaute hinaus. Er betrachtete die Wölbung ihres Rückens, wenn sie sich das Kleid über den Kopf streifte, und wartete darauf, daß sie zu ihm kam. Der polierte Splitter von dem Ziegenknochen, den ihr Zia Guinetta um den Hals gehängt hatte, war zwischen ihnen eingezwängt. Er würde nie genug von ihr bekommen, erklärte sie ihm, würde ihrer nie überdrüssig werden. Er glaubte ihr jedes Wort.

Madame Carnavale ließ Amadeo eine Nachricht zukommen, und er suchte sie auf. Liana öffnete ihm die Tür. Sie küßte seine Hand und verneigte sich, machte beinah einen Kniefall. Respekt für einen Gegenwert von hundert Lire, dachte er.

Madame Carnavales Tür stand offen, und Liana führte ihn hinein. Madame Carnavale saß auf einem Stuhl, hatte die Füße hochgelegt und arbeitete an einem Petit-point-Kissen, das Adam und Eva im Garten Eden darstellte. »Ich liebe diese Geschichte«, sagte sie. Sie hielt das Kissen hoch und zeigte ihm, wo später die Schlange hinkäme.

»Ich habe Ihre Nachricht erhalten.«

»Natürlich. Deshalb sind Sie doch hier. Nun, Signore, Ihre Gebete sind erhört worden.«

»Erzählen Sie mir mehr.«

»Aber erst trinken wir etwas, nicht wahr? Einen Kaffee? Ich habe schon alles bereitgestellt.« Sie goß Sambucca in seine Tasse. »Ah, Sie lernen schnell«, sagte sie, als sich Amadeo auf dem Sessel ihr gegenüber niederließ, ohne Einwände zu erheben. »Wer sagt denn, daß Amerikaner dumm sind?« Sie lachte über ihren eigenen Scherz.

Amadeo trank einen Schluck aus der Kaffeetasse und wartete.

»Also«, sagte sie, »die Frau hat in ein Treffen eingewilligt. Wie ich mir schon dachte, hat sie sich allerdings erst einmal heftig dagegen gesträubt.«

»Warum? Weshalb sollte sie ihre eigene Tochter nicht sehen wollen?«

»Wer weiß so etwas schon? Ich sagte Ihnen ja, eine Frau wie sie fühlt sich der Vergangenheit nicht verbunden.«

»Aber als Mutter muß sie sich doch ihrem Kind verbunden fühlen.«

»Ammenmärchen. Es ist keineswegs so, daß jede Mutter ihr Kind liebt. Was tut ein Kind schon für die Mutter? Es ist schuld, daß sie fett wird. Es raubt ihr ihre Träume. Ich hatte selbst einmal ein Kind, einen Jungen. Er ist nicht mehr bei uns. Meiner Meinung nach ist das gut für ihn.«

»Wann kann ich sie sehen?«

»Sie will Sie nicht sehen, nur das Mädchen. Selbst das war ihr anfangs nicht recht. Es war nicht leicht, sie umzustimmen. Das hat mich einiges gekostet.«

»Sagen Sie mir einfach nur, wann und wo«, sagte Amadeo. »Wohin müssen wir gehen, um sie zu finden?«

»Morgen nachmittag, vor dem Dom San Gennaro. Gegenüber ist ein Café. Um drei Uhr wird sie dort sein.«

»Woran erkenne ich sie?«

»Halten Sie nach den Augen Ausschau. Solche Augen habe ich noch nie gesehen.«

Amadeo stand auf und setzte sich neben Madame Carnavale aufs Sofa. Er reichte ihr einen Umschlag.

»Nicht nötig«, sagte sie zu ihm. »Sie waren bereits mehr als großzügig.«

»Dann ist es eben für Liana.«

Madame Carnavale zog lächelnd einen Mundwinkel hoch. »Sie verwöhnen sie zu sehr.«

»Bitte.«

Sie nahm den Umschlag und ließ ihn in ihrem Ausschnitt verschwinden. »Für Liana«, sagte sie.

»Ich werde Sie nicht wiedersehen.«

»Nein.«

Amadeo nahm ihre Hand und küßte sie. »Madame ...«, sagte er. Er stand auf und ging. Liana brachte ihn zur Tür. Sie weinte und klammerte sich an seine Hand. Jahre später, als er sich weder an den Straßennamen noch an die Hausnummer erinnern konnte, erinnerte er sich immer noch daran, wie Liana seine Hand festgehalten und geweint hatte, als er zur Tür hinausgegangen war.

»Ich habe deine Mutter gefunden«, sagte Amadeo zu Magdalena, als sie vom Einkaufen zurückkam.

»Ha, ich wußte doch, daß du es schaffst. Dir gelingt alles.« Sie ließ ihre Pakete auf den Boden fallen und schlang die Arme um ihn. »Wo ist sie? Wann kann ich sie treffen?«

»Morgen nachmittag.«

»Was tut sie? Wo wohnt sie? Hast du sie gesehen? Wie hast du sie gefunden?«

»Das ist eine lange Geschichte. Die kann ich dir später erzählen. Ich werde dich zu dem vereinbarten Treffpunkt begleiten, und dann kannst du sie fragen, was du willst. Sie wird dich in einem Café in der Nähe des Doms erwarten.«

»Ach, Amadeo«, sagte sie, »dich hat mir die Madonna geschickt. Du bist mein persönliches Wunder.«

Ihre Worte jagten ihm Angst ein. Es bereitete ihm wieder einmal Sorgen, sie nach New York mitzunehmen. Er fand, es sei ihr gegenüber nicht fair, und er fürchtete, dort würde sie niemals glücklich werden. »Vielleicht«, sagte er zu ihr, »bringe ich dich zurück, nachdem du deine Mutter gesehen hast.«

»Zurück wohin?«

»Nach Castelfondo ... zu deinem Vater.«

»Du bist wohl verrückt. Ich gehe nie mehr dorthin zurück.«

»Ich gebe dir Geld für deine Mitgift. Du wirst einen Ehemann finden, und zwar einen jungen, gutaussehenden Kerl. Du wirst ein schönes Leben führen.«

Magdalenas Augen verfinsterten sich, und die goldenen Sprenkel verschwanden. »Wie kannst du das sagen? Hast du denn immer noch nicht begriffen«, sagte sie, »daß niemand dir geben kann, was ich dir geben kann? Und daß du mir gehörst. Ich werde dich erst verlassen, wenn ich tot bin, und vielleicht selbst dann nicht.« Sie berührte den Knochensplitter, den sie um den Hals trug.

»Ich denke dabei nur an dich«, sagte er.

»Tu das nicht. Ich kann auf mich selbst aufpassen.«

»Entschuldige«, sagte er.

»Schon gut.« Sie begann die Sachen auszupacken, die sie gekauft hatte. »Was soll ich anziehen?« fragte sie. »Dies hier... oder das da ... welches von beiden?« Sie hielt die Kleider hoch.

»Zieh sie an«, sagte er. »Und laß mich dir dabei zusehen.«

Sie nahmen ein Taxi zum Dom. Auf der anderen Straßenseite war ein Café, wie Madame Carnavale gesagt hatte. An den Tischen saßen viele Leute, die Frauen braungebrannt und mit nackten Armen. Magdalena zog Amadeo am Ärmel. »Wir werden sie niemals finden. Hier sind so viele Leute, so viele Frauen, und alle haben dunkles Haar.« Sie zupfte an ihrem Kleid wie ein kleines Mädchen und schmiegte sich an ihn.

»Warte. Wir sehen uns gründlich um, nehmen uns einen Tisch nach dem anderen vor.«

»Es sind zu viele Tische. Und zu viele Leute. Das wird nichts, wir werden sie niemals finden. Vielleicht ist sie gar nicht da.« Magdalena biß sich auf die Unterlippe. Amadeo bemerkte den Lippenstift auf ihren Zähnen und zog sein Taschentuch heraus, um ihn abzuwischen. Er wischte auch den Lippenstift von ihren Lippen, und sie schlug ihm auf die Finger. Er nahm ihre Hand und küßte die Innenseite ihres Handgelenks, aber seine Gedanken und seine Blicke galten den Leuten, die an den Tischen auf der Straße draußen vor dem Café saßen. Er trat näher. Sah genauer hin, und ganz hinten in einer Ecke, unter der Markise, die aus dem Gebäude herausragte, setzte eine Frau ihre Sonnenbrille ab. Sie zog eine Zigarette aus einem Etui auf dem Tisch, und als sie den Kopf umwandte, um die Zigarette anzuzünden, sah Amadeo ihre Augen.

»Dort«, sagte er zu Magdalena. »In der Ecke, das ist deine Mutter.« Magdalena stellte sich auf die Zehenspitzen und beugte sich über seine Schulter, um hinüberzusehen.

»Komm mit.«

»Nein, sie hat nur eingewilligt, dich zu treffen.«

»Was soll ich ihr sagen? Jetzt komme ich mir dumm vor. Sag mir, was ich ihr sagen soll. Komm mit. Sie wird schon nichts dagegen haben.« Magdalena hielt seinen Arm umklammert.

Er löste ihre Hand von seinem Arm. »Ich werde im Dom sein. Wenn du fertig bist, kommst du und siehst dich dort nach mir um.«

Sie ließ ihn stehen. Er hatte den Eindruck, daß sie wütend war und beobachtete sie, wie sie auf den Tisch zuging, und als er sah, daß sie Platz nahm, ging er und stieg die Stufen zum Dom hinauf. Er setzte sich auf eine der hinteren Kirchenbänke, um zu warten. Es war dunkel und kühl. Hier gab es kein Bildnis der Schwarzen Madonna. Sie war in den Bergen und kümmerte sich dort um ihre Schäfchen. Er hoffte, daß sie Magdalena in dem Café auf der anderen Straßenseite beistand.

Er war noch nicht lange im Dom, als Magdalena seine Schulter berührte. Sie sagte kein Wort, und er stellte keine Fragen. Sie fuhren zum Hotel zurück, und sie schlief bis in die Abenddämmerung, zog sich an und ließ sich von ihm zum Abendessen ausführen. Sie trank zuviel Wein, und dann berichtete sie ihm von ihrer Mutter.

Magdalena hob ihr Handgelenk, um ihm ein goldenes Armband zu zeigen. »Das hat sie mir heute nachmittag gegeben. Meine Mutter hat es mir geschenkt.« Sie berührte es mit den Fingern. Amadeo sagte, es sei wunderschön. Er sah ihr in die Augen. Sie weinte nicht. Sie schüttelte ihr Handgelenk und beobachtete, wie sich das Armband bewegte. »Der Klosterbruder hat es ihr gegeben, als sie fortgegangen ist. Sie hat gesagt, sie hätte es all die Jahre für mich aufbewahrt.«

»Ah ...«

»Das Baby ist gestorben.«

»Nun ...«

»Sie hat gesagt, sie freut sich für mich, und sie hat auch gesagt, sie käme nach New York, um mich zu besuchen.«

»Magdalena ...«

»Sie hat gesagt, wie sehr sie sich für mich freut. Sie hat mir ein glückliches Leben gewünscht.« Magdalena schenkte sich Wein nach. Sie leerte ihr Glas und goß sich das nächste ein. »Sie hat mich immer wieder geküßt. Sie hat meine Hände gehalten und jeden meiner Finger geküßt, einen nach dem anderen.«

»So«, sagte Amadeo. »Dann bist du also froh, daß du sie jetzt gesehen hast.«

»Sie hat mir erzählt, wie sie aus Castelfondo fortgegangen ist. Es war schrecklich für sie, hat sie gesagt. Sie wollte mich mitnehmen, aber das ging nicht. Bei der Erinnerung daran mußte sie weinen.« Magdalena hob ihr Glas. Amadeo bezahlte die Rechnung, und sie liefen am Kai entlang zum Hotel zurück. Er stützte sie mit einer Hand unter dem Arm, und sie lehnte sich gegen ihn.

In jener Nacht wachte Amadeo auf und sah, daß sich Magdalena aus dem offenen Fenster beugte. Sie drehte sich um, als er sich im Bett aufsetzte und ihren Namen rief. Sie hatte die Arme verschränkt, stand mit dem Rücken zum Fenster und sah ihn an.

»Sie hat gesagt, sie hätte sich nur mit mir getroffen, damit ich in Zukunft weiß, daß ich sie in Ruhe lassen soll. Und weil du sie dafür bezahlt hast. Sie hat gesagt, in diesem Leben sollte man besser nicht an den Dingen rühren. Sie hat gesagt, wie man sich bettet, so liegt man. Sie hat mir Glück gewünscht, aber sie hat gesagt, daß sie selbst nicht daran glaubt.«

»Und das Armband?«

»Ich habe es in einem Laden gekauft, nachdem sie fort war.« Magdalena hob ihren Arm. Das Gold schimmerte im Mondenschein. »Hübsch, nicht?«

»Wirf es aus dem Fenster«, sagte er. »Wirf es auf die Straße, ins Meer. Gib es einer Bettlerin. Ich kaufe dir morgen ein neues, sobald die Geschäfte öffnen.«

Das brachte sie zum Lachen. »Nein, ich möchte genau dieses hier«, sagte sie. »Als Erinnerung.« Sie lief durchs Zimmer und legte sich zu ihm ins Bett. »So wie sie werde ich nie«, sagte sie. »Ich werde alles, aber auch wirklich alles für meine Kinder tun.« Sie griff nach dem polierten schwarzen Knochensplitter, den ihr Zia Guinetta um den Hals gehängt hatte. »Ich schwöre es«, sagte sie, »bei der Schwarzen Madonna.«

Amadeo hätte sie gern wie ein Kind in seinen Armen gehalten, doch sie ließ es nicht zu. »Tut es dir leid, daß du sie gefunden hast?« sagte er. »War es ein Fehler?«

»Nein«, sagte sie. »Es war Schicksal, wie das mit uns beiden, nicht wahr?« Sie legte den Kopf auf seine Schulter. Sie berührte mit den Lippen sein Schlüsselbein.

»Morgen«, sagte er ihr ins Ohr, »kaufe ich dir ein Armband.«

»Aber ich habe doch schon dieses hier.«

»Ich kaufe dir noch ein Armband, ein schöneres Armband.« Er berührte ihr Handgelenk. »Damit du dich an mich erinnerst.«

Sie rückte von ihm ab. »Denkst du etwa schon wieder daran, mich zurückzuschicken?«

»Niemals«, sagte er.

»Wir fahren nach New York?«

»Mit dem ersten Schiff.«

»Schwöre es mir.«

»Bei der Schwarzen Madonna.«

SALVATORE

1968

Nicky traf als erster Kriminalbeamter der Mordkommission ein und war der einzige, der den Ring sah. An jenem Morgen hatte er den Anruf bekommen und sich sofort in die North Moore Street aufgemacht. Zwei uniformierte Polizisten warteten draußen auf ihn. Die Umgebung war abgeriegelt worden. Oben befand sich eine schöne große Atelierwohnung, und das tote Mädchen war ebenfalls groß und schön. Sie hatte eine klaffende Wunde im Hinterkopf, und ihr blondes Haar war so dick wie ein Tau und mit Blut verklebt. Ihr Gesicht war zur Seite gekehrt und bis auf einen kleinen Kratzer auf einem ihrer auffallend hohen Wangenknochen unversehrt, und trotz des violetten Schimmers, den der Tod ihrer Haut verlieh, konnte Nicky erkennen, wie schön sie war.

Mit zwei Fingern schloß er ihr die Augen, wie er es von seiner Mutter in Erinnerung hatte, wenn man sie in dem Gebäude in der Spring Street an ein Totenbett gerufen hatte. Die Augen des Mädchens erinnerten ihn an die Augen einer anderen Frau. Aber wessen Augen? Im ersten Moment ließ ihn seine Erinnerung im Stich, und er kam nicht darauf. Dann sah er den Ring.

Er lag auf einer hohen, schmalen Kommode, deren zierliche Schubladen für Damenunterwäsche gedacht waren. Der Ring fiel ihm auf, weil er Beamter der Mordkommission war und ihm Dinge ins Auge sprangen, die nicht miteinander vereinbar waren. Das sagte er sich jedenfalls hinterher, und damit erklärte er sich, warum er ihn vor allen anderen Dingen bemerkt hatte. Er fiel ihm auf, weil er sich auf dieser grazilen, verzierten, femininen Kommode unpassend und klobig ausgenommen hatte. Er bedeckte den Ring mit seiner Handfläche und schloß die Finger darum, ohne ihn anzusehen, denn es war nicht einfach nur irgendein Ring. Er war identisch mit dem Ring, den er selbst trug, dem Ring, den sein Vater in Hongkong beim Kartenspiel gewonnen und den seine Mutter vom Finger seines Vaters gezogen hatte, ehe sie den Sarg schlossen. Sie hatte ihm den Ring gegeben, weil er ihr gesagt hatte, er wolle ihn haben und schließlich sei er ihm versprochen worden.

Nicky steckte die Hand in die Tasche und ließ den Ring hineingleiten. Er ging wieder zu der Leiche hinüber. »Wissen wir schon etwas Genaueres?« fragte er die anderen Kriminalbeamten, die kurz nach ihm eingetroffen waren und sich in der Wohnung umsahen.

Der Kleinere zuckte die Achseln. »Ein anonymer Anruf. Niemand hat sich gewaltsam Zutritt verschafft. Keine Waffe.« Er sah auf das Mädchen hinunter. »Sie muß Schauspielerin oder so was gewesen sein. Ein wohltuender Anblick.«

»Nicht mehr lange«, sagte Nicky.

»Ja. Es ist ein Jammer.«

»Meine Mutter hat immer zu mir gesagt, ich sollte jeden Tag an den Tod denken.«

»Dann haben Sie sich ja genau den richtigen Job ausgesucht«, bemerkte der Kleinere.

Nicky rief seinen Kollegen an und gab Bescheid, sagte, er würde sich umsehen. Der Gerichtsmediziner war auf dem Weg. Es würden Fotos gemacht werden, Linien würden mit Kreide gezeichnet werden, Fingerabdrücke genommen und Plastiksäcke mit belastenden Indizien gefüllt werden. Nicky fiel es schwer, sich zu konzentrieren. Er blätterte einen Packen Papiere neben dem Telefon durch. In einer Brieftasche, die er fand, waren Lohnabschnitte von einer Modellagentur, und auf einem Regal in der Nähe des Fensters stieß er auf ein gebundenes Buch mit großformatigen Hochglanzabzügen. Sie hieß Cybilla Butler. Nicky sagte den Namen mehrfach vor sich hin. Er hinterließ einen eigentümlichen Geschmack in seinem Mund. Cybilla Butler war nicht von hier, soviel stand fest.

In all der Zeit, die er sich dort in der Atelierwohnung aufhielt, während die Ermittlungen stattfanden, nahm Nicky so gut wie nichts anderes wahr als das Gewicht des Rings in seiner Tasche. Immer wieder legte er seine Hand auf die Tasche und fuhr mit den Fingern durch den Stoff seines Jacketts den Umriß nach. Er hätte den Ring gern herausgeholt, ihn noch einmal angesehen, um sich zu vergewissern, um ganz sicher zu sein, aber das war nicht notwendig. Er wußte, daß es der gleiche Ring war, und all die Erinnerungen an das Dreiergespann – er selbst, Salvatore und Jumbo – und an das Viertel, nur wenige Straßen von hier entfernt, kehrten zurück.

Seit seiner Kindheit hatte sich einiges getan. Jetzt gab es dort Atelierwohnungen, Künstler, einen ganz anderen Menschenschlag und eine völlig andere Lebensart, über die früheren Sitten drübergestülpt. Manchmal begegnete er diesen neuen Leuten, den Cybilla Butlers, die in der Spring Street und in der Prince Street wohnten, nicht in den Mietwohnungen, sondern in den alten Lagerhäusern und Fabriken, in denen die Leute aus dem Viertel früher gearbeitet hatten. Er hörte ihnen zu, wenn sie über das Viertel redeten, als seien sie Kolumbus, als sei vor ihnen niemand dort gewesen. Das Käsegeschäft, die Bäckerei und der Schweinemetzger, Läden, die es dort schon seit der Jahrhundertwende gab, waren plötzlich etwas ganz Besonderes, schicke Neuentdeckungen, die es zu erkunden galt.

Die neuen Leute zogen nebenan, obendrüber und um die Ecke ein, und wenn sie ihn fragten, woher er kam, und er sagte: »Von hier«, dann sagten sie: »Ach wirklich?« und starrten an ihm vorbei in die Luft. »Was redest du da?« drückten ihre Gesichter und ihr starres Lächeln aus. »Das hier gehört uns. Wir sind die Pioniere.« Sie bezeichneten es als Kolonie. Nicky nannte es immer noch das Viertel. Da hatte es ihn, Jumbo und Salvatore gegeben. Sie hatten gemeinsam die Klosterschule St. Anthony durchlaufen, »Knabennonnen« wie Schwester Augustina überlebt, sich in der Schule, mit ihren Familien und mit dem Gesetz Ärger eingehandelt. Eben alles, was dazugehörte.

Nicky stand an den Fenstern zur North Moore Street und sah hinaus. Die Kippfenster reichten vom Fußboden bis zur Decke. Das mittlere war offen. Nicky konnte die Sixth Avenue hinaufschauen. Er meinte, die Kreuzung mit der Spring Street zu sehen, und als er die Augen schloß, sah er das Gebäude, in dem er gewohnt hatte und von dessen Feuertreppe er gefallen war.

Er hatte fast die ganze siebte Klasse versäumt, weil er nicht laufen konnte, und nach dem Wunder hatte Schwester Augustina im Büro von Mutter Edrina gestanden, die Arme vor der Brust verschränkt und die Hände in den weiten braunen Ärmeln ihrer Tracht verborgen, und zu seiner Mutter gesagt, er könne die Prüfungen ablegen, aber er würde sie niemals bestehen.

»Er wird sie bestehen«, sagte Nickys Mutter zu den Nonnen. »Mein Nicky ist gescheit, und ihm ist Gottes Segen zuteil geworden. Letzte Woche war er noch ein Krüppel. Und sehen Sie ihn sich jetzt an.« Sie piekte Nicky in die Rippen. »Steh auf«, sagte sie zu ihm. »Zeig den Schwestern, daß du laufen kannst.« Nicky stand auf und lief durch das Büro. »Sehen Sie? Sie werden ihn in die achte Klasse stecken.«

»Falls er besteht . . .«, sagte Schwester Augustina.

»Was habe ich gerade gesagt?«

Mutter Edrina erhob sich. Sie sagte, es sei an der Zeit, die Glocke zu läuten.

Nickys Mutter stand ebenfalls auf. »Mein Nicky wird bestehen«, sagte sie noch einmal.

Mutter Edrina lächelte mit zusammengekniffenen Lippen. »Das hoffen wir. Schließlich sehen wir es gern, wenn sich die Kinder gut machen, nicht wahr?«

Schwester Augustina nickte. Sie zog höhnisch einen Mundwinkel hoch, und als sie Nicky an der Hand nahm, grub sich der goldene Ring, der sie zur Braut Christi machte, in seine Finger. Er folgte ihr in das Klassenzimmer im obersten Stockwerk. Irgendwo zwischen der dritten und der vierten Etage ließ sie seine Hand los und packte sein Ohr. »Du wirst die Prüfungen nicht bestehen«, sagte sie zu ihm, »und dann ist es aus mit dir und deiner widerlichen kleinen Bande. Gott findet seine eigenen Mittel und Wege. Schlechter Umgang stiftet zur Sünde an.«

»Sie müssen mich versetzen.«

»Ich denke gar nicht daran. Das kannst du deiner Mutter ausrichten.« Schwester Augustina ließ sein Ohr los und packte ihn an den Haaren. »Ich würde dich gern noch ein Jahr in meiner Klasse behalten.«

Er riß sich von ihr los. »Wenn Sie mich nicht versetzen, komme ich nicht mehr«, sagte er

Schwester Augustina öffnete die Hand und ließ die Haare, die sie ihm ausgerissen hatte, auf den Boden fallen. Sie packte ihn am Kinn und hielt sein Gesicht fest. Dann bückte sie sich zu ihm herunter. »Da gibt es immer noch das Katholische Fürsorgeheim«, bemerkte sie. »Die Brüder haben jederzeit Platz für einen mehr.«

Als sie das sagte, streckte Nicky die Hand nach dem Treppengeländer aus. Das Katholische Fürsorgeheim lag am anderen Ende der Stadt. Eigentlich war es für Waisenkinder gedacht, aber dort wimmelte es von Schulschwänzern und jugendlichen Delinquenten. Tony Morone war dort gewesen, und er behauptete, sie setzten einem den reinsten Schweinefraß vor und zögen einem mit Kneifzangen die Mandeln raus, damit man sich nicht erkältete, und nachts ließen sie einen nackt auf getrockneten Bohnen knien, mit den Händen auf dem Kopf. Dort ging es äußerst katholisch zu.

Jumbo hatte sich in die Hose gepinkelt, als er die Geschichte hörte, aber Salvatore sagte, er würde Nicky die Antworten auf die Prüfungsfragen geben, und das hatte er auch getan, und Nicky war in die achte Klasse versetzt worden, und sie waren zusammengeblieben, er, Salvatore und Jumbo. Schwester Augustina nannte sie »die Gesellen des Teufels« und behauptete, mit ihnen würde es noch ein böses Ende nehmen.

Nicky starrte aus dem Atelierfenster hinaus und überlegte sich, daß er Jumbo besuchen würde, sowie er von hier verschwinden konnte. Er wußte, daß Jumbo immer noch in dem Gebäude in der Spring Street wohnte. All seine Schwestern lebten mit ihren Ehemännern und ihren Kindern im selben Haus. Nicky war das letzte Mal dort gewesen, als seine Mutter gestorben war. Noch als sie ihren letzten Atemzug tat, konnte sie es nicht lassen, über die Paglianis zu reden. Sie seien überall, das hatte sie Nicky zuvor schon erzählt. Die Töchter seien Vervielfältigungen der Mutter. Sie seien die Plage ihres Alters: Philomena, Rafaella, Albina, Antoniette und Rosina, in jedem Stockwerk eine. Sie hätten sich wie die Grippe im ganzen Gebäude ausgebreitet. Nicky hatte gelacht, als sie ihm die braune Armeedecke zeigte, die sie draußen an die Wäscheleine gehängt hatte, damit sie ihr nicht ins Fenster schauen konnten. Sie sagte, ihr sei es nur recht, wenn sie beleidigt seien.

Nicky hatte seine Finger in das Weihwasserbecken neben der Wohnungstür seiner Mutter getaucht, aber es war kein Tropfen darin gewesen. Er hatte es mit Leitungswasser gefüllt und ihr gesagt, das Wasser stamme aus Rom, der Papst hätte es geweiht. Als er das nächste Mal kam, brachte er ihr in einem kleinen blauen Fläschchen noch mehr davon mit, und sie bewahrte es neben ihrem Bett auf.

Als die Leiche ins Leichenschauhaus gebracht, die Wohnung durchsucht und die Tür versiegelt worden war, verließ Nicky das Haus. Er trat auf die Straße hinaus und wandte sich nach Norden, überquerte die Canal Street, lief die Sixth Avenue hinauf und bog in das Dreieck ein, wo die Sullivan Street begann und es nur noch einen Häuserblock bis zur Spring Street war. An der Kreuzung blieb er stehen und sah die Straße hinunter. Das Süßwarengeschäft gab es nicht mehr, ebensowenig den Zeitungskiosk von Sam und Al oder den Metzgerladen, in dem seine Mutter alles hatte anschreiben lassen, aber Dante war noch da. Der einzige Unterschied war der, daß er nicht mehr vor dem Gebäude stand, sondern auf einem Küchenstuhl neben der Tür saß, und Nicky erinnerte sich wieder daran, gehört zu haben, daß er jetzt, nachdem seine Mutter tot war, in Angelinas Restaurant aß.

Nicky ging auf ihn zu, und Dante erkannte ihn auf der Stelle. Er schlang die Arme um ihn. Er berührte Nickys Beine. Er behauptete immer, zur Hälfte gehörten sie ihm. »Du läßt dich nie hier blicken«, sagte er. »Und dabei bist du doch ganz in der Nähe. Ist dein Revier nicht gleich um die Ecke?«

»Doch«, sagte Nicky. »Aber es fällt mir schwer. Die alte Dame lebt nicht mehr. Ich habe viel zu tun. Du weißt ja, wie es ist. Die Dinge ändern sich.«

»Du hast dich gut gemacht, Nicky, bist ein braver Junge.« Dante legte ihm eine Hand auf die Schulter. »Aber als du klein warst, warst du ein Mistkerl. Ich erinnere mich noch«, sagte er und lachte. Für einen alten Mann hatte er eine aufrechte Haltung. Er zeigte Nicky den Stock, den sie ihm im Krankenhaus St. Vincent gegeben hatten. Er hing immer über der Rückenlehne des Küchenstuhls, und wenn er den Stuhl abends unter die Treppe stellte, verstaute er den Stock ebenfalls dort. »All die Jahre, die ich hier draußen gestanden habe, haben mir zu einer aufrechten Haltung verholfen«, sagte er zu Nicky. »In all den Jahren, in denen ich rumgestanden habe, hätte ich eigentlich was tun können, vielleicht in einer Bar hinter dem Tresen arbeiten, wie Jumbo.« Dante lachte wieder und schüttelte den dichten grauen Schopf. »Er arbeitet jetzt im Skinny. Hast du das schon gewußt?«

»Nein, seit wann denn das?«

»Seit etwa einem Jahr. Er steckt bis über beide Ohren in Schulden. Du kennst ja Jumbo. Wenn er die Hälfte von dem Geld, das er verdient hat, heute noch hätte, dann könnte er ein bequemes Leben führen, aber was erzähle ich dir das alles? Wir enden ohnehin alle am selben Ort. Auf mich wartet ein Plätzchen direkt neben meiner Mutter, aber so schnell habe ich noch nicht vor, mich zu ihr zu gesellen. Mir graut davor. Wenn's mich erwischt, komme ich in eine von diesen Schubladen.«

»Jumbo ist jetzt auch in der Bar?«

»Er ist immer dort. Für ihn gab es nur noch das oder Fortlaufen, und als es soweit war, hat er gesagt, zum Teufel damit, von ihm aus könnte Fat Eddie Fingers ihn ruhig umbringen, das sei ihm auch egal. Und dann sind seine Mutter und all seine Schwestern geschlossen in den Club marschiert und haben geflennt und Szenen gemacht. Himmel, man konnte sie in der Bleecker Street hören, und deshalb hat Eddie gesagt, er könnte die Schulden abarbeiten. Also, ich persönlich, ich finde, da hat Eddie ein schlechtes Geschäft gemacht. Ich glaube nicht, daß Jumbo lange genug leben wird, um das alles zurückzuzahlen, aber zum Teufel, Eddie kann es sich leisten.« Dante kniff Nicky in die Wange, als sei er immer noch ein kleiner Junge.

»Du änderst dich wohl auch nie«, sagte Nicky. Er nahm die Hand des alten Mannes. Die Haut war dünn und durchscheinend. »Vielleicht schau' ich rein und besuche Jumbo. Möchtest du etwas trinken?«

»Nee, danke. Ich halte es drinnen nicht aus. Das macht mich zu nervös. Da kriege ich, wie heißt das doch schnell noch mal ... Klaustrophobie? Abends gehe ich so spät wie möglich rauf und mache die Augen zu und gehe gleich ins Bett. Morgens ist es nicht so schlimm, aber nachts gruselt's mich. Ich mag die Dunkelheit nicht. Die erinnert mich an diesen anderen dunklen Ort, den ich vorhin bereits erwähnt habe, und in Bars ist es dunkel, vor allem im Skinny's.« Dante zog die Augenbrauen hoch und wies mit dem Kinn auf die andere Straßenseite. »... zu dunkel, um das Wechselgeld zu zählen.«

»Ich besuche dich wieder«, sagte Nicky. »Bald.«

Dante schüttelte den Kopf. »Ich bin hier«, sagte er. »Wenn ich nicht hier bin, kannst du mich auf dem Friedhof suchen.«

Skinny's Bar hatte einen Eingang an der Ecke und eine Seitentür, die direkt ins Restaurant führte. Nicky überquerte die Straße und betrat die Bar. Sie war lang und schmal und so finster, daß Dante sich keinen finstereren Ort ausmalen konnte. Jumbo stand ganz hinten, die Ellbogen auf den Tresen und den Kopf auf die Hände gestützt, und sah sich im Fernsehen ein Baseballspiel an. Nicky klopfte mit seinem Ring auf den Tresen, und Jumbo blickte wachsam und argwöhnisch auf. Seit Jimmy Ticks gestorben war, hatte er niemanden mehr so mit einem Ring auf den Tresen pochen hören. Es war zu dunkel, um etwas zu erkennen. Jumbo kam vom anderen Ende des Tresens auf ihn zu. Nicky erschien es, als bewegte er sich in Zeitlupe. Jumbo war ein korpulenter Typ, der sich ungern vom Fleck rührte. Daran hatte sich nichts geändert. Nicky lehnte sich tiefer in den Schatten zurück und wartete, bis Jumbo nah genug gekommen war, um ihn zu berühren.

»O Gott, du bist es«, sagte Jumbo. Er packte Nickys Arm und zog ihn halb auf den Tresen. Er legte die Hände auf Nickys

Schultern, schlang die Arme um ihn. »Ich dachte schon, Jimmy, dieser Mistkerl, sei von den Toten auferstanden.«

»Enttäuscht?«

»Soll das ein Witz sein? Soweit ich denken kann, war das die einzige Totenwache, auf der drei Tage lang alle gelächelt haben.« Jumbo packte Nickys Kopf und hielt ihn fest. Er küßte ihn auf den Mund. »Du mieser Halunke. Kaum geht's dir gut, kriegen wir dich nicht mehr zu sehen. Meine Schwester hat gerade erst kürzlich von dir gesprochen.«

»Welche?«

»Philomena, Rafaella, Albina, Antoniette, Rosina ... wer weiß? Sie sehen alle gleich aus. Sklaventreiber, die einem auf die Eier gehen und meine Frau um den Verstand bringen, alle miteinander, aber das ist ja nichts Neues.« Jumbo hielt Nicky auf Armeslänge von sich. »Gut siehst du aus, noch genauso wie früher.«

»Quatsch. Ich bin so alt wie du.«

»Ja, schon, aber du bist schön schlank.« Jumbo strich mit einer Hand über Nickys Hemd. »Deine Krawatte liegt flach an. Ich muß mir die Schlipse maßschneidern lassen, damit sie nicht wie ein Henkel abstehen.«

»Schön, dich zu sehen, Jumbo.«

»Ja, aber wie kommt es dann, daß du dich nie hier blicken läßt?«

»Du weißt doch, wie es ist. Jetzt, wo meine alte Dame tot ist, ist alles anders. Aber ich habe die alten Zeiten nicht vergessen.« Er sah auf Jumbos Hände hinunter.

»Trinkst du immer noch Wodka?« fragte Jumbo.

»Ja.« Nicky beobachtete, wie Jumbo hinter den Tresen griff. Er sah zu, wie er die Getränke einschenkte. Er bemerkte den Ring an Jumbos kleinem Finger. Nicky streckte eine Hand aus und berührte ihn. »So, den hast du also immer noch«, sagte er.

Jumbo blickte auf. »Was? Soll das ein Witz sein? Das ist der einzige Klunker, der mir noch geblieben ist. Ich habe alles versetzt, nur diesen Ring nicht. Die Zeiten werde ich nie vergessen, Nicky... Ich, du und Salvatore, so was findet man nur einmal im Leben.« Er drehte den Ring an seinem Finger. »Weißt du, wie viele Leute mich auf diesen Ring ansprechen? Fat Eddie Fingers sind fast die Augen aus dem Kopf gefallen, und, glaub mir, damals hatte ich wirklich einen schlechten Stand, aber ich bin hart geblieben. Dieser Ring ist nicht zu verkaufen, habe ich zu ihm gesagt. An diesem Ring hängen jede Menge Erinnerungen.«

»Du hast ihn all die Jahre getragen?«

»Ja. Ich wette, Salvatore hat seinen auch noch. Ich weiß allerdings nicht, ob er ihn trägt. Ich meine, er ist ja jetzt ein großes Tier. Was ist er schnell noch mal – Abgeordneter? So was in der Art war es doch ...«

Nicky nahm sein Glas in die Hand. Er schüttelte es, und die Eiswürfel klirrten. »Salvatore hat schon immer seinen Mann gestanden, wie sein Alter... Er hat allen nur Gutes getan. Erinnerst du dich noch an Amadeo? Meine Mutter hat ihn für einen Gott gehalten.«

»Und dann war da auch noch Magdalena ...«

»Was soll das heißen?«

»Nichts«, sagte Jumbo, »aber sie war nicht gerade die italienische Mutter, wie sie im Bilderbuch steht, stimmt's? Selbst jetzt reden die Leute noch über sie. Vor dem Laden herrscht Gedränge. Früher haben wir uns über Salvatore lustig gemacht, ihn damit aufgezogen, daß er später mal Gemüse verkaufen wird. Jetzt kommen hier zehnmal am Tag Leute rein und wollen wissen, wo sie Pavese's finden.« Jumbo legte Nicky eine Hand auf die Schulter. »Und sieh dich an, Kriminalbeamter an der Spitze der Mordkommission ... nicht schlecht. Nur ich, ich hänge hinter diesem gottverdammten Tresen fest.«

»Ich habe dir doch gesagt, daß du mitkommen sollst.«

Jumbo winkte ab. Nicky sah den Ring funkeln. Jumbos Finger waren so dick wie Würste. Das hatte Nicky vergessen. »Ich wollte sowieso nie Bulle werden«, sagte Jumbo. »Ich renne nicht gern. Ich mag keine Waffen. Absahnen kann man heute auch nicht mehr. Wozu also?«

»Du bist wirklich eine Marke, Jumbo.«

»He, versteh mich nicht falsch. Ich habe nicht damit gerechnet, daß ich mal in Skinny's Bar und Restaurant lande, aber ich beklage mich auch nicht. Um zur Arbeit zu kommen, brauche ich nur über die Straße zu gehen. Das einzige ist, daß Eddie die Hälfte von meinem Lohn einbehält und den Rest meiner Frau gibt. Ich bin ein Leibeigener, verdammt noch mal.«

Nicky lachte und trank sein Glas leer. Er legte einen Zwanziger hin, aber Jumbo schob ihn über den Tresen zurück und schenkte Nicky nach. Nicky steckte den Schein in die Trinkgeldkasse. Er sagte zu Jumbo, er müsse jetzt gehen.

»Laß dich mal wieder hier blicken«, sagte Jumbo. »Wir sollten was miteinander unternehmen, wir drei.«

Nicky lächelte, aber er glaubte nicht, daß Jumbo sein Gesicht im Dunkeln sehen konnte. »Ja«, sagte er, »das sollten wir wirklich mal tun.«

»Das wird schon noch klappen«, sagte Jumbo. Er setzte sich in Bewegung und trottete ans andere Ende des Tresens, um sich das Ende des Baseballspiels anzusehen.

Nicky trat in den Sonnenschein hinaus. Er blinzelte und winkte Dante auf der anderen Straßenseite zu. Vieles hatte sich verändert, und doch war irgendwie alles beim alten. Es hing davon ab, wohin man sah. Jumbo war noch derselbe. Dante. Änderte sich üerhaupt jemals wirklich etwas? Oder kam es, wie Magdalena immer behauptete, unter dem Strich tatsächlich stets auf das Gleiche raus? Nicky machte sich auf den Rückweg zur Polizeiwache. Er würde Salvatore aufsuchen und ihn fragen müssen.

Salvatore Paveses Leben hatte mit einer Tragödie begonnen, aber danach hatte er es nie mehr schwer gehabt. An den Maßstäben des Viertels gemessen hatte er einen reichen Vater. Sie hatten ein ganzes Haus für sich, und selbst wenn er gar nicht einmal so sehr den Eindruck machte, als hätte er mehr als alle anderen (abgesehen von dem Haus), dann zählte doch, daß es so war. Er hatte seine Mutter bei der Geburt verloren, und sein Vater war nach Italien gegangen und mit Magdalena zurückgekehrt, die wirklich noch zu jung war, um seine Mutter zu sein, aber doch alt genug für alles andere. Sie bezeichnete sich als seinen Engel, und als er noch ganz klein war, ließ sie ihn beide Hände auf ihren Rücken legen und die Spitzen ihrer Schulterblätter fühlen. Dort seien ihre Flügel gewesen, sagte sie zu ihm, ehe sie auf die Erde herabgekommen sei.

Magdalena erzählte Salvatore von Gottes Buchführung. »Am Ende geht die Rechnung immer auf«, sagte sie zu ihm. »Deine Mutter stirbt, du bekommst mich. Letzten Endes gleicht sich alles aus.«

Im Viertel wurde unablässig getuschelt, als Amadeo mit Magdalena aus der Basilicata wiederkam. Die Frauen verbrachten soviel Zeit auf den Stufen vor den Häusern oder gemeinsam in einer der Wohnungen, daß alles liegenblieb. Die Staubwedel blieben an ihren Haken an der Wand hängen, und beim Metzger stand niemand an. Sie hörten von Magdalena, ehe jemand sie zu Gesicht bekam. Niemand konnte sich erinnern, wer als erster die Geschichte in Umlauf gesetzt hatte.

Vom frühen Morgen an beobachteten sie den Eingang von Amadeos rötlichbraunem Sandsteinhaus. Amadeo ging in sein Geschäft und kehrte nach Hause zurück, und sie grüßten ihn, und er grüßte sie ebenfalls, aber niemand erwähnte seine Braut (falls er sie überhaupt geheiratet hatte, wer konnte derlei schon wissen, äußerte jemand).

Magdalena blieb im Haus. Sie kniete sich auf den Boden

und preßte ihre Wange an die kühlen Kacheln. Sie lief von einem Zimmer ins andere und sagte auf Englisch die Namen der Wandfarben laut vor sich hin. Sie stapelte die Eßteller in den Glasvitrinen und schichtete sie dann wieder um, und natürlich spielte sie mit dem Baby, das schon ganz blaß wurde, weil es nie an die frische Luft kam.

Um sie aus dem Haus zu locken, kaufte Amadeo ihr einen Kinderwagen, ein englisches Modell, das man mit einem Finger schieben konnte, und am ersten Tag des Neumonds zog sie sich und Salvatore fein an, setzte ihn in den todschicken englischen Kinderwagen und unternahm einen Spaziergang. Sie lief stundenlang durch die Gegend, eine Straße rauf und gleich die nächste wieder runter. Sie überquerte die Houston Street und ging hinüber zur Bleecker Street. Dann weiter bis zum Park an der Fourth Street hinauf, wo sie sich zu den Kindermädchen setzte, die im Schatten des Torbogens auf ihre Babys aus der Fifth Avenue aufpaßten. Sie lächelte, wenn jemand sie ansah. Auf dem Heimweg ging sie an Amadeos Geschäft vorbei, und als er herausgelaufen kam, küßte sie ihn auf der Straße vor allen Leuten auf den Mund.

»Unverfroren«, befand am nächsten Tag jemand auf den Stufen vor dem Haus, und die Frauen drängten sich enger aneinander und steckten die Köpfe zusammen. Die jüngeren waren von Neid erfüllt, und die älteren schüttelten den Kopf und gaben sich schockiert. Man empfand sie allgemein als zu jung, zu schön und zu schlank. Ihr Haar war zu schwarz, und dort, wo das Licht darauf fiel, schimmerte es zu rot. Ihre Augen waren eigentümlich, als würden sie von hinten angestrahlt. Sie seien mit Gold gesprenkelt, behauptete eine der jüngeren Frauen.

Magdalena sagte, sie wolle im Geschäft mitarbeiten, aber das ließ Amadeo nicht zu. »Das Baby«, sagte er zu ihr und drückte erst ihr und dann Salvatore, den sie im Arm hielt, einen Kuß aufs Haar, »und noch weitere Babys. Du wirst keine Zeit haben.«

Magdalena packte alle Sachen fort, aus denen Salvatore herauswuchs. Um sie für das nächste Baby aufzuheben, sagte sie zu Amadeo, der sie ständig im Auge behielt, um sich zu vergewissern, daß sie genug aß und daß sie genug schlief, denn er war stets davon überzeugt, daß sie schwanger war. Wie hätte es anders sein können? Sie war so schön und so jung, einfach vollkommen, dachte er, wenn er sie ansah. Aber es kamen keine Babys.

Sie trug den polierten Splitter von dem Ziegenknochen direkt auf ihrer Haut, und wenn sie badete, ließ sie Wasser darüberlaufen, damit seine Kräfte auf sie übergingen. Mit dem Stein, den ihr Zia Guinetta am Tag ihrer Abreise aus Castelfondo in die Hand gedrückt hatte, errichtete sie ganz oben im Haus einen Schrein für die Schwarze Madonna und brachte ihr Lebensmittel und Blumen als Gaben dar. Sie zündete Kerzen an.

Einmal ging sie mitten in der Nacht in den Hof hinter dem Gebäude, um einen Hahn zu opfern, aber der Vogel fing an zu schreien, und Lichter wurden angeschaltet, Fenster geöffnet, und Köpfe herausgestreckt. Die Leute begannen einander von einem Gebäude zum anderen und über den schmalen Durchgang zwischen den Häusern Dinge zuzurufen, und Magdalena ließ den Hahn frei und versteckte sich, bis alle Nachbarn die Köpfe zurückgezogen hatten und die Fenster wieder dunkel waren. Amadeo fand sie unter der Eisentreppe, die in den Hof hinunterführte.

»Das kannst du hier nicht tun«, sagte er zu ihr.

»Ich tue doch gar nichts«, sagte sie.

»Magdalena ...«

Sie lächelte ihn an und schlang ihm einen Arm um den Hals. Sie schmiegte ihre Wange an seine, wandte ihm ihr Gesicht zu und küßte ihn. Amadeo nahm ihre Hände und legte sie auf ihren Schoß. »Du kannst hier keine Tiere opfern. Sie stecken dich ins Gefängnis. Es verstößt gegen das Gesetz. Wenn dich jemand sieht, werden sie dich für verrückt erklären.«

Magdalena zuckte die Achseln. »Ein Hahn ist sowieso nicht das richtige«, sagte sie zu ihm. »Es hätte eine Ziege sein müssen.«

»Schluß damit. Versprich es mir.«

»Wo könnte ich wohl in New York eine Ziege finden?«

Er zog sie auf seine Knie und strich ihr Haar, das ihr ins Gesicht gefallen war, zurück. »Schick Zia Guinetta nächstes Mal mehr Geld. Sag ihr, sie soll es für dich tun.«

»Du bist so klug, Amadeo. Darüber bin ich wirklich glücklich.«

»Du hast auf dem Hinterhof einen Hahn getötet?« fragte Salvatore, als sie ihm die Geschichte erzählte.

»Nein, ich habe es nur versucht.«

»Du bist verrückt, richtig lustig verrückt.«

Magdalena kniff ihn in den Arm. »Ich bin ein Bauernmädchen. Was weiß ich schon?« Sie zog ihn an sich. Er war immer mit ihr allein, als er ganz klein war.

Die anderen Frauen fanden keinen Zugang zu ihr. Manchmal war sie so unbesonnen wie ein junges Mädchen, und dann war sie plötzlich so ernst wie eine alte Frau. Sie bezogen sie nie in ihren Kreis mit ein. Und sie wollte nicht dazugehören. Sie war eine Außenseiterin. Sie wurden nie zu Kaffee und Kuchen zu ihr nach Hause eingeladen, und sie luden sie auch nicht zu sich ein, und an Weihnachten und am Ostern kosteten sie nicht von ihren Pasteten, die mit Würsten oder Käse gefüllt waren, und sie brachten ihr auch keine Kostproben von ihren eigenen, in Geschirrtücher eingewickelten Pasteten, die eine dicke Kruste und eine hohe Wölbung in der Mitte hatten.

Von den Fenstern über den Feuertreppen konnten sie ihren Kräutergarten sehen, und sie rochen, daß sie andere Dinge als nur Mahlzeiten kochte, und sie tuschelten miteinander, aber sie behandelten sie immer höflich, weil sie die Frau von Amadeo Pavese war, und dieser wiederum war ein *patrone* und tat ihnen allen nur Gutes. Er suchte für sie Vermieter, Rektoren und Polizisten auf. Er besorgte ihnen Ärzte und Anwälte und half ihnen, ihre Schulden zu bezahlen. Er gab ihnen Ratschläge, wenn sie darum baten. Er war wichtig für sie, und sie ließen es ihm durchgehen, daß seine Kindfrau ein wenig sonderbar war, denn war das nicht im Grunde genommen jeder, wenn man genauer hinblickte?

Salvatore liebte Magdalena. Sie war sein Hirngespinst, sein Traum. Sie war die Mutter aus dem Märchen, der Schutzengel, der ihn über dem Abgrund festhielt. Sie erzählte ihm Geschichten über die Basilicata. Sie erzählte ihm Geheimnisse. Er lauschte jedem ihrer Worte.

»Ein Jammer«, sagte sie zu ihm, »daß du kein Mädchen bist ...«

»Bring mir trotzdem alles bei«, sagte er, aber sie weigerte sich jedesmal wieder. Sie fürchtete sich, sagte sie. Ein Junge? Wie konnte sie diese Dinge einem Jungen beibringen? Er würde zu einem Mann heranwachsen, und was dann?

Aber als Salvatore zehn war, weihte Magdalena ihn in die Geheimnisse ein. Am Heiligen Abend, als sie von der Messe nach Hause gekommen und Amadeo ins Bett gegangen war, traf sie sich mit ihm oben im Haus vor dem Schrein der Schwarzen Madonna. Sie hatte ihm ein ganz spezielles Plätzchen mitgebracht, es in den Saum ihres Kleides gewickelt, und sie wollte, daß er mit dem, was er lernen würde, vorsichtig umging. Todesmagie, nannte sie es. Liebesmagie. Anschließend kniete sie hinter ihm vor dem Schrein nieder, ihre Beine zwischen seinen, und betete, die Schwarze Madonna möge ihr verzeihen und sie verstehen. Er schlief in ihren Armen ein, erwachte jedoch in seinem Bett. Er erzählte nie jemandem etwas davon.

Er war Magdalenas Lehrling. Sie zeigte ihm, wie man die Kräuter kochte und zerstampfte und wie man sie bei zunehmendem Mond pflückte. Sie hielt den polierten Knochensplitter auf den Puls an seinem Hals, und er konnte spüren, wie sein Blut dagegenpochte. All die Jahre auf ihrer Haut hatten den Knochen glatt und pechschwarz werden lassen. Wenn Salvatore krank war, sorgte sie dafür, daß es ihm wieder besser ging, und als sie eine Benachrichtigung für die Polioimpfung ins Haus schickten, lehnte sie ab und braute ihm selbst etwas dagegen.

Amadeo wußte von nichts. Er hatte der Magie den Rücken zugekehrt, als er die Basilicata verlassen hatte. Er war ein praktisch veranlagter Mann. Wenn man ihn fragte, wie er seine Frau kennengelernt hatte, sagte er, es sei »*amushade*« gewesen, eine Ehe, die sein Onkel gestiftet hatte. Wenn er das sagte, lächelte Magdalena, nahm seine Hand und legte sie auf ihr Herz. Ihr geheimes Leben spielte sich mit Salvatore ab. Sie liebte ihn wie ihren eigenen Sohn.

Salvatore wußte, daß sie nicht seine Mutter war. Amadeo hatte es ihm erklärt und gesagt, daß seine Mutter gestorben war. Amadeo wollte nicht, daß Salvatore in dem Glauben an das eine aufwuchs und dann etwas ganz anderes hörte, denn er würde es bestimmt zu hören bekommen. Im Viertel waren Geheimnisse das, was jeder wußte.

»Erzähl mir, wie du hergekommen bist«, bat Salvatore Magdalena immer wieder, und dann erzählte sie ihm die Geschichte, wie die Schwarze Madonna seine Mutter in den Himmel gerufen und seinen Vater in die Basilicata geschickt hatte, wo Magdalena in ihrem Haus außerhalb von Castelfondo wartete.

»Worauf hast du gewartet?« fragte Salvatore dann.

»Darauf, nach Amerika zu kommen und dir eine Mutter zu sein.«

»Warum du?« wollte er wissen. »Warum hat die Schwarze Madonna ausgerechnet dich ausgesucht?«

»Psst«, sagte Magdalena. »Das spielt doch gar keine Rolle. Wer weiß das schon? Wichtig ist nur, daß man dankbar ist. Es gibt kein Gut und kein Böse, nur Glück und Unglück. Was meinst du?« fragte sie.

»Ich habe Glück gehabt«, sagte Salvatore dann zu ihr, und sie nahm seinen Kopf in die Hände und grub ihre Finger in sein Haar. Sie fuhr die Umrisse seiner Augen mit ihren Lippen nach und drückte ihm eine Spur von Küssen auf den Nasenrücken. Mit ihren Fingern formte sie seine Lippen zu einem Kreis und küßte ihn auf den Mund. Sie war sehr dankbar.

Magdalena sprach mit Salvatore über Männer und Frauen, über Dinge, die in den Bergen der Basilicata passierten, aber sie sagte ihm, es sei überall dasselbe. Wenn die Liebe erst einmal entbrannt sei, könne man sie nur schwer wieder zum Erlöschen bringen. Manchmal, flüsterte sie Salvatore ins Ohr, kam der Tod ihr zuvor.

Magdalena war sechsundzwanzig, und Salvatore war zwölf, als er ihr von Rosanna Montenegro erzählte, die fünfzehn war und immer noch in die Grundschule ging, weil sie kein Englisch sprach. Sie hatte dunkle Haare auf den Armen. Salvatore starrte sie oft an, und wenn sie ihren Pullover auszog, hätte er gern seine Finger über ihre Haut gleiten lassen, vom Handgelenk bis zum Ellbogen, um ganz zart die weichen schwarzen Daunen zu berühren.

Rosanna Montenegro hatte große weiße Zähne, die vorstanden. Man konnte mit der Zunge darüberfahren, wenn ihr Mund geschlossen war, und Nicky behauptete, genau das hätte er in dem Wandschrank hinten im Klassenzimmer getan, in den Schwester Augustina sie sperrte, wenn sie den Unterricht störten. Sowie Rosanna Montenegro in den Schrank gesperrt wurde, wollten alle anderen auch hinein. Manchmal waren Nicky und Salvatore und Rosanna Montenegro gemeinsam im Schrank. Dann schob Nicky eine Hand unter ihr Kleid, und Salvatore hielt eine ihrer Brüste und preßte seinen Mund in die Mulde an ihrer Kehle.

In dem Schrank war es dunkel, und Salvatore erzählte Magdalena, daß Rosanna nach Feuchtigkeit roch, derselbe Geruch wie ganz oben im Haus, wo der Schrein der Schwarzen Madonna stand, und wie sehr ihm das gefiel. Er erzählte ihr, wie ihm zumute war, wenn Schwester Augustina ihn mit einer Hand auf seinem Nacken ans hintere Ende des Klassenzimmers führte, ihre Tracht sich wie ein Theatervorhang bewegte, der gerade erst geschlossen worden war, und die Perlen ihres Rosenkranzes gegen ihre Beine schlugen. Und wie ihn das Wissen, daß Rosanna Montenegro in diesem Schrank war, mit Vorfreude auf die Dunkelheit erfüllte, auf den Geruch und darauf, sie zu berühren.

Pater Lianetti kam, um Katechismusunterricht zu geben, als Nicky, Salvatore und Rosanna im Wandschrank waren, und Schwester Augustina mußte sie rauslassen. Rosannas Bluse war aus ihrem Rock gerutscht, und Nicky hatte vorn einen Fleck auf der Hose. Der Priester sah Nicky finster an und sagte ihm, er solle am Samstag zur Beichte kommen.

»Und was jetzt?« fragte Nicky Salvatore beim Mittagessen. »Er wird mich ausquetschen.«

»Dann sag es ihm doch?«

»Was soll ich ihm sagen?«

»Sag ihm, daß du feuchte Träume hast. Sag ihm, daß du schmutzige Bilder vor deinen Augen siehst. Sag ihm, daß du deine Finger in Rosanna Montenegros Unterhose gesteckt hast.«

»Bist du verrückt?«

»Wieso? Genau das will er doch hören. Er wird begeistert sein. Glaub mir. Meine Mutter hat mir ganz genau erzählt, wie es in Italien bei den Priestern zugeht.«

»In Italien vielleicht.«

»Meine Mutter sagt, alles, was mit Männern und Frauen zu tun hat, ist überall dasselbe. Priester sind auch nur Männer, Männer in Röcken.«

Nicky wich einen Schritt zurück. »So was erzählt dir deine Mutter? Deine eigene Mutter?«

»Ja.«

»Das kommt nur daher, daß sie nicht seine richtige Mutter ist«, sagte Jumbo. Er stocherte mit einem Streichholz in seinen Zähnen.

Nicky drehte sich zu ihm um. »Was soll das heißen?«

»Sie ist nicht seine Mutter. Seine Mutter ist gestorben. Sein Vater ist nach Italien gefahren und mit diesem Mädchen zurückgekommen.«

»Sie ist kein Mädchen«, erklärte Salvatore.

»Sie ist nicht viel älter als meine Schwestern«, erwiderte Jumbo.

Salvatores Wangen begannen zu glühen. Nicky sah ihn an, und dann verpaßte er Jumbo eine Ohrfeige. »Halt den Mund«, sagte er. »Sieh einfach zu, daß du deine Klappe hältst. Wen interessiert das denn schon?«

Nachdem er Nicky die Beichte abgenommen hatte, kam Pater Lianetti aus dem Beichtstuhl und tätschelte ihm den Kopf. Er hatte ihm fünf Ave-Marias und fünf Vaterunser aufgetragen und sagte, er erwarte ihn jetzt jeden Samstag.

»Ich habe es dir doch gleich gesagt«, bemerkte Salvatore, als sie die Kirchentreppe hinunterliefen, aber von dem Moment an sperrte Schwester Augustina sie nicht mehr in den Schrank, und Salvatore und Nicky konnten nur noch zusehen, wie sich die Spitzen von Rosanna Montenegros Brustwarzen über dem Stoff ihrer Bluse abzeichneten, wenn sie hinter ihr standen und sich an ihr rieben. Salvatore tat das in der Schule, aber Nicky tat es sogar in der Kirche.

»Es wird nie etwas passieren«, sagte Salvatore zu Magdalena.

»Warte es ab«, sagte sie.

»Aber wann?« fragte Salvatore immer wieder, und dann lachte sie und schlang die Arme um ihn. »Schon bald«, sagte sie.

In jenem Sommer fuhren sie in ein Ferienlager der Kinderhilfe im Norden von New York und bezahlten einen Bauernjungen aus der Umgebung dafür, daß er ihnen eine Frau beschaffte. Der Junge hieß Cyrus Humbert. Er führte sie auf einen Schrottplatz und deutete auf den Rücksitz eines ausrangierten Chevrolets. Dort saß eine Frau, die selbst bei Mondschein nicht jung war. Sie war von der Gürtellinie abwärts nackt, strickte einen Pullover und roch nach Schmieröl und Alkohol.

»Eher würde ich sterben«, sagte Nicky, und Salvatore stimmte ihm zu, aber Cyrus Humbert wollte das Geld behalten, und daher führte er sie statt dessen zu seiner Schwester, die älter und ein wenig beschränkt war und gar nicht mal schlecht aussah, wenn sie ihre schielenden Augen schloß.

Als sie aus dem Ferienlager nach Hause zurückkehrten, kamen sie sich erwachsen und erfahren vor und sprachen darüber, was sie im kommenden September mit Rosanna Montenegro anstellen würden, aber sie hatte die Schule abgebrochen. Salvatores Vater gab ihr einen Job in seinem Laden, und Nicky sagte, sie würde Tomaten und Orangen übereinanderschichten, bis jemand kam und sie auspreßte wie die Früchte, und dann würde sie als Ehefrau enden.

Zwei Dinge taten sich in dem Jahr, in dem Salvatore achtzehn wurde. Er fing an, im Savannah Club in der Third Street zu arbeiten, in dem Mulattinnen mit Namen wie Georgia und Peaches strippten, und Magdalena gebar neun Monate nach ihrer Rückkehr von Zia Guinettas Begräbnis in Castelfondo einen kleinen Jungen.

Salvatore, Nicky und Jumbo tranken etwas im Bon Soir in der achten Straße, als Jumbo berichtete, er würde für Fat Eddie Fingers im Savannah Club arbeiten. Sie hatten gerade die Schule abgeschlossen, nur Jumbo nicht, der sechs Monate vor den Abschlußprüfungen abgegangen war.

»Wann?« fragte Nicky.

»Ab nächste Woche. Ich fange als Rausschmeißer an. Wenn ich meine Sache gut mache, werde ich später Kellner, sagt Eddie. Ihr wißt doch, wieviel Kohle man in diesem Laden einsackt?« Jumbo leckte sich die Lippen. Er nahm sich zwei Hände Erdnüsse und fing an zu kauen.

»Ja, klar«, sagte Nicky. »Und wie bist du da drangekommen?«

»Über meinen Onkel.«

»Welchen Onkel?«

»Na ja, ich nenne ihn meinen Onkel, aber in Wirklichkeit ist er das gar nicht. Er hat was mit meiner Schwester. Vergiß es. Was werdet ihr beide jetzt anfangen?«

Nicky schlug Salvatore auf den Rücken. »Salvatore hat eine große Zukunft vor sich«, sagte er, »... Tomaten ... Brokkoli ...«

»Mein Alter will, daß ich aufs College gehe«, sagte Salvatore.

Jumbo schauderte. »Du sollst noch länger in die Schule gehen?«

»Na ja, ich meine, das klingt doch immer noch besser, als Salami in Scheiben zu schneiden ...«

»Ich finde, das klingt alles beschissen«, sagte Nicky. Er ließ seine Zigarette von einem Mundwinkel in den anderen rollen.

»Vielleicht könntet ihr auch einsteigen«, sagte Jumbo. »Ich kann ja mal meinen Onkel fragen.«

»Ich bin sofort dabei«, sagte Nicky. »Was ist mit dir, Salvatore?«

»Ich weiß nicht recht.«

»Wenn ich frage, müßt ihr dann aber auch erscheinen«, sagte Jumbo. »Ihr dürft es mir nicht vermasseln. Bei den Typen steht mir eine große Zukunft bevor.«

»Jetzt komm schon.« Nicky versetzte Salvatore einen Rippenstoß. »Was willst du denn im College? Das hier ist eine echte Chance.« Er wandte sich an Jumbo. »Er macht mit. Und ich sowieso. Rede gleich mit ihm.«

Jumbo stand auf. »Gut, laßt uns das feiern.«

»Feiern? Du mußt erst mal mit deinem Onkel reden.«

»Er wird ja sagen. Macht euch keine Sorgen.«

Amadeo Pavese konnte es einfach nicht glauben, als Salvatore ihm mitteilte, er würde Kellner in einem Striplokal in der Third Street, das Fat Eddie Fingers gehörte, dem mit den Mulattenstripperinnen, die mit der U-Bahn aus Harlem runterkamen und im Publikum auf Kundenfang gingen, wenn sie nicht mehr auf der Bühne herumhopsen mußten.

»Das soll es also sein?« sagte er zu Salvatore. »Du wirst in einer berüchtigten Spelunke, in der es von eins achtzig großen Nutten und besoffenen Freiern wimmelt, Getränke servieren?«

»Ich will nicht aufs College gehen.«

»Dann steig ins Geschäft ein. Es gehört dir.«

»Ich will nicht im Laden arbeiten.«

»Also, das was du da vorhast, kommt überhaupt nicht in Frage.«

Nickys Mutter verprügelte ihn mit dem Kochlöffel, als er ihr davon erzählte. Einer ihrer Hiebe verpaßte ihm eine Platzwunde am Kopf, und sie wartete, bis sein Hemd Blutflecken hatte, ehe sie versuchte, die Wunde zu verbinden. Sie vertrat ihm den Weg, als er sagte, er wolle ins Krankenhaus. »Das letzte Mal bist du als Krüppel zurückgekommen«, erklärte sie.

Nicky setzte sich. »Wir werden alle dort arbeiten. Ich, Jumbo und Salvatore. Jumbos Onkel hat gesagt, er verbürgt sich für uns.«

»Jumbo, Jumbo ... Der war mir schon vom Tag seiner Geburt an ein Dorn im Auge.«

»Ma ... sei nicht so. Ich werde gutes Geld verdienen. Du wirst es ja sehen. Und wirst noch froh sein.«

Sie ließ den Lappen los, den sie an seinen Kopf gepreßt hatte, und das Blut begann wieder zu strömen. Es rann an Nickys Ohr herunter und über sein Gesicht. Nickys Mutter setzte sich und trommelte mit den Fingern auf den Tisch. »Ich werde froh sein, wenn ich erst mal im Grab liege«, sagte sie. Nicky stand auf und ging auf sie zu, aber sie hob die Hand, um ihn zurückzuhalten. »Das verstehst du nicht«, sagte sie. »Täglich bete ich, daß ich sterben darf. Ich kann es kaum erwarten.«

Magdalena schlang die Arme um Salvatore und zog ihn an sich. Sie küßte sein Ohrläppchen. »Du tust, was du willst«, sagte sie. »Wir leben hier in Amerika, in einem freien Land. Dein Vater wird es schon verkraften. Am Ende kommt alles aufs gleiche heraus. Habe ich dir das nicht schon immer gesagt?«

Er blickte zu ihr auf und erklärte ihr, wie lieb er sie hätte. Sie schob ihn von sich. »Dafür bist du jetzt zu groß«, sagte sie. »Aber ich habe noch ein letztes Geheimnis für dich, ehe du erwachsen wirst und mich endgültig verläßt.«

»Ich dachte, ich kenne all deine Geheimnisse.«

»Keineswegs.«

»Erzähl es mir.«

»Ich bekomme ein Baby.«

Salvatore sah sie an. Er kam sich dumm vor, und plötzlich wurde ihm beinah übel. »Wie das?« fragte er.

»Was soll das heißen, wie das? Ich bin jung, Salvatore. Ich könnte noch zehn Babys bekommen.«

»Aber nach all den Jahren?«

»Wer blickt da schon dahinter?« Sie zuckte die Achseln und streckte die Hand aus, um sich eine seiner Zigaretten zu nehmen.

Salvatore stand auf. »Du hast in Italien etwas angestellt.«

Magdalena nahm einen tiefen Zug von der Zigarette und blies Rauchringe in die Luft, langsam, einen nach dem anderen. »Ich habe Zia Guinetta begraben. Das weißt du doch. Ich wollte, daß du mitkommst. Erinnerst du dich nicht mehr? Aber dein Vater hat gesagt, er hielte es nicht aus, wenn wir beide gleichzeitig fort wären.«

»Weiß er es?«

»Daddy?«

»Ja«, sagte Salvatore. »Daddy...«

»Er ist sehr glücklich. Er sagt, etwas Schöneres könnte er sich gar nicht wünschen.«

»Dann hast du vermutlich recht. Am Ende kommt es aufs gleiche heraus.«

»So ist es, *caro mio*. Das verspreche ich dir.«

Salvatore, Nicky und Jumbo traten ihre Arbeit im Savannah Club an. Das war der Beginn ihres frühen Erwachsenenlebens. Freitags wurden sie bezahlt, änderten ihre Schecks am selben Nachmittag auf Fat Eddie Fingers Namen um und machten immer noch mehr Geld, als sie ausgeben konnten.

Sie verkauften billigen, mit Selterswasser verdünnten Weißwein als französischen Champagner und kassierten dafür zweimal fünfzig Dollar, erst von den Freiern und hinterher noch einmal von den Mädchen. Sie verwendeten die Flaschen mehrfach, füllten sie am Morgen, wenn sie zur Arbeit kamen, wikkelten Stanniol um die Korken und klebten die Etiketten wieder fest, wenn sie sich lösten.

Die Stripperinnen saßen nach der Show mit Männern zusammen, die Krawatten in den Farben ihrer Privatschulen und Straßenanzüge trugen, eine Hand schicklich auf der Wange des Mannes, die andere unter dem Tisch. Wenn die Männer sie nach ihren Wünschen fragten, bestellten sie Champagner.

Nicky, Salvatore und Jumbo servierten eine Flasche nach der anderen. Sie schüttelten die Flasche kurz vorher, damit der Korken wie ein Champagnerkorken knallte, und wenn sie noch dreiviertel voll war, kippten sie die Flasche in dem versilberten Eiskübel um. Sie lächelten, aber sie lächelten nie die Mädchen an, die sie an ihren Gewinnen beteiligten und mit denen sie jeden Abend nach Ladenschluß an einem Tisch im Hinterzimmer saßen. Sie drehten die Jukebox laut auf, rauchten einen Joint und zählten ihre Trinkgelder. Die Geldclips, die sie zum Schulabschluß geschenkt bekommen hatten, warfen sie fort, weil ihre Geldpacken einfach zu dick waren. Jeden Abend nach der Arbeit beulte ein Bündel Scheine, in der Mitte gefaltet, die Fünfziger außen, ihre Hosentaschen aus. Manchmal gingen sie zum Würfeln in den Keller runter, wo Fat Eddie Fingers versuchte, ihnen das restliche Geld wieder abzunehmen. Manchmal zogen sie aber auch mit den Tänzerinnen durch die Clubs von Harlem. Die Tänzerinnen mochten sie und brachten ihnen in Räumen mit samtbespannten Wänden Tricks bei.

Sie ließen sich maßgefertigte Kammgarnanzüge machen, und wenn sie sich die Haare schneiden ließen, lackierten hübsche Mädchen in weißen Kitteln ihre Fingernägel mit farblosem Lack.

Zu dritt bezogen sie eine Wohnung in der Tenth Street West, um endlich genügend Schrankraum zu haben und weil sie es zu Hause nicht mehr aushielten. Salvatores Vater sprach nicht mehr mit seinem Sohn. Nickys Mutter hatte nachts im Dunkeln in der Küche gesessen, auf Nicky gewartet und ihn mit einem Holzlöffel verprügelt.

Es ging ihnen so gut wie noch nie, mit Ausnahme von Jumbo, der drei Wochen später wieder nach Hause zog. Er vermißte seine Mutter, sagte er, und wie sie ihm die Hemden bügelte. Ihm fehlten regelmäßige Mahlzeiten und seine fünf Schwestern, die ihm am Valentinstag immer noch mit Pralinen gefüllte Satinherzen kauften. Die chinesische Wäscherei um die Ecke könnte da nicht mithalten, erklärte er Salvatore und Nicky, als sie ihn beim Packen antrafen.

Salvatore war bedrückt, als Jumbo auszog. Sie hatten alles miteinander geteilt, sogar ihre Mädchen. Sie waren Brüder. Nachdem ihm Magdalena vom Tag des heiligen Joseph erzählt hatte, an dem sich Männer in die Hände schnitten und ihr Blut miteinander vermischten, hatte er auf den dreiundzwanzigsten Juni gewartet und mit einem Taschenmesser einen Schnitt durch die Linien ihrer Handflächen gemacht. Fürs Leben miteinander verbunden, hatte Salvatore ihnen erklärt. Genau das hatte Magdalena gesagt. Damals waren sie vierzehn.

Nicky legte eine Hand auf Salvatores Hand. »Es ist gut, daß er fort ist«, sagte Nicky. »Er hat furchtbar viel Platz gebraucht.«

Sie arbeiteten alle drei im Savannah Club, als sie die Ringe anfertigen ließen. Nach der Arbeit waren sie zum Würfeln in den Keller runtergegangen, und sie waren am Verlieren. Salvatore und Jumbo waren bereits blank, aber Nicky hatte gerade eine Gewinnsträhne. Ein Packen Geldscheine lag in der Mulde. Nur Fat Eddie Fingers bewahrte die Ruhe. Er wartete auf die Sieben. Salvatore sah, wie er die Lippen zu einem stummen

Gebet bewegte, und natürlich würfelte Nicky eine Sieben. Es gab noch andere Namen für Fat Eddie, aber die sprach niemand laut aus.

Nicky stand auf. »Das war's dann wohl«, sagte er. »Heute abend habe ich für nichts und wieder nichts gearbeitet.«

Eddie packte sein Handgelenk. »Du hast dich so gut gehalten«, sagte er. »Warum willst du jetzt aussteigen?«

»Gut? Ich bin pleite«, sagte Nicky.

Fat Eddie legte den Kopf zur Seite. Er nahm Nickys Arm. »Und was ist damit?« Er deutete auf den Ring, der an Nickys Ringfinger steckte.

»Ein Erbstück«, sagte Nicky.

»Der Ring gefällt mir. Den hätte ich gern.«

»Ich habe ihn auch sehr gern«, sagte Nicky. Er sah Fat Eddie an. Alle anderen schlugen die Augen nieder.

»Willst du wirklich nicht mehr mitspielen?« Fat Eddie hielt Nickys Handgelenk immer noch umfaßt.

Nicky schüttelte den Kopf. Salvatore hielt den Atem an. Jumbo fürchtete, sich in die Hose zu machen. Fat Eddie ließ Nickys Handgelenk los und nahm die Würfel. »Okay«, sagte er. »Ich erwarte dich also morgen hier.«

»Jesus«, sagte Jumbo, als sie auf der Straße standen. »Das hat Mumm gekostet. Ich hätte ihm den gottverdammten Ring gegeben.«

»Das kannst du vergessen. Ich habe meine Mutter dazu gebracht, daß sie ihn meinem Alten im Sarg vom Finger zieht. Dieser Ring ist das einzige, was ich je von ihm bekommen habe.« Nicky dachte einen Moment lang nach. »... Es sei denn, man zählt den Knoten mit«, sagte er zu sich selbst. Falls Jumbo ihn hörte, ließ er sich zumindest nichts anmerken.

»Zeig mal her«, sagte Salvatore. Er drehte den Ring zwischen den Fingern. »Wo kommt der her?«

»Mein Vater hat ihn in Hongkong beim Kartenspiel gewonnen. Er hat gesagt, er würde es mir genauer erklären, wenn ich groß bin, aber dann ist er tot umgefallen.«

Jumbo nahm Salvatore den Ring ab und hielt ihn in das Licht über dem Plakat von Peaches, das in einem Glaskasten vor dem Club hing. Der obere Teil des Rings war viereckig und mit seltsamen Gravuren versehen, die sich nach beiden Seiten herunterrankten. Er war aus rötlich schimmerndem Gold gefertigt und lag schwer in der Hand.

»Ich habe ihn einem dieser Mafiabosse aus Chinatown gezeigt«, sagte Nicky. »Ihr kennt doch den fetten Kerl, der sich dauernd im Double Dragon in der Mott Street rumtreibt? Er sagt, er hätte die alten Männer über diese Clubs in China reden hören, wo sie sich Mädchen gehalten haben und die Mitglieder diese Ringe hatten, damit sie einander erkennen konnten. Es hat ihn überrascht, daß einer aus dem Westen an einen solchen Ring gekommen ist, weil es nämlich Geheimbünde waren. Jeder Typ hatte sein eigenes Mädchen, aber sie haben ihnen allen gemeinsam gehört.«

»Wow«, sagte Jumbo. »Dein Vater war Mitglied in einem geheimen chinesischen Sexclub in Hongkong?«

»Nein, du Blödmann, ich habe es dir doch schon gesagt. Er hat den Ring bei einem Kartenspiel gewonnen.« Nicky hob einen Arm zu dem Glaskasten und deutete auf das Plakat von Peaches. »Wir haben jetzt auch einen solchen Club«, sagte er. »Wir drei sollten auch Ringe tragen.«

Sie stimmten ihm zu, das sei eine gute Idee, aber sie waren betrunken und vergaßen es wieder, bis sie Wochen später im Bordell von Chi Chi Baines in der 125th Street saßen und kurze Klare kippten und Nicky zwei blaue Schächtelchen herauszog. Eines reichte er Salvatore, das andere Jumbo.

»Ringe«, sagte er, ». . . genau wie meiner.«

Jumbo hatte Tränen in den Augen. Salvatore ließ seine Finger über die kunstvollen Verzierungen auf dem Ring gleiten. Nicky zog seinen eigenen Ring vom Finger. »Perfekt, was?« sagte er und verglich ihn mit den anderen. »Angelo aus der Grand Street hat sie gemacht.«

»Die sind wirklich toll, Nicky. Diese Ornamente ... Was ist das überhaupt?«

»Das hier ist eine Zunge. Und das da ... Muß ich dir eigentlich alles erklären, Salvatore? Vielleicht hast du in diesem Club gar nichts zu suchen.«

»Ach, leck mich.«

Jumbo wollte wissen, ob die Mädchen ebenfalls Ringe trugen, und Nicky ärgerte sich über ihn. »Klar, Jumbo, die tragen Nasenringe.«

»Er meint es doch nicht so«, sagte Salvatore. »Laß ihn in Ruhe.«

»Aber er begreift die Grundidee nicht.« Nicky wandte sich an Jumbo. »Hör zu«, sagte er.

»Psst.« Jumbo legte einen Finger auf die Lippen. »Schon gut.« Er steckte seinen Ring an, küßte ihn und hob die Hand zum Himmel. Nicky bestellte noch eine Runde, und am nächsten Morgen erwachten sie in den Zimmern, die Chi Chi über der Bar vermietete. Sie hatte ihnen alles Geld abgeknöpft, sorgte aber dafür, daß Charles, ihr Freund, sie in die Stadt mitnahm.

Dieses Leben setzte ihm zu, erklärte Salvatore Nicky eines Morgens, als sie die Champagnerflaschen verkorkten. Jumbo war zu Hause geblieben, weil er Herzrhythmusstörungen hatte.

»Du bist verrückt«, sagte Nicky. »Viel besser als jetzt kannst du es gar nicht haben.«

»Ja, schon, aber willst du in zehn Jahren immer noch Freier ausnehmen?«

»Wenn ich mein eigenes Lokal hätte ...«

Jimmy Ticks streckte den Kopf herein. Er pochte mit seinem Ring an die Tür. »Los jetzt«, sagte er. »Schluß mit dem Blödsinn.«

»... wie ich schon sagte, mein eigenes Lokal, ohne einen Jimmy Ticks.«

»Fat Eddie hast du trotzdem noch im Nacken«, meinte Salvatore.

»Ja«, sagte Nicky. »Himmel, es wird immer jemanden geben, der mir vorschreibt, was ich zu tun habe.«

Salvatore war gerade zur Arbeit erschienen und hatte sich umgezogen. Jetzt trug er wie jeden Abend das kurzärmelige weiße Hemd und die schwarze Hose und war gerade dabei, seine Anzugjacke auf einen Bügel zu hängen, als der Hilfskellner ihm sagte, seine Mutter hätte angerufen. Es sei wichtig.

»Ist sie am Telefon?« fragte Salvatore.

»Nein, sie hat nur gesagt, du sollst nach Hause kommen. Ich soll dir ausrichten, daß du auf der Stelle heimkommen sollst.«

Salvatore gab dem Hilfskellner einen Dollar und wollte sich verdrücken, ohne ein Wort zu sagen, doch auf dem Weg zur Tür packte Jimmy Ticks seinen Arm und fragte ihn, wohin er wollte und wie zum Teufel er dazu käme, einfach zu verschwinden.

Zum Haus seines Vaters waren es nur drei Straßen. Er überquerte sie alle bei Rot. Dann schloß er mit seinem Schlüssel die Haustür auf. Magdalena saß auf einer Ecke des Sofas, hatte die Beine unter sich angezogen und die Füße unter ihrem Kleid verborgen. Sie drehte ein weißes Taschentuch in den Händen und biß hinein.

Sein Vater saß auf dem Sessel. Der Kopf war ihm auf die Brust gesunken, und seine Augen waren geschlossen. Salvatore blieb mitten im Zimmer stehen. Er sah von einem zum anderen. »Er hat gesagt, ich soll dich verständigen«, bemerkte Magdalena. »Niemanden sonst. Nur dich.«

Salvatore ging auf den Sessel zu. Mit dem Handrücken berührte er die Wange seines Vaters. Sie fühlte sich jetzt schon kalt und steif an, und er zog die Hand zurück. Sein Vater war tot. Auf dem Sessel saß eine Leiche. Er wollte sie nicht noch einmal berühren.

Salvatore wandte sich ab und sah Magdalena an. »Hast du jemanden verständigt?«

»Dich. Er hat gesagt, ich soll dich verständigen.«

»Magdalena, er ist tot. Du mußt jemanden verständigen. Den Arzt ... die Polizei ... einen Krankenwagen. Ich weiß es selbst nicht. Jemanden, der ...« Er fand, er sollte Magdalena das Taschentuch aus den Händen nehmen und seinem Vater den Mund zubinden, damit er nicht weiter offenstand. Er war froh, daß die Augen seines Vaters geschlossen waren. Er hatte keine Lust, die Finger auszustrecken und ihm die Lider zuzudrücken, und war froh, daß er die Augen nicht sehen mußte, das Gesicht nicht noch einmal berühren mußte.

Als er ihn das letzte Mal gesehen hatte, war sein Vater wütend gewesen. Er hatte den Blick von Salvatore abgewandt, sich geweigert, seine Anwesenheit zur Kenntnis zu nehmen. Er hatte mit Magdalena gesprochen, als sei Salvatore gar nicht im Zimmer, als zöge er nicht mit all seinen Sachen in zwei Koffern aus. Das Baby hatte geweint. Sie hatten den Kleinen auf den Namen Anthony getauft. Magdalena nannte ihn Tony, Tonnino, Nino. Salvatore war Taufpate. Darauf hatte Magdalena bestanden. Amadeo hatte neben Salvatore gestanden, mit leerem Blick, weil Salvatore unsichtbar war.

Salvatore ging auf Magdalena zu, und sie breitete die Arme aus und drückte ihn an sich, so daß er sein Gesicht an ihrem Hals vergraben konnte. »Tu du es«, sagte sie. »Ruf du den Arzt und das Bestattungsinstitut und die Polizei an.«

»Wohin gehst du?«

»Nach oben ... Du weißt schon.«

»Laß mich mit dir kommen.«

»Die Zeiten sind vorbei«, sagte sie. »Ich muß allein nach oben gehen.« Er lauschte ihren Schritten auf den Stufen, wie sie eine Treppe nach der anderen hinaufstieg, bis sie ganz oben angelangt war.

In den vier Tagen und Nächten der Totenwache saß Magdalena ganz vorn auf einem Ohrensessel aus schwarzem Leder und hielt das Baby in den Armen. Sie wollte es niemand anderem anvertrauen. Salvatore zog wieder ein. Magdalena bestand darauf. Sie schliefen alle drei im selben Zimmer, Salvatore, Magdalena und das Baby.

Nicky und Jumbo nahmen sich frei und lehnten an der Wand oder standen im Vorzimmer herum. Dort rauchten sie Zigaretten und redeten mit den Leuten, die zur Tür hereinkamen. Zu viele Blumen waren eingetroffen, obwohl der Bestattungsunternehmer Amadeo im größten Raum aufgebahrt hatte, dem nach hinten mit den Buntglasfenstern. Die Blumenarrangements standen an den Wänden, zweifach und dreifach hintereinander, und als noch mehr Blumen eintrafen, stellten sie sie zu den anderen Toten in den anderen Zimmern hinüber. Es trafen immer noch mehr Blumen ein, als sie Amadeo in seinem Sarg die Kirchentreppe hinauftrugen.

Nach der Beerdigung aßen sie bei Rocco in der Thompson Street. Magdalena sagte Salvatore, er solle jeden einladen, der am Grab erschien. Die Frauen saßen bei ihr und hielten ihre Hände und ihr Baby. Sie glaubten, von nun an würde sie sich ihnen gegenüber freundlicher zeigen. Wen hatte sie denn jetzt noch? Sie stand ohne einen Ehemann und mit einem Baby da, und sie hatte einen Stiefsohn, der für die Mafia arbeitete.

Wenn diejenigen, die es leicht haben, ihre Chancen nicht

nutzen, sagten sie, was können wir dann von unseren armen Söhnen erwarten? Aber ihr müßt auch an den Jungen denken, sagten andere. Die Mutter tot und durch ein Mädchen ersetzt, das er aus Italien mitgebracht hat, irgendwo aus den Bergen kommt sie her. Aber ganz gleich, was man ihr auch wünschen mochte, stimmten sie alle überein, jetzt würde sie es schwer haben. Sie redeten im Flüsterton und nur hinter ihrem Rücken miteinander, aber im Restaurant saßen sie neben ihr und lächelten. Sie reichten ihr Spitzentaschentücher, hielten ihr Baby und kitzelten es hinter den Ohren, damit es nicht weinte und sie in Ruhe essen konnte.

In jener Nacht blieb Salvatore zum letzten Mal mit Magdalena im Haus. Sie saßen im Wohnzimmer und hatten bis auf eine Lampe alle Lichter ausgeschaltet. Magdalena stillte das Baby. Sie sah, wie Salvatore den Blick abwandte. »Komm her«, sagte sie. Er setzte sich zu ihren Füßen auf den Boden. Sie hielt das Baby in einem Arm und schlang den anderen um Salvatores Hals. Sein Kopf lag auf ihrem Schoß, und die Seide ihres Rocks schmiegte sich sanft an sein Gesicht. Das Baby seufzte.

»Als ich aus Italien hergekommen bin«, sagte sie zu Salvatore, »ganz am Anfang, als ich noch nicht lange hier war, habe ich dich genauso in den Armen gehalten, und ich habe geweint, weil ich keine Milch hatte und weil du nicht mein Kind warst, und ich habe meine Bluse geöffnet und meine Brustwarzen mit Milch eingerieben und sie dir in den Mund gesteckt, erst die eine, dann die andere. Ich habe zur Schwarzen Madonna gebetet, daß du mich lieben wirst wie mein eigenes Kind. Ich habe dich nackt an mich geschmiegt, unter meinen Kleidern, manchmal die ganze Nacht lang.«

»Und was tun wir jetzt?« fragte Salvatore. Er schlang seinen Arm um sie und schob eine Hand unter ihre Bluse, preßte sie auf ihre Haut. Magdalena schloß mit zwei Fingern seine Augen. »Ich kümmere mich um den Laden«, sagte sie, »und ich kümmere mich um das Baby. Ich weiß, was ich zu tun habe.«

»Ich werde im Laden helfen.«

»Nein. Du gehst aufs College. Du gehst von hier fort. Es ist ohnehin an der Zeit, daß du fortgehst.«

Salvatore öffnete die Augen. Ihre Haut glühte unter seiner Hand. Er ließ seine Finger unter ihren Rockbund gleiten. »Du wirst wieder heiraten«, sagte er.

»Nein. Weshalb denn das?«

»Du bist noch jung. Das hast du selbst gesagt. ›Ich könnte noch zehn Babys bekommen‹, hast du zu mir gesagt.«

»Ich hatte einen Mann«, sagte sie. »Einer genügt. Ich habe dich und Anthony.« Sie legte ihre Hand auf das Gesicht des Babys und hielt ihm die Augen zu. »Wozu bräuchte ich einen Fremden?«

In jener Nacht schliefen sie im selben Zimmer, in dem breiten Bett aneinandergeschmiegt, das Baby in Magdalenas Armen, Salvatore hinter Magdalena. Sie hatte ihn immer wie ihren eigenen Sohn geliebt.

Salvatore saß mit Nicky und Jumbo im Bon Soir. Er bestellte einen Wodka und zündete sich eine Zigarette an. »Sie werden den Savannah Club schließen«, sagte er zu den beiden.

»Was?«

»Ihr habt mich genau verstanden. Sie werden ihn dichtmachen. Sie werden jeden dort verhaften.«

»Wo hast du das gehört?« fragte Nicky.

»Von Magdalena. Mein Alter hat es herausgefunden. Er wollte es mir persönlich sagen, aber dazu ist es nicht mehr gekommen.«

»Und weshalb wollen sie ihn zumachen?« fragte Nicky. »Der Club ist legal.«

»Aber das Würfelspiel nicht.«

»Das findet doch nur privat statt.«

»Trotzdem ist es illegal.«

»Ich will nicht respektlos sein, Salvatore, aber das glaube ich nicht. Fat Eddie Finger hat jeden einzelnen Bullen in unserem Bezirk auf seiner Lohnliste. Der Club ist so uneinnehmbar wie Fort Knox. Ich will wirklich nicht respektlos sein, erst recht nicht jetzt, wo dein Vater tot ist, aber du weißt ja selbst, wie sehr er dagegen war, daß du in dieser Kneipe arbeitest. Woher willst du wissen, daß er das nicht nur gesagt hat, damit du aussteigst?«

»Weil das nicht zu ihm gepaßt hätte. Wenn er gesagt hat, daß es so kommt, dann wird es so kommen, und wir sollten besser sehen, daß wir uns aus dem Staub machen. Wenn wir erst einmal vorbestraft sind, sind wir geliefert, und wir kriegen es knüppeldick ab – organisiertes Verbrechen, illegales Glücksspiel, und wer weiß, was sie uns sonst noch anhängen.«

»Salvatore hat recht«, sagte Nicky. »Es ist das Risiko nicht wert.«

»Ihr Typen seid echte Schlappschwänze«, maulte Jumbo, aber als sie Fat Eddie sagten, sie kämen von nun an nicht mehr, schloß er sich ihnen an.

Das war das Ende ihres gemeinsamen Starts ins Erwachsenenleben.

Die Informationen über das tote Mädchen trudelten allmählich im Revier ein: Sie kam aus Neuengland, hatte eine Klosterschule besucht und ein Jahr in New York verbracht, jobbte als Model, bekam Geld von zu Hause und trieb sich in Clubs herum. Sie hatten Fingerabdrücke genommen, die mit keinen in ihrer Kartei übereinstimmten.

Nicky nahm an, daß sie nach einem Mann suchten, einem Freund, jemandem, den das Mädchen kannte, jemandem, der bisher nicht aktenkundig war. Nichts wies auf Diebstahl hin, aber wer konnte das in dieser Stadt schon wissen? Die möglichen Querverbindungen waren unbegrenzt. Nicky schob die Papiere auf seinem Schreibtisch herum, las flüchtig die Nachrichten, die für ihn eingegangen waren, sagte Bescheid, daß keine Anrufe zu ihm durchgestellt werden sollten, und dachte daran, sich mit Salvatore zu treffen. Sie hatten einander schon lange nicht mehr gesehen.

Als sie im Savannah Club aufgehört hatten, war Nicky erst zum Militär und dann zur Polizei gegangen. Jumbo hatte einen Job nach dem anderen angenommen, alle am Rande der Legalität, und Salvatore war fortgegangen, um irgend so ein vornehmes College zu besuchen und danach Jura zu studieren, und er hatte eines dieser hochgewachsenen, schlanken blonden Mädchen mit einem Mund voller großer weißer Zähne geheiratet. Ein Mädchen von der Sorte wie die Tote, eines dieser Mädchen, die so aussahen, als könnten sie reiten, Mädchen, die wie Pferde aussahen.

Nicky hatte in den Zeitungen verschwommene Fotos von Salvatores Frau gesehen. Ihr Vater war irgendein hohes Tier. Nicky hatte sich für Salvatore gefreut. Er begeisterte sich für die Spielchen, die das Leben spielte, und auch dafür, daß man nie wußte, woran man war. Aber jetzt war er in eines dieser Spielchen verwickelt worden, und das gefiel ihm gar nicht.

Er konnte den Dienstweg beschreiten, Salvatore im Büro anrufen und einen Termin vereinbaren, oder er konnte auch einfach hingehen und nach ihm fragen, aber er wollte ihm keinen offiziellen Besuch abstatten. Himmel, er hatte bereits gegen sämtliche Dienstvorschriften verstoßen, als er den Ring in die Tasche gesteckt hatte. Er bewegte sich jetzt schon am Rande des Legalen. Er würde Salvatore in seiner Rolle als alter Freund aufsuchen, denn einen Freund wie ihn hatte Nicky wahrhaftig nie mehr gehabt.

Er schaute bei seinem Kollegen rein und sagte ihm, er ginge

aus dem Haus. Nicky machte oft lange Spaziergänge, wenn er in einem Fall ermittelte. Er verbrachte viel Zeit am Tatort. Er setzte in Gedanken die Teile zu einem Ganzen zusammen. Er wartete auf Eingebungen.

Er verließ das Polizeirevier und lief zu seinem alten Viertel hinauf. Er hielt sich von der Spring Street fern, wählte einen langen Umweg zu Pavese's und blieb vor den Schaufenstern stehen, die einen halben Häuserblock einnahmen und mit Kuchen, Broten und Käserädern gefüllt waren. Nicky dachte daran, wie Rosanna Montenegro damals, vor Jahren, Tomaten in Holzkisten gestapelt und darauf gewartet hatte, von einem Ehemann erlöst zu werden.

Jetzt war Pavese's die Nummer eins unter den Feinkostgeschäften New Yorks. Magdalena hatte den Laden nach Amadeos Tod ganz neu aufgezogen. Amadeo wäre durchgedreht, wenn er seinen Laden in der heutigen Form gesehen hätte, dachte Nicky, wenn er gesehen hätte, was seine Frau bewerkstelligt hatte, das Mädchen, das er aus den Bergen mitgebracht hatte.

Salvatore hatte schon immer behauptet, sein Alter wüßte nicht, was Sache sei, nicht wirklich. Er sei blind für das, was sich direkt vor seinen Augen abspielte.

»Er hat nie erkannt, wie raffiniert Magdalena ist; daß sie die Fäden in der Hand hält und uns manipuliert, sie und diese Schwarze Madonna, die sie ganz oben im Haus aufbewahrt.«

»Eine Schwarze Madonna? Wovon sprichst du?« hatte Nicky gefragt. Sie waren dabei gewesen, die Wohnung aufzulösen. Salvatore hatte den Blick abgewandt und auf den Koffer hinuntergeschaut, den er gerade packte. Er konzentrierte sich darauf, ihn zu schließen und die Schnallen zuschnappen zu lassen.

»Nichts weiter«, erwiderte er. »Irgendeine Heilige, die sie

aus der alten Heimat mitgebracht hat.« Mehr wollte er dazu nicht sagen, und Nicky hatte das Thema nicht weiterverfolgt.

All ihre Mütter hatten bemalte Heiligenfiguren aus Gips auf Tischchen und in Regalen stehen sowie an den Wänden hängen. Nickys Mutter bewahrte in jedem Zimmer hohle Kruzifixe mit Kerzen darin auf, um auf die Totenriten vorbereitet zu sein. Um die Kruzifixe waren geweihte Zweige vom Palmsonntag gewickelt. All das war heilig. Nicky war der Überzeugung, der Grund für die Ansammlung all diese Heiligen, Heiligenbildchen, Medaillons und ausgefransten, staubigen Palmwedel sei der, daß es schlichtweg ausgeschlossen war, den Kram loszuwerden.

Man konnte diese Dinge nicht einfach wegwerfen. »Die sind geweiht«, schrie seine Mutter jedesmal. Man konnte sie nicht verschenken. Jeder hatte selbst schon zu viele, und daher häufte sich langsam immer mehr an, auf Tischplatten, in Regalen und an den Wänden, bis dieser ganze Plunder zu einem Bestandteil der Einrichtung wurde und man ihn nicht mehr sah.

Pavese's bot einen reizvollen Anblick. In der Mitte stapelte sich Obst und Gemüse aus aller Welt, aus Orten, deren Namen Nicky von den Briefmarken auf den Umschlägen kannte, die sein Vater geschickt hatte. Er malte sich seinen Vater aus, wie er in Indonesien Mangostanen, in Neuseeland Kiwis und in Malaysia Jackfrüchte aß. An den Wänden standen Käsetheken, Fleischtheken und Aquarien mit lebenden Fischen.

Nicky erkannte sie augenblicklich wieder. Und zwar an ihren Augen. Sie waren mit Gold gesprenkelt, hatte er die Frauen sagen hören, eigentümliche Augen, so leuchtend, als hielte jemand ein Licht dahinter. Magdalena war immer noch eine Schönheit, und sie hatte immer noch etwas Eigentümliches an sich, wirkte exotisch und ätherisch.

Nicky war schon immer insgeheim in sie verliebt gewesen.

So war es ihnen allen gegangen, da war er sich sicher. Er erinnerte sich, wie Jumbos Hände gezittert hatten, wenn sie ihn berührte, aber keiner von ihnen hatte sich den anderen je anvertraut. Die Vorstellung überforderte sie. Sie war Salvatores Mutter, aber wenn sie in ihren dünnen Baumwollkleidern mit hochgekrempelten Ärmeln auf die Stufen vor dem Haus kam, hatte Nicky fast schon Schmerz empfunden. Er erinnerte sich daran, wie sie mit Anthony schwanger gewesen war und die Kleider über ihrem Bauch gespannt hatten und vorne kürzer gewesen waren. Die Frauen hatten über sie geredet, weil sie keinen Mantel trug, um ihre Schande zu bedecken. Das gehörte sich für Schwangere, ganz gleich, ob im Winter oder im Sommer, aber als Magdalena mit Anthony schwanger war, war Sommer, und sie saß mit gespreizten Knien auf den Stufen vor dem Haus, die obersten Knöpfe ihres Kleides aufgeknöpft, und wischte sich mit einem weißen Herrentaschentuch den Schweiß vom Nacken und aus dem Spalt zwischen ihren Brüsten. Sie stellte sich unter die Fontäne des Feuerhydranten auf der Straße. Magdalena war anders als alle anderen Frauen, die Nicky je begegnet waren. Die Erinnerungen machten ihn ganz benommen.

Jetzt stand sie weiter hinten im Geschäft und unterhielt sich mit einem Lieferanten. Sie lächelte und reichte ihm etwas, ein Stück Papier, vielleicht einen Scheck. Nicky beobachtete sie. Sie hatte nie wieder geheiratet und war auch nie mehr mit einem Mann gesehen worden. Das war nicht ungewöhnlich. Die Frauen waren sich alle darin einig, daß ein Ehemann fürs ganze Leben reichte. Seine eigene Mutter war noch jung genug gewesen, als sein Vater starb, und doch war niemand auf den Gedanken gekommen, sie könnte sich wieder verheiraten, aber bei Magdalena waren die Frauen argwöhnisch gewesen. Sie hatten sie genau beobachtet und nur darauf gewartet, daß ihre wahre Natur zum Vorschein kam, denn sie war nicht so wie die anderen Frauen. Sie war nicht so wie sie.

Sie baute das Geschäft auf, sie zog ihren kleinen Sohn groß, und sie war immer für Salvatore da. Wenn Salvatore sie fragte, wie sie das alles machte, reckte sie das Kinn in die Luft und antwortete spöttisch: »Mit etwas Glück ... und Magie.«

Nicky wartete, bis sie allein war. »Magdalena«, sagte er. Er stand vor ihr und zog seinen Hut. Sie blickte zu ihm auf, und im ersten Moment wurden ihre Augen schmal, und ihre Augenbrauen zogen sich zusammen.

»Nicola ...«, sagte sie dann. Sie hielt ihm die geöffneten Hände hin, und er legte seine Hände in ihre. »Was für ein gutaussehender Mann aus dir geworden ist! Aber wie hätte ich etwas anderes erwarten können? Du warst schon als Junge sehr hübsch.«

»Sie reden genauso wie meine Mutter.«

»Ich kann es einfach nicht glauben. Wer begreift schon, wo die Zeit bleibt? Ich schließe die Augen und öffne sie wieder, und ein weiterer Tag ist vergangen. Komm«, sagte sie und ging voraus.

Sie führte ihn in einen Raum hinter dem Geschäft. Es war eine Küche. In der Mitte stand ein Tisch, und darauf lagen hohe Papierstapel.

»Mein Büro ...« Sie folgte seinen Blicken zu dem Kinderbettchen in der Ecke. »Hier habe ich Anthony großgezogen«, sagte sie. »Das Bettchen behalte ich als Erinnerung. Er sagt mir immer wieder, ich soll es wegschaffen, aber ich höre nicht auf ihn.«

»Wie alt ist Anthony jetzt?«

»Zweiundzwanzig ... Ist das zu fassen?« Magdalena schüttelte den Kopf. Sie räumte die Papiere vom Tisch und stellte eine Obstschale hin. »Setz dich«, sagte sie zu Nicky. »Ich koche dir Kaffee.« Sie holte ein Blech mit Gebäck heraus, stellte es hin und runzelte die Stirn. »Vielleicht möchtest du etwas essen«, meinte sie. »Sag mir einfach, was du willst.« Sie tätschelte seine Schulter. Er war wieder zehn. Oder achtzehn. Sie schenkte ihm Kaffee ein und setzte sich auf den Stuhl ihm gegenüber. Sie biß in ein *cannoli.* »Erzähl mir alles. Was tust du? Wie geht es dir?«

Nicky berichtete ihr, daß er Beamter der Mordkommission im sechsten Bezirk war.

»Bist du verheiratet?«

»Geschieden.«

»So eine dumme Frau«, sagte sie und rührte Zucker in seinen Kaffee, ohne ihn vorher zu fragen. »Die Dinge ändern sich«, sagte Magdalena, aber sie seufzte nicht. »Und doch verändert sich nichts. Das Leben ist das Leben. Es geht schnell genug vorüber.«

»Meine Mutter hat immer gesagt, sie könnte den Tod kaum erwarten. Allmählich glaube ich, daß es ihr Ernst war.«

Magdalena streckte einen Arm aus und legte ihre Hand auf die seine. »Schön, dich zu sehen«, sagte sie.

»Wie geht es Salvatore? Und Anthony?«

»Salvatore geht es gut. Siehst du ihn in den Zeitungen? Toll, was? Salvatore. Das hätte sein Vater erleben sollen.«

»Und Anthony?«

»Anthony... Tony... mein Baby. Er geht aufs College, aber er wird nicht erwachsen. Er fährt einen zu schnellen Wagen. Er hat viele Freundinnen. Salvatore regt sich darüber auf. Er sagt, ich verwöhne ihn zu sehr, und er wird noch als Tagedieb enden. Aber ich entgegne Salvatore: Warum sollte Tony hart arbeiten? Weshalb sollte er sich kaputtmachen? Die Arbeit ist getan. Ich habe sie für ihn getan.« Magdalena lächelte. »Ich habe solche Freude an ihm.«

»Salvatore hat wohl vergessen, wie er früher war«, bemerkte Nicky. Er trank seinen Kaffee aus. Magdalena schälte eine Mangostane. Die dicke purpurne Schale hinterließ Flecken auf ihren Händen. Sie reichte ihm einen Schnitz. Er war weiß und glitschig. Der Saft lief ihr über die Finger. Sie hatte so etwas Natürliches an sich, hatte es schon immer an sich gehabt. Sie ertappte ihn dabei, daß er sie beobachtete, und es war ihm peinlich.

»Ich würde Salvatore gern sehen«, sagte er. »Ich dachte, Sie könnten mir sagen, wie ich ihn am besten erreiche.«

»Es ist doch nichts passiert?«

»Nein, ich möchte ihn einfach nur sehen. Vor ein paar Tagen war ich in der Spring Street und habe Dante und Jumbo getroffen.«

»Die Welt kann Kopf stehen«, sagte sie, »und doch ändert sich nichts.« Sie hob die Finger an ihre Kehle. Er sah ein Amulett, schwarz, poliert, mit unregelmäßigen Konturen. Sie hatte es an einem Samtband um den Hals hängen und strich geistesabwesend darüber. Er spielte mit dem Gedanken, sie darauf anzusprechen, tat es dann aber doch nicht. Um Magdalena herum gab es so viele Fragen.

Sie schrieb Salvatores Telefonnummer auf einen Zettel und reichte ihn Nicky. Sie stand nicht auf, um ihn zur Tür zu begleiten. »Komm wieder. Du bist mir jederzeit willkommen.«

Nicky beugte sich hinunter und drückte ihr einen Kuß auf die Wange. Ihre Wange erschien ihm heiß, und er ließ seinen Mund zu lange dort liegen, aber sie wich nicht vor ihm zurück. »Ciao, Nicola«, sagte sie, ehe er die Tür hinter sich schloß.

Nicky rief Salvatore von zu Hause aus an und sprach nur ganz kurz mit ihm, aber Salvatore reagierte wie Magdalena, wie Jumbo, wie Dante. Sie hätten zehn sein können. Sie hätten achtzehn sein können. Nicky sagte sich, es gäbe eine Erklärung für den Ring, die nichts mit einem von ihnen zu tun hatte. Er sagte sich, daß sie nicht die einzigen drei Ringe besaßen, daß es kein exklusiver Club gewesen war, der nur sie drei als Mitglieder hatte, sondern daß er Bestandteil von etwas viel Größerem sein mußte, wovon sie nichts wußten. Er lag im Bett, blickte zur Decke auf und sagte sich, daß die Person, nach der er suchte, ein Matrose der Handelsmarine sein könnte oder auch jemand aus Hongkong, daß man diese Ringe möglicherweise an jedem chinesischen Kaugummiautomaten ziehen konnte.

Er konnte nicht schlafen, und er erinnerte sich wieder daran, wie er als Junge in der Wohnung in der Spring Street die Bolzen in der Wellblechdecke gezählt hatte. Es war ihm nie gelungen, sie alle zu zählen, selbst dann nicht, als er das Multiplizieren gelernt hatte und es ihm ein Leichtes hätte sein sollen.

Sie trafen sich zum Kaffee in einem Lokal in der Tenth Avenue. Nicky hatte den Treffpunkt bestimmt, und Salvatore hatte keine Fragen gestellt. Nicky traf als erster ein und war bereits bei seiner zweiten Tasse Kaffee angelangt, als Salvatore zur Tür hereinkam. Nicky rauchte nicht mehr, aber er hatte ein Päckchen Zigaretten aus dem Automaten neben der Tür geholt und drehte es auf der Resopalplatte des Tischs in den Händen, während er wartete. Er hatte auch eine Zeitung gekauft. An den Tischen saßen Werktätige, und die Luft war verqualmt. Die Kellnerin war dürr und hatte Knie, die sie besser unter ihrem Kleid verborgen hätte.

Nicky las die Zeitung, als Salvatore neben ihm auf die Bank glitt, und als er sich verblüfft umdrehte, schlang Salvatore die Arme um ihn. »O mein Gott, wie schön, dich zu sehen«, sagte er und nahm Nickys Kopf in die Hände, um ihn auf beide Wangen zu küssen. Salvatore setzte sich ihm gegenüber. Er beugte sich über den Tisch. »Los, erzähl, wie zum Teufel geht es dir?« Er streckte eine Hand aus und strich Nicky über die Wange. »Ich küsse heute nicht mehr viele Männer, aber du siehst einfach zu gut aus, als daß man sich die Chance entgehen lassen könnte. Was ist los? Warum haben wir uns so lange nicht mehr gesehen?«

»Äh, Salvatore ... Was soll ich dazu sagen?« Nicky sah auf Salvatores Hände hinunter, die er vor sich auf dem Tisch gefaltet hatte. Es waren sehr schöne Hände. Nicky fiel wieder ein, daß die Maniküre im Barbierladen neben dem Savannah Club Salvatores Hand immer länger als nötig in ihrer gehalten hatte. Heute waren Salvatores Nägel nicht mehr mit Klarlack lackiert, und er trug auch keinen Ring am Finger.

»Erzähl schon«, sagte Salvatore. »Läuft es gut bei dir?«

»Ja, ziemlich gut.«

»Wie geht es Gina?«

»Sie ist gegangen.«

»Das tut mir leid.«

»Es braucht dir nicht leid zu tun.«

»Ich habe dir doch gesagt, du sollst keine Italienerin heiraten. Alle anderen Frauen auf Erden finden uns großartig.«

»Ich hätte auf dich hören sollen.«

»Und, was gibt's sonst Neues?«

»Ich bin bei der Mordkommission, im Ersten Revier, also immer noch in unserem alten Viertel, nur daß es jetzt einen schicken Namen hat.«

»Dort unten hat sich viel verändert. Wenn ich heute in ein Taxi steige, weiß der Fahrer tatsächlich, wie er zur Spring Street, Ecke Sullivan Street kommt.«

»Ich war bei Magdalena. Sie hat mir deine Nummer gegeben.«

»Ich weiß. Sie hat mich angerufen.«

»Ach?«

Salvatore nickte. »Sie war überrascht, als du ganz unerwartet aufgetaucht bist.«

»Tja, also ...« Nicky öffnete das Zigarettenpäckchen und nestelte an der Zellophanhülle herum.

»Was ist los, Nicky? Hier handelt es sich doch nicht um reine Nostalgie, oder?«

»Vielleicht sollten wir einen Spaziergang machen. Möchtest du vorher noch eine Tasse Kaffee?«

»Nein, laß uns von hier verschwinden.«

Sie verließen das Lokal. Der Wind kam vom Fluß her, von den Hafenanlagen. Dort hatten sie früher mal gearbeitet, einen einzigen Tag. Nicky steckte die Hände in die Taschen. »Erinnerst du dich noch daran, wie sie damals Sonny Uffs Bruder hergebracht und ihn gezwungen haben, von der Mole zu springen?«

»Ja, worum ging es da noch mal? Hat er nicht das Mädchen von einem anderen gevögelt?«

»Nee, er muß ihnen Geld geschuldet haben. Das ist doch immer das einzig Wichtige, ganz gleich, welchen Blödsinn sie einem erzählen. Es läuft immer aufs Geld raus.«

»Oder auf Sex ...«, erwiderte Salvatore.

Nicky warf ihm einen Blick zu. »Wir haben ein Mädchen gefunden, Salvatore. In der North Moore Street.«

»So ...«

»Vor zwei Tagen. Ein sehr schönes Mädchen, jung, Anfang zwanzig. Mit eingeschlagenem Schädel.« Nicky behielt Salvatores Gesicht im Auge, konnte jedoch nichts entdecken. »Ich war als erster da. Wir sind nicht gerade auf viele Anhaltspunkte gestoßen. Aber ich habe das hier gefunden.« Er zog den Ring aus der Tasche und hielt ihn Salvatore auf der geöffneten Handfläche hin.

Salvatore nahm den Ring und drehte ihn zwischen den Fingern. »Erinnerst du dich nicht mehr an die Ringe, Salvatore? Ich habe meinen immer noch. Schau.« Er streckte die Hand aus.

»Ich habe diesen Ring schon seit Jahren nicht mehr, Nicky«, sagte er und gab ihn zurück.

»Wo ist er hingekommen?«

Salvatore kniff den Mund zusammen. »Ich habe ihn Anthony geschenkt. Er wollte ihn schon immer haben. Ich habe versucht, ihn nachmachen zu lassen, eine Kopie, aber sie ist nicht gelungen, und er mochte sie nicht, und daher habe ich ihm meinen Ring gegeben.«

»Ist er das?«

»Was soll ich dazu sagen, Nicky?«

»Hör zu, Salvatore. Das hier ist ein Beweisstück. Ich habe ein Beweisstück vom Tatort entfernt. Ich riskiere Kopf und Kragen. Ich weiß noch nicht mal, warum ich es getan habe.«

»Klar weißt du das, Nicky. *Comparaggio*. Wir sind doch alle eine große Familie. *Compari di San Giovanni*. Das sind wir. Erinnerst du dich nicht mehr?«

»Wir waren damals kleine Jungen.«

Salvatore zuckte die Achseln. »So ist das also?«

»Ich muß mit ihm reden, Salvatore. Weißt du etwas? Ob er eine feste Freundin hat?«

»Anthony hat ständig neue Mädchen. Da verliert man leicht den Überblick. Er ist zweiundzwanzig. Somit ist er ein Mann. Ich kann ihm kaum noch Vorschriften machen. Und dann ist da auch noch Magdalena. Magdalena vergöttert Anthony. Sie sagt nie nein. Er fährt einen Sechzigtausend-Dollar-Wagen. Er erzählt ihr, er ginge aufs College, aber sie weiß nicht, wo. Sie ist ja so klug, meine Mutter. Sie weiß alles. Das hat sie mir früher immer eingeredet, aber wenn es um diesen Jungen geht, ist sie hoffnungslos verblendet.«

Sie blieben stehen. Salvatore stand Nicky gegenüber. Er sah auf seine Armbanduhr. »Ich muß gehen«, sagte er. »Ich bin schon spät dran. Ich muß um neun Uhr bei Gericht sein.«

»Hör zu, Salvatore. Sprich mit dem Jungen. Ich gebe dir achtundvierzig Stunden, ehe ich den Ring als Beweisstück vorlege.« Er zog eine Visitenkarte aus seiner Brieftasche. »Gib sie ihm. Schick ihn zu mir. Viel mehr kann ich nicht tun, solange ich nicht weiß, was los ist.«

»Okay.«

»Soll ich dich in die Stadt mitnehmen?«

»Nein. Du hast schon genug für mich getan. Danke.«

Salvatore trat auf die Straße und hielt ein Taxi an. Er winkte Nicky zu, ehe er die Türe zuzog.

Nicky ging wieder in das Lokal. Er bestellte Eier mit Speck und rauchte das halbe Päckchen Zigaretten. Es war schon nach elf, als er ins Revier zurückkehrte.

Salvatore fand seinen Bruder zu Hause vor. Er hatte sich auf dem Sofa ausgestreckt und sah fern. Es war früher Nachmittag, und er war gerade erst aufgestanden. Auf seinem Gesicht waren Bartstoppeln zu sehen. Anthony war ein dunkler Typ, wie Magdalena. Er war auch so schön wie Magdalena. Er hatte schwarzes Haar mit roten Glanzlichtern, und er besaß diese Augen. Er hätte ein Mädchen werden sollen, sagten die Frauen, aber natürlich hatte Magdalena die Schwarze Madonna nicht um ein Mädchen gebeten. Für ein Mädchen hatte sie nicht all diese Jahre gebetet, Opfer gebracht und Andachten gehalten. Sie wußte, wie man die Macht erlangte und sie der Welt demonstrieren konnte. Diese Dinge hatte Magdalena schon immer gewußt.

Anthony blickte auf, als Salvatore eintrat. »Der Herr Bruder ... Was hast du denn hier zu suchen?« fragte Anthony und wandte sich wieder dem Fernseher zu. Salvatore setzte sich ihm gegenüber auf einen Sessel. Als er Anthony bei seinem Eintreten daliegen sah, hatte er gedacht, er könnte ihn schlagen, einfach auf ihn einschlagen, bis er etwas sagte, was ihn dazu brachte aufzuhören, aber sowie er sein Gesicht sah, seine Augen, beschlich Salvatore Furcht. Er lehnte sich auf dem Sessel zurück und preßte die Fingerspitzen aneinander.

»Anthony, was ist los hier?«

»Nichts.«

»Wieso bist du zu Hause? Ich dachte, du hättest Magdalena gesagt, daß du aufs College gehst ...«

»Tue ich auch.«

»Und?«

»Nicht am Donnerstag.«

»Wo studierst du?«

»An der New York University.«

»Und welche Fächer?«

»Himmel, was soll das denn heißen? Film. Ich werde Filme machen.« Er sah zu Salvatore hinüber. »Was hast du überhaupt hier zu suchen? Mama ist im Geschäft.«

»Ich wollte nicht zu Mama. Ich bin gekommen, um mit dir zu reden.«

»Dann pack schon aus ...«

»Ist alles in Ordnung?«

»Die Frage habe ich bereits beantwortet. Ist das alles? Sind wir jetzt fertig?«

»Ich frage doch nur.«

»Ja. Es ist alles ganz prima. Einfach toll. Ich liebe mein Leben, Salvatore. Alles ist bestens. Ich fühle mich wunderbar. Es könnte mir gar nicht besser gehen.« Anthony erhob sich. Auf dem Tisch vor ihm standen ein halbvolles Müslischälchen und ein leeres Glas, und auf dem Unterteller einer Kaffeetasse lag ein ausgedrückter Zigarettenstummel. Er warf die Fernbedienung auf den Tisch und trat hinter das Sofa. Salvatore ließ ihn nicht aus den Augen.

»Anthony, was ist mit diesem Ring passiert, dem mit den seltsamen Ornamenten?« fragte er schließlich. »Erinnerst du dich noch daran?«

Anthony lehnte sich zurück und streckte sich. »Was weiß ich? Wahrscheinlich liegt er irgendwo in einer Schublade.«

»Ich dachte, du trägst ihn ständig.«

»Ja, das habe ich auch getan, aber ich muß ihn wohl abgenommen haben. Ich kann mich nicht erinnern. Er wird schon irgendwo sein.«

Salvatore stand auf. »Ich habe heute einen Freund getroffen. Er ist bei der Mordkommission, und ich glaube, daß er deinen Ring hat. Er hat ihn in einer Atelierwohnung in der North Moore Street gefunden.«

»Warum fragst du mich dann überhaupt, wo der Ring ist?«

»Weißt du, Anthony, es ist wirklich ein Jammer, daß du nicht so klug bist, wie du dich gibst. In der Atelierwohnung haben sie auch ein totes Mädchen gefunden. Sie glauben, daß sie ermordet worden ist. Einer der Anhaltspunkte, die sie haben, ist dieser Ring.«

»Ich weiß von nichts«, sagte Anthony und legte sich wieder aufs Sofa. Er schaltete den Fernseher mit der Fernbedienung ein und stellte den Ton ab. Dann schloß er die Augen und fing an, leise zu summen.

Salvatore verschränkte die Arme vor der Brust. Nur der Couchtisch stand zwischen ihnen. »Der Fall ist ernst, Anthony. Es werden ausgedehnte Ermittlungen durchgeführt. Sie werden herausfinden, mit wem dieses Mädchen befreundet war und mit wem sie näher zu tun hatte. Sie werden sich nicht zufriedengeben, solange sie nichts in der Hand haben. Und jetzt erzähl mir, was du weißt. Was geht hier vor?«

»Nichts. Himmel, warum glaubst du mir nicht einfach? Du hältst dich wohl für den einzigen hier, der etwas weiß? Du und die alte Dame, ihr seid ja so gescheit, alle beide. Und ich habe von nichts eine Ahnung.«

»Dann sag mir doch, was es mit diesem Ring auf sich hat. Warum hat ihn die Polizei in der Wohnung des Mädchens gefunden? Welche Erklärung hast du dafür?«

»Okay, okay, ich habe dieses Mädchen vor ein paar Monaten

kennengelernt, ein gutaussehendes Mädchen. Wir haben was miteinander getrunken, sie hat den Ring bewundert, und ich habe ihn ihr geschenkt.«

»Du hast ihn ihr also geschenkt, einfach so.«

»Du willst die Einzelheiten wissen, Salvatore? Ja, ich habe ihn ihr geschenkt, einfach so. Was ist denn dabei?«

»Nun, also gut. Dann geh zu diesem Typen, und sag ihm das, und du bist aus der ganzen Sache raus.« Salvatore zog die Karte heraus, die Nicky ihm gegeben hatte. Er hielt sie Anthony hin. »Er ist ein alter Freund von mir. Es wird sich alles in Wohlgefallen auflösen.«

Anthony nahm die Visitenkarte und ließ sie dann auf den Tisch fallen. »Kannst du das nicht tun?« fragte er. Er hielt den Blick auf den Bildschirm gerichtet.

»Ja, ich kann es ihm sagen, aber das wird nichts nutzen. Er will mit dir selbst reden.«

»Und angenommen, ich gehe nicht hin?«

»Hör mir zu, Anthony. Er will dir helfen. Wir kennen uns schon lange. Er tut mir einen großen Gefallen. Geh einfach hin, und erzähl ihm, was du mir erzählt hast, und damit ist der Fall erledigt. Mehr brauchst du nicht zu tun.«

Anthony setzte sich auf. Er fuhr sich mit den Händen durchs Haar und faltete sie hinter dem Nacken. Dann warf er den Kopf zurück und schloß die Augen. »Das geht nicht, Salvatore.«

»Und warum nicht?« Salvatore trat näher. Anthony öffnete die Augen und blickte zu ihm auf. Salvatore stand über ihm und hatte plötzlich Angst. Anthony zog die Schultern hoch und wirkte ganz klein. Ein Junge, dachte Salvatore, ein hübscher kleiner Junge.

Anthony vergrub das Gesicht in den Händen. »Weil es nicht geht, Salvatore. Ich kann nicht.« Er wiegte sich und schluchzte. Salvatore setzte sich neben ihn. Er legte ihm einen Arm um die

Schultern und beugte sich dicht an das Ohr seines Bruders. Er beschwichtigte ihn mit seiner Stimme. »Sag es mir, Anthony, erzähl mir einfach alles«, flüsterte er. »Was ist passiert?«

»Es war ein Unfall. Ich schwöre es. Ich wollte nicht, daß so etwas passiert. Du kennst mich doch, Salvatore. Ich tue niemandem etwas zuleide. Du weißt doch, wie ich bin.« Er sah ihm jetzt direkt in die Augen.

Salvatore streichelte das Gesicht seines Bruders. Anthony hatte Magdalenas Gesicht. Die Frauen hatten recht, dachte er, zu schön für einen Jungen. Aber Anthony war nicht wie Magdalena. Die Entschlossenheit stand ihr ins Gesicht geschrieben, behaupteten die Frauen, sogar schon damals, als sie vierzehn war. Für sie war das Grund genug, sich zu fürchten. Andernfalls hätten sie sie bei lebendigem Leibe verspeist.

Als Salvatore achtzehn wurde, hatte Amadeo ihn zur Seite genommen. »Jetzt trägst du die Verantwortung«, hatte er zu ihm gesagt, »für deine Mutter und für deinen Bruder. Wenn ich nicht mehr da bin, wirst du derjenige sein, der für sie sorgen muß.« Salvatore erinnerte sich noch daran, wie er im Eßzimmer an der Wand gelehnt und sich bei den Worten seines Vaters eine Zigarette angezündet hatte. Er hatte dieser rituellen Übertragung der Verantwortung mit versteinerter Miene zugestimmt, aber insgeheim hatte er gelächelt, weil sein Vater nach all den Jahren immer noch nicht begriffen hatte, daß niemand für Magdalena sorgte, sondern daß sie diejenige war, die für sie alle sorgte. Sie war die Schwarze Madonna der Familie.

Salvatore zog sein Taschentuch heraus und wischte Anthony das Gesicht ab. Dann drückte er ihm das Taschentuch in die Hand. »Erzähl mir einfach«, sagte er, »was passiert ist.«

»Sie war ein wunderschönes Mädchen, Salvatore, wirklich

auffallend schön. Nicht so wie die, die man hier sieht. Sie ist in den Laden gekommen. Ich war zufällig da, weil ich Mama besuchen wollte. Du weißt ja, daß ich ab und zu dort vorbeischaue. Und sie kommt auf mich zu und fragt mich nach etwas, als ob ich dort arbeiten würde.« Ich habe sie ausgelacht, und sie ist wütend geworden und hat das Geschäft verlassen, und ich bin ihr auf die Straße gefolgt und habe gesagt, daß es mir leid tut, und ich habe angefangen, mit ihr zu reden. Du weißt schon, der übliche Blödsinn. Wir haben uns verabredet.«

Anthony stand auf. »Ich kann es einfach nicht glauben, Salvatore. Was dann passiert ist, kommt mir vor wie irgend so ein gottverfluchter Alptraum.«

»Erzähl es mir.«

»Wir gehen also ein paar mal miteinander aus, und mich erwischt es wirklich bis über beide Ohren. Ich bin verliebt. Ich kann nicht genug kriegen. Dann nimmt sie mich eines Abends mit nach oben. Sie hat diese Atelierwohnung, eine Katze, die wie ein Tiger wirkt. Alles ist in Weiß und Schwarz gehalten. Auf dem Tisch stehen Blumen, rote Blumen.«

»Das klingt einfach himmlisch, Anthony.«

»Das war es auch.«

»Nicht so wie die Bruchbude, in der du lebst.«

»Was soll denn das nun schon wieder heißen?« Anthony baute sich vor ihm auf. Seine Augen erinnerten Salvatore an Magdalena. »Willst du die Geschichte hören oder nicht? Was willst du überhaupt von mir?«

Salvatore senkte den Kopf. »Tut mir leid«, sagte er, und es tat ihm wirklich leid. Als er aufblickte, hatte sich Anthony von ihm entfernt. Er hatte ihm den Rücken zugekehrt. Salvatore war froh, seine Augen nicht sehen zu müssen.

»Du weißt genau, wovon ich rede, Salvatore. Du kannst das verstehen. Sie war rundum etwas Besonderes. Sie hatte Klasse. Bis dahin konnte ich mit diesem Quatsch wenig anfangen, ich dachte immer, das sei ja doch nur alles aufgesetzt, aber bei ihr war es echt. Ich habe mein Leben lang auf sie gewartet. Sie konnte reiten. Im Sommer war sie zum Segeln in Maine. Sie war groß und gut gebaut, elegant und klug. Ich war verliebt.«

»Wie lange ist das so gegangen?«

»Nicht lange. Zwei oder drei Monate.«

»Hatte sie sonst noch jemanden?«

»Salvatore, sie hatte doch mich.«

»Spiel dich nicht so auf, Anthony. Vielleicht hatte sie auch noch andere Freunde.«

Anthony schlug sich mit beiden Handballen gegen die Stirn. Er rollte die Augen zur Decke. »Dieser Typ hört nicht zu«, sagte er ins Zimmer hinein.

»Vergiß es. Sprich weiter. Was ist passiert?«

»Ich bin also rasend verliebt, und sie spielt nur mit mir, hat ihren Spaß und findet das toll. ›Eine Erfahrung‹, hat sie gesagt, ›mal was ganz anderes, richtig exotisch‹, hat sie gesagt, als sei ich irgendein beschissener Paradiesvogel oder so was.« Anthony beugte sich über seinen Bruder. »Findest du mich exotisch, Salvatore?« Salvatore antwortete nicht. Er bemühte sich, den Schmerz seines Bruders nachzuempfinden. Wer war Anthony denn schon? Wohin gehörte er? Magdalena hatte ihn wie einen Amerikaner erzogen, aber sie hatte ihn an sich gebunden. Salvatore fühlte sich elend. Er saß stumm da und beobachtete seinen Bruder, betrachtete seinen Mund und seine Augen.

»Es tut mir leid für dich, Anthony«, sagte er schließlich.

»Sie hat gesagt, ich nähme es zu ernst. Sie hätte andere Vorhaben auf ihrer Tagesordnung stehen – genau das hat sie gesagt, andere Vorhaben auf ihrer Tagesordnung, ist das zu fassen? – und wir sollten uns nicht mehr sehen. Sie hatte genug von mir, einfach so. Ich habe gesagt, das sei doch wohl nicht ihr Ernst, und bin auf sie zugegangen, um sie in die Arme zu nehmen, sie an mich zu ziehen. Ich habe versucht, sie zu küssen, und sie hat angefangen verrückt zu spielen, hat mich getreten und geschlagen. Sie hat mich geohrfeigt. Ich weiß nicht, was passiert ist, Salvatore. Ich weiß nicht, warum sie plötzlich so war und derart über mich hergefallen ist. Ich konnte es nicht verstehen. Ich habe sie von mir gestoßen. Sie einfach nur weggestoßen. Ich habe die Hände auf ihre Schultern gelegt und sie weggestoßen. Ich wollte nichts mehr mit ihr zu tun haben, noch weniger als sie mit mir. Sie muß gestolpert sein, und sie ist hingefallen und hat sich den Kopf aufgeschlagen. Ich weiß es nicht.«

»Und du bist einfach gegangen?«

»Nein. Nein, Salvatore. Ich habe sie geliebt. Weshalb hätte ich das tun sollen? Sie war tot. Ich habe mein Ohr an ihre Brust gepreßt und gehorcht, ob ich ihr Herz schlagen höre. Ich konnte nichts mehr für sie tun.«

»Warum hast du nicht den Notruf gewählt? Die Polizei verständigt? Irgend jemanden? Wie konntest du einfach fortlaufen?«

»O Scheiße. Ich hatte Angst. Ich habe mich ganz einfach gefürchtet.«

»Und der Ring?«

»Den habe ich ihr geschenkt. Gleich am ersten Abend. Soviel hat sie mir bedeutet, Salvatore. Du weißt doch, daß ich den Ring nie abnehme. Ich habe ihr den Ring geschenkt, einfach so.«

»Du mußt dich stellen.«

»Nein.«

»Anthony, es war ein Unfall. Wir kümmern uns schon darum. Wir besorgen uns einen Anwalt.«

»Nein.«

»Anthony, wenn sie herkommen und dich abführen müssen, wirst du wegen Mordes angeklagt.«

»Wieso sollten sie mich finden? Du hast deinem Freund von

dem Ring erzählt? Warum hast du das getan? Du pfuschst mir immer ins Handwerk, Salvatore. Du tust alles, damit ich schlecht dastehe.«

»Herrgott noch mal, hör doch endlich mal auf, dich wie ein kleines Kind zu benehmen. Diese Angelegenheit ist ernst. Früher oder später kommen sie dir auf die Schliche. Du warst mit ihr aus? Du hast ihre Freunde kennengelernt? Diese Freunde werden der Polizei von dir erzählen, und wenn die Polizei herkommt und dich verhaftet, ist es zu spät. Hör mir gut zu. Nicky hat mir achtundvierzig Stunden Zeit gegeben. Morgen gehen wir gemeinsam zu ihm, du und ich.«

»Deinen politischen Ambitionen wird das nicht direkt dienlich sein.«

Salvatore zuckte die Achseln. »Hier geht's um die Familie. Ich weiß schon selbst, was wichtig ist.«

»Und was ist mit Amanda?«

»Hör zu, Anthony, meine Frau weiß, wen sie geheiratet hat. Sie hat mich genommen, wie ich bin. Und das gehört auch dazu.«

»Was ist mit Mama? Wie regle ich das mit ihr?«

»Mach dir um Magdalena keine Sorgen. Sie verkraftet das schon.«

»Schließlich hat sie immer noch einen braven Sohn.«

»Warum hörst du nicht auf mit diesem Blödsinn?«

»Angenommen, sie stecken mich ins Gefängnis, Salvatore? Im Gefängnis würde ich's keine drei Minuten aushalten.«

»Du wirst nicht ins Gefängnis kommen.«

»Woher willst du das wissen? Bist du etwa Gott?«

»Anthony, es war ein Unfall. Vielleicht erheben sie nicht einmal Anklage gegen dich. Die einzige Dummheit, die du begangen hast, war die, daß du fortgelaufen bist. Du hast dich gefürchtet. Ist auch egal, es bleibt dir ohnehin nichts anderes übrig, als dich zu stellen.«

Anthony wich zurück. Er setzte sich aufs Sofa, holte seine letzte Zigarette heraus und zerknüllte das Päckchen. »Kannst du deinen Freund nicht dazu bringen, daß er dir den Ring zurückgibt?«

»Nicky hat schon genug für dich getan, als er den Ring eingesteckt hat. Auf das Vorenthalten von Beweisstücken steht eine hohe Strafe.«

»Ich gehe fort. Ich gehe nach Italien, in den Ort, in dem Mama geboren ist. Wer soll mich da schon finden?«

»Anthony...«

»Luciano hat es getan. Genovese hat es getan.«

»Anthony, würdest du endlich erwachsen werden? Das waren waschechte Italiener. Sie sind dort geboren. Sie waren Mafiosi. Und außerdem war das vor hundert Jahren. Du bist eine amerikanische Rotznase aus New York. Du sprichst noch nicht mal Italienisch. Und da, wo Magdalena herkommt, wird im übrigen auch kein Italienisch gesprochen. Vergiß es. Sogar im Gefängnis wärst du besser dran.«

»Du redest einen Haufen Scheiße, Salvatore.«

»Und außerdem werden sie dich nicht ins Gefängnis stekken. Laß uns eins nach dem anderen erledigen. Morgen hole ich dich um acht Uhr ab, und wir gehen zu Nicky. Ich rufe ihn jetzt gleich an.«

»Ich geh' da nicht hin, Salvatore. Ich kann nicht. Ich kann einfach nicht.«

»Schlaf darüber, Anthony. Ich bin um acht Uhr hier.«

»Was wirst du Mama sagen?«

»Nichts. Um die Zeit ist sie schon im Geschäft. Ich spreche mit ihr, nachdem wir bei Nicky waren und wissen, wie es weiterläuft.« Salvatore stand auf, um zu gehen.

Anthony antwortete nicht. Er saß da, die Ellbogen auf die Knie gestützt und den Kopf in den Händen. Während der ganzen Zeit war der Fernseher gelaufen, ein Zeuge, der Bildschirm ein Auge, das sie beobachtete. Salvatore bückte sich, um die Fernbedienung aufzuheben und den Fernseher auszuschalten, aber statt dessen legte er seinem Bruder eine Hand auf den Nacken und drückte ihm einen Kuß auf das schwarze Haar. Er dachte an Magdalena und daran, wie er als kleiner Junge sein Gesicht in ihrem Haar begraben hatte, weil er sich fürchtete oder unglücklich war. »*La Miseria*«, nannte sie das und schmiegte ihn an sich. Sie trocknete seine Tränen mit ihrem Haar. »Wie Maria Magdalena«, sagte sie zu ihm und nahm sein Gesicht in ihre Hände. »Sie hat die Tränen Jesu mit ihrem Haar getrocknet.« Salvatore sah ihr in die Augen. Er hörte auf zu weinen. »Sie hat ihm die Füße abgetrocknet«, sagte er zu ihr. »Du darfst nicht alles glauben, was du hörst«, erwiderte Magdalena und zog ihn noch enger an sich.

Salvatore bekam den Anruf direkt nach seiner Heimkehr. Das Telefon läutete schon, als er zur Tür hereinkam. Es war Magdalena, und sie sagte nichts weiter, nur daß sie ihn bräuchte. Er sagte seiner Frau, er führe ins Zentrum. Sie bot ihm an mitzukommen, da sie wußte, daß »ins Zentrum« »zu Magdalena« bedeutete, aber er lehnte ihr Angebot ab.

Magdalena behandelte Salvatores Frau höflich, aber sie nahm sie nicht ernst. Sie war zu fremdländisch, zu blaß, zu zahm. Magdalenas Loyalität beschränkte sich ausschließlich auf ihre Söhne. Der Rest der Welt war nebensächlich, Steine am Wegesrand. Salvatore war für sie da, wenn sie ihn brauchte. Andernfalls belästigte sie ihn nicht. Es war erst das zweite Mal, das sie ihn gebeten hatte zu kommen.

Sie saß im Wohnzimmer, als er die Tür aufschloß. Er hatte den Hausschlüssel behalten. Es sei sein Haus, hatte sie vor Jahren zu ihm gesagt, als sie Amadeo begraben hatten. Magdalena saß auf einer Ecke des Sofas, hatte die Beine unter sich angezogen und die Füße unter ihrem Kleid verborgen.

»Anthony ist verschwunden«, sagte sie zu ihm.

»Verschwunden? Wie kommst du darauf? Wahrscheinlich ist er einfach nur ausgegangen.«

»Er sitzt schon seit dem Wochenende vor dem Fernseher. Er ist da, wenn ich aus dem Haus gehe, und wenn ich zurückkomme, hat er sich nicht vom Fleck gerührt, raucht Zigaretten, ißt nichts und rasiert sich nicht. Er möchte nicht mit mir reden. Vielleicht ein Mädchen, habe ich mir gedacht. Er hat Liebeskummer, aber Anthony erzählt mir nicht alles. Er ist nicht so wie du. Er ist auch nie wie du gewesen. Und jetzt ist er fort, der Wagen ist fort ...«

»Du brauchst dir keine Sorgen zu machen. Er wird zurückkommen. Ich treffe mich morgen früh mit ihm. Ich sage dir, es ist nichts weiter.«

Magdalena sah Salvatore durch halb geschlossene Lider an, und plötzlich kam er sich dumm vor. Er hatte etwas Dummes gesagt. Magdalena wußte gewisse Dinge. Sie hatte ihn bisher nur einmal zu sich gerufen.

»Das ist ein schlechtes Omen«, sagte sie. »Ich hätte dich nicht zu mir rufen sollen. Erinnere dich an das letzte Mal. Das Unglück hat seine eigenen Gesetzmäßigkeiten.« Sie holte Atem. Salvatore konnte sehen, wie sich ihre Brust hob und senkte. Er machte ein paar Schritte in das Zimmer hinein. Hinter dem Sofa blieb er stehen, beugte sich vor und schlang ihr einen Arm um die Schultern. Sie hob die Hände und hielt sich an seinem Arm fest. Er konnte ihre Nägel spüren, die Kraft ihrer Finger. Er fühlte sich elend, bedrückt, hoffnungslos, »*La Miseria*«. Er wünschte sich sehnlichst, unter der mystischen Bürde von Magdalenas Wissen herauszukriechen, ihre Zauberkräfte abzuschütteln. Er drückte ihr einen Kuß auf die Wange. Er flüsterte ihr ins Ohr, es sei nichts passiert, Anthony käme nach Hause. Sie würde an Ostern das Milchlamm zubereiten, aber als sie sich umdrehte und zu ihm aufblickte, bedeckte er sein

Gesicht. Sie zog seine Hände fort, wischte ihm die Tränen aus den Wimpern und zeichnete mit ihren Fingern den Umriß seiner Lippen nach.

Der Anruf kam nach Mitternacht. Magdalena hatte für sie gekocht, und sie hatten schweigend gegessen. Salvatore hatte seine Frau nicht angerufen. Er war bei Magdalena, wie früher. Die Jahre dazwischen waren ausgelöscht.

Sie saßen gemeinsam auf dem Sofa im Wohnzimmer. Der Fernseher lief, mit laut aufgedrehtem Ton. Sie hörten das Telefon nicht läuten. Es läutete lange, ehe Salvatore den Hörer abnahm. Es war ein kurzes Gespräch. Als er auflegte, wandte sich Magdalena ab.

»Anthony...«, sagte sie. Salvatore legte sich eine Hand auf den Mund, als könnte er die Worte zurückhalten. Er ging auf Magdalena zu. Blieb neben ihr stehen.

»Der Wagen«, setzte er an.

»Ich hätte ihm diesen Wagen nicht kaufen sollen«, sagte sie. Ihre Augen wurden schmal, und sie zog die Augenbrauen zusammen. »Ich hätte ihn nicht in diese Schulen schicken dürfen.« Magdalena saß ganz still da. Sie blickte zum Himmel auf. »Ich hätte auf sie hören müssen.«

Salvatore wurde wütend und bekam es mit der Angst zu tun. »Warum denn nicht? Warum hätte er nicht alles haben sollen? Wofür hast du denn sonst gearbeitet?« Inzwischen schrie er.

Magdalena hörte Salvatore nicht, spürte seine Hand nicht auf ihrer Schulter und auf ihrem Nacken. Sie sprach mit sich selbst, mit ihrer Madonna. »›In Amerika sind die Straßen mit Gold gepflastert‹, haben sie behauptet. Für mich waren sie es. Ich dachte, in Amerika wäre alles anders und ich würde gegen die Natur ankämpfen, ich wäre im Besitz der Zauberkräfte, würde aber nicht das Elend erleiden. Wie konnte ich das bloß glauben?«

Magdalena blickte auf, diesmal nicht zum Himmel, sondern zu dem kleinen Raum ganz oben im Haus. Sie stand in Salvatores Armen da, die Hände an seiner Brust gefaltet und die Schultern gebeugt, als wolle sie ihr Herz zermalmen. »Die Madonna streut Salz in meine Wunden, Salvatore.« Er spürte, wie sich ihr Mund an seiner Brust bewegte, und nahm die Schwingungen ihrer Stimme wahr. »Ich habe um einen Sohn gebeten. Einen Sohn, habe ich zu ihr gesagt, wenn ich gebetet habe. Ich will einen Sohn.« Magdalena schlang ihre Arme um Salvatores Hals. Er sah die goldenen Sprenkel in ihren Augen, als sie sich von ihm löste.

»Wohin gehst du?«

Am Fuß der Treppe blickte sie zurück. Er wußte, daß sie an den Ort ganz oben im Haus gehen würde.

Salvatore begab sich ins Leichenschauhaus, um Anthonys Leiche zu identifizieren. Er ging zum Bestattungsunternehmer, um die Vorkehrungen für die Totenwache zu treffen. Anthony würde den großen Raum bekommen, denselben Raum, in dem Salvatores Mutter und sein Zwillingsbruder aufgebahrt worden waren und in dem sie auch seinen Vater aufgebahrt hatten.

Er machte sich auf den Rückweg zum Haus, um Magdalena zu sagen, er hätte sich um alles gekümmert. Er schloß die Tür auf. Die Fenster waren mit schwarzem Stoff verhängt worden, und er wartete, bis sich seine Augen an die Dunkelheit gewöhnt hatten. Dann hörte er das Wehklagen, einen einzigen Schmerzenslaut, der nicht abriß. Dieser Laut drang in seinen Körper und breitete sich dort aus, bis ihm übel wurde.

Er folgte dem Geräusch zu dem Ort ganz oben im Haus, an dem die Schwarze Madonna in all diesen Jahren gestanden hatte. Magdalena war dort, ihr Gesicht zerkratzt und blutig, ihre Nägel hatten tiefe Spuren hinterlassen. Sie hatte ihre Kleider zerfetzt. Sie lief im Kreis herum und hielt nur an, um ihren

Kopf an die Wand zu schlagen, am Fenster zu stehen und mit den Handballen auf die Glasscheiben einzuhämmern, und ständig dieser eine Laut, dieser Schrei gegen den Tod, Magdalena in der tiefen Finsternis ihrer Uranfänge, wie sie um ihren Sohn trauerte. Die Magdalena, die nur er kannte. Er zog sich zurück und schlich die Treppe hinunter. Die Haustür fiel hinter ihm ins Schloß.

Anthonys Totenwache dauerte zwei Tage, das war lange genug, beschloß Salvatore. Er stand am Eingang des Raumes, am Fußende des Sarges. Er setzte sich nie und überließ die vordere Reihe den Frauen, die kamen, um Magdalena die Hand zu küssen und ihr Beileid auszudrücken, aber der dunkelrote Ledersessel, den der Bestattungsunternehmer in der ersten Reihe für Magdalena bereitgestellt hatte, blieb leer.

Die Frauen sahen sich nach Magdalena um, tuschelten über sie, stellten jedoch keinerlei Fragen. Sie streichelten Salvatores Wangen und sagten das, was von ihnen erwartet wurde. Halblaut fragten sie sich, ob Magdalena in die Kirche kommen würde. Salvatore ging nicht darauf ein, wenn sie ihren Namen erwähnten.

Jumbo kam an beiden Tagen am frühen Abend und stand da, wie er dagestanden hatte, als Salvatores Vater gestorben war. Er hielt Salvatores Arm umfaßt und blieb neben ihm stehen, während die Leute vorübergingen.

Nicky erschien spät am letzten Abend. Er kam allein, und er ging direkt auf den Sarg zu. Er hielt den Hut in der Hand und kniete nieder. Er bekreuzigte sich und senkte den Kopf, und als er sich erhob, nahm er ein Sterbebild von dem Tisch in der Ecke und setzte sich in die hinterste Reihe. Dort saß er, bis der Pfarrer gekommen war, den Rosenkranz gebetet hatte und wieder fortgegangen war, bis die Leute aus dem Viertel auf ihrem Weg zur Tür im Gänsemarsch an dem Sarg vorbeiliefen und eine Hand ausstreckten, um Anthonys Leiche zu berühren, den Ärmel seines Jacketts, seinen Handrücken.

Nicky wartete, bis Salvatore allein war und ging erst dann zu ihm hin. Er drückte ihm die Hand, küßte ihn auf beide Wangen und sagte ihm, es täte ihm leid. Auf seiner Handfläche lag der Ring, den er in der North Moore Street von der Kommode genommen hatte.

Am nächsten Morgen vor der Messe kam Salvatore mit Magdalena ins Bestattungsinstitut. Sie wollte es so haben, sagte sie, um Anthony zu sehen, um sich von ihm zu verabschieden. Dann würde sie zu seinem Trauergottesdienst gehen, sagte sie zu Salvatore, und sie würde kerzengerade und aufrecht in der ersten Kirchenbank stehen. Sie würde den schwarzen Schleier über ihrem Gesicht tragen, und niemand würde das Blut und die Kratzer sehen. Sie würde sich auf Salvatores Arm stützen, wenn sie in der Kirche durch den Mittelgang lief.

Jetzt standen sie gemeinsam vor dem Sarg, Salvatore und Magdalena, ohne einander zu berühren. Anthony war wunderschön, und auf dem weißen Samtkissen nahm sich sein Haar unglaublich schwarz aus. Sein Gesicht war glattrasiert und frisch. Es war ein Wunder, würde Salvatore später zu Magdalena sagen, daß Anthony einen so schönen Anblick bot, so vollkommen wie bei seiner Geburt. Erinnerst du dich noch, wie schön er bei seiner Geburt war? würde Salvatore zu ihr sagen.

Der Bestattungsunternehmer ermahnte sie, es sei jetzt an der Zeit. Sie müßten gehen, der Leichenwagen warte schon draußen. Salvatore bat ihn, noch eine Minute Geduld zu haben. Er zog den Ring heraus, den Nicky ihm gegeben hatte, und steckte ihn seinem Bruder an den Finger. Dann beugte er sich vor und küßte das Gesicht seines Bruders.